2024

Quali

Original-Prüfungsaufgaben

Bayern

Mathematik · Deutsch · Englisch

LÖSUNGEN

STARK

20. ergänzte Auflage
www.stark-verlag.de

Inhalt

Vorwort

Lösungen Mathematik

Offizielle Musterprüfung für den neuen Quali

Musterprüfung M-1

Schriftliche Abschlussprüfungsaufgaben

Abschlussprüfung 2021 .... M-2021-1

Abschlussprüfung 2022 .... M-2022-1

Abschlussprüfung 2023 .... www.stark-verlag.de/mystark

Lösungen Deutsch

Offizielle Musterprüfungen für den neuen Quali

Musterprüfung 1 .... D-1

Musterprüfung 2 .... D-33

Schriftliche Abschlussprüfungsaufgaben

Abschlussprüfung 2020 .... D-2020-1

Abschlussprüfung 2022 .... D-2022-1

Abschlussprüfung 2023 .... www.stark-verlag.de/mystark

Lösungen Englisch

Offizielle Musterprüfung für den neuen Quali

Musterprüfung E-1

Schriftliche Abschlussprüfungsaufgaben

Abschlussprüfung 2021 .... E-2021-1

Abschlussprüfung 2022 .... E-2022-1

Abschlussprüfung 2023 .... www.stark-verlag.de/mystark

Abschlussprüfung 2023 .... www.stark-verlag.de/mystark

Sobald die Original-Prüfungsaufgaben 2023 zur Veröffentlichung freigegeben sind, kannst du die Lösungen als PDF auf der Online-Plattform *MyStark* herunterladen (Zugangscode vgl. Umschlaginnenseite).

Autor*innen der Lösungen
Mathematik: Walter Modschiedler (jun.)
Deutsch: Ariane Tronser, Kristina Biebl (Offizielle Musterprüfungen), Werner Bayer (Abschlussprüfungsaufgaben)
Englisch: Birgit Mohr

Vorwort

Liebe Schülerin, lieber Schüler,

dieses Buch ist das Lösungsbuch zu dem Band *Quali – Original-Prüfungsaufgaben Mathematik, Deutsch, Englisch* (Titel-Nummer D093S9). Es enthält ausführliche Lösungen zu den **offiziellen Musterprüfungen** für den Quali seit 2022 sowie die **Original-Prüfungsaufgaben**.

Die Lösungen ermöglichen es dir, deine Leistung einzuschätzen. Bei den Aufsätzen handelt es sich um **Lösungsvorschläge**. Das heißt, dass auch andere Lösungen als die hier abgedruckten korrekt sein können. Wichtig ist aber, dass du die Arbeitsaufträge **vollständig** und **richtig** bearbeitest.

Außerdem gilt: Versuche stets, die Aufgabe zunächst selbstständig zu lösen, und schau nicht gleich in der Lösung nach. Solltest du allein nicht weiterkommen, gibt dir die Lösung wichtige **Hinweise und Tipps** zur Bearbeitung der Aufgabe. Am Schluss solltest du deine Lösung in jedem Fall mit der hier angebotenen Lösung vergleichen.

Um dir die **Prüfung 2023** schnellstmöglich zur Verfügung stellen zu können, bringen wir sie in **digitaler Form** heraus. Sobald die Original-Prüfungsaufgaben 2023 zur Veröffentlichung freigegeben sind, kannst du dir die Lösungen als PDF auf der Plattform *MyStark* herunterladen. Deinen persönlichen Zugangscode findest du vorne Buch.

Viel Erfolg im Quali wünschen dir die Autor*innen dieses Buches!

Offizielle Musterprüfung für den neuen Quali
Mathematik – Lösungen

Teil A – Arbeitsblatt – Aufgabe 1

a) Wende das Kommutativgesetz (Vertauschungsgesetz) an.
Multipliziere die beiden Faktoren wie natürliche Zahlen.
Fehlende Stellen ergänzt du mit 0.
Das Ergebnis hat so viele Stellen wie die beiden Faktoren zusammen.
Setze im Ergebnis das Komma an der richtigen Stelle.

$3{,}1 \cdot 17{,}95 = 17{,}95 \cdot 3{,}1$

$$\begin{array}{l} 17{,}95 \cdot 3{,}1 \\ \hline 53850 \\ +\ 1795 \\ \hline 55{,}645 \end{array}$$

b) Schreibe die Zahlen stellengerecht untereinander.
Beachte: Komma steht unter Komma.
Subtrahiere die Zahlen. Fehlende Stellen ergänzt du mit 0.
Setze im Ergebnis das Komma an der richtigen Stelle.

$$\begin{array}{r} 204{,}3 - 7{,}85 \\ \hline 204{,}30 \\ -\ \ 7{,}85 \\ \hline 196{,}45 \end{array}$$

Teil A – Arbeitsblatt – Aufgabe 2

Masse = Dichte · Volumen
Die Zylinder bestehen aus dem gleichen Material.
Das Gewicht der Zylinder hängt von ihrem Volumen ab.
$V_{Zylinder} = A_G \cdot h_Z$
Die Höhen der drei Zylinder sind gleich, d. h., das Volumen und damit das Gewicht der Zylinder hängen vom Flächeninhalt ihrer Grundflächen ab.
Die Durchmesser der Zylinder sind gegeben.
Berechne jeweils den Radius.
Berechne die Flächeninhalte der Grundflächen der Zylinder.
$A_{G_{Zylinder}} = r \cdot r \cdot \pi$
Rechne mit $\pi = 3$.
Begründe, welcher Einkauf mehr wiegt.

Zylinder von Alex
d = 12 cm
r = 6 cm
$A_G = 6\text{ cm} \cdot 6\text{ cm} \cdot 3$
$A_G = 108\text{ cm}^2$

Zylinder von Ilona
d = 8 cm
r = 4 cm
$A_G = 4\text{ cm} \cdot 4\text{ cm} \cdot 3$
$A_G = 48\text{ cm}^2$
$48\text{ cm}^2 \cdot 2 = 96\text{ cm}^2$

Der Flächeninhalt der Grundfläche des Zylinders von Alex ist größer als der Flächeninhalt der Grundfläche der beiden Zylinder von Ilona.
$\Rightarrow$ Der Einkauf von Alex wiegt mehr.

Teil A – Arbeitsblatt – Aufgabe 3

Überprüfe jeden Rechenschritt.

$$\begin{aligned} -2 \cdot (x-3) &= 16 \quad &&|\text{ Klammern auflösen} \\ -2x + 6 &= 16 \quad &&|-6 \\ -2x &= 10 \quad &&|:(-2) \\ x &= \underline{5} \end{aligned}$$

$(+):(-)=(-)$

Jens muss beide Seiten durch (–2) dividieren.
Auf der rechten Seite der Gleichung hat er die Vorzeichenregel nicht beachtet.

Teil A – Arbeitsblatt – Aufgabe 4

Zuordnung der Grafiken

Eine Fahrradtour beginnt bei der Strecke 0 Kilometer und bei der Zeit 0 Minuten.
Bei einer Pause läuft die Zeit weiter, es wird dabei aber keine Strecke zurückgelegt.
$\rightarrow$ Der Graph C stellt die Fahrradtour dar.

In beiden Schwimmbecken befindet sich Wasser. Die Hochachse zeigt den Füllstand der beiden Becken an.
$\rightarrow$ In Schaubild A fällt der Wasserstand, es fließt Wasser ab.
$\rightarrow$ In Schaubild B steigt der Wasserstand, es wird Wasser eingefüllt.

Aussage	Grafik
Umut unternimmt eine Fahrradtour. Nach zwei Stunden macht er eine Pause und fährt danach weiter.	**C**
In einem Schwimmbecken befinden sich 20 000 Liter Wasser. Um das Schwimmbecken vollständig zu füllen, werden stündlich weitere 1 200 Liter eingefüllt.	**B**

Die Temperatur am Morgen beträgt 14 °C, am Mittag 22 °C und am Abend 18 °C.	
In einem Schwimmbecken befinden sich 30 000 Liter Wasser. Jede Minute fließen 30 Liter ab.	**A**

Teil A – Arbeitsblatt – Aufgabe 5

Du kannst die Zahl für ♣ berechnen:

$2♣ = 16 \quad |:2$

$♣ = 8$

$♣ + ♣ = 16$

Setze für ♣ = 8 ein und berechne ♥:

$8 + 8 - ♥ = 12$

$16 - ♥ = 12 \quad |-16$

$-♥ = -4 \quad |:(-1)$

$♥ = 4$

$♣ + ♣ - ♥ = 12$

Setze für ♥ = 4 und für ♣ = 8 ein und berechne ♠:

$4 \cdot 8 + ♠ = 60$

$32 + ♠ = 60 \quad |-32$

$♠ = 28$

$♥ \cdot ♣ + ♠ = 60$

Setze für ♠ = 28 und für ♥ = 4 ein und berechne das Ergebnis:

$28 - 4 = 24$

$♠ - ♥ = 24$

Teil A – Arbeitsblatt – Aufgabe 6

a) **Wahrscheinlichkeit für das Erreichen eines schraffierten Feldes mit der dunklen Figur**

Beim Würfeln mit einem Spielwürfel gibt es 6 mögliche Ergebnisse.
Nur bei der Augenzahl 1 oder 2 oder 3 oder 4 erreicht die dunkle Spielfigur ein schraffiertes Feld. Berechne die Wahrscheinlichkeit.

Anzahl aller möglichen Ergebnisse: 6
Anzahl aller günstigen Ergebnisse: 4

$P(\text{schraff. Feld}) = \frac{4}{6} = \frac{2}{3} = 0{,}666... \approx 0{,}67 = 67\,\%$

b) Wahrscheinlichkeit dafür, dass eine der beiden hellen Spielfiguren das Feld der dunklen Spielfigur erreicht

Bei der Augenzahl 1 oder der Augenzahl 3 erreicht eine der weißen Spielfiguren das Feld mit der dunklen Spielfigur.

Anzahl aller möglichen Ergebnisse: 6
Anzahl aller günstigen Ergebnisse: 2

$$P(\text{Feld dunkle Figur}) = \frac{2}{6} = \frac{1}{3} = 0{,}333... \approx 0{,}33 = 33\ \%$$

Teil A – Arbeitsblatt – Aufgabe 7

a) Setze für den Platzhalter x und löse die Gleichungen.

$$\frac{1}{2} \cdot \square + 5 = -17$$

$$\begin{aligned} \frac{1}{2} \cdot x + 5 &= -17 \quad &|-5 \\ \frac{1}{2} \cdot x &= -22 \quad &|\cdot 2 \\ x &= -44 \end{aligned}$$

$$\Rightarrow \quad \frac{1}{2} \cdot \boxed{(-44)} + 5 = -17$$

b) Setze für den Platzhalter x und löse die Gleichungen.

$$\square \cdot 1{,}7 + 5 = 1{,}6$$

$$\begin{aligned} x \cdot 1{,}7 + 5 &= 1{,}6 \quad &|-5 \\ x \cdot 1{,}7 &= -3{,}4 \quad &|:1{,}7 \\ x &= -2 \end{aligned}$$

$$\Rightarrow \quad \boxed{(-2)} \cdot 1{,}7 + 5 = 1{,}6$$

Teil A – Arbeitsblatt – Aufgabe 8

Falte die Netze im Kopf.

a) Die Seiten [▲] und [♥] liegen sich gegenüber.

b) Die Seiten [+] und [↓] liegen sich gegenüber.

Teil A – Arbeitsblatt – Aufgabe 9

a) Ergänzen der Werte in der letzten Tabellenzeile

Zähle die Striche in der Strichliste und trage die Summen in die Tabellenzeile „Häufigkeit Anzahl“ ein.

Notenschlüssel						
Punkte	48,0–41,0	40,5–33,0	32,5–25,0	24,5–16,0	15,5–8,0	7,5–0
Note	1	2	3	4	5	6
Strichliste	𝍷𝍷𝍷	𝍸	𝍸 𝍸	𝍸 𝍷𝍷	𝍷𝍷	
Häufigkeit Anzahl	**3**	**5**	**10**	**7**	**2**	**0**

b) Summe der Notenpunkte der Mathematikarbeit

Du erhältst den Notendurchschnitt, indem du die Summe der Notenpunkte durch die Anzahl der Schülerinnen und Schüler der Klasse 9 b dividierst.
Berechne die Notenpunkte.

$1 \cdot 3 + 2 \cdot 5 + 3 \cdot 10 + 4 \cdot 7 + 5 \cdot 2 = 3 + 10 + 30 + 28 + 10 = 81$

Schülerinnen und Schüler in der Klasse 9 b

Addiere die Anzahlen in der vierten Tabellenzeile und du erhältst die Anzahl der Schüler/-innen in der Klasse 9 b.

$3 + 5 + 10 + 7 + 2 = 27$

Notendurchschnitt

Berechne den Notendurchschnitt.

$81 : 27 = 3{,}00$

Teil A – Arbeitsblatt – Aufgabe 10

a) Einfügen einer Pyramide in den Würfel

Wähle eine Seitenfläche des Würfels aus, auf der die Spitze der Pyramide liegt.
Zeichne in die gewählte Seitenfläche die beiden Flächendiagonalen ein.
Der Schnittpunkt der Flächendiagonalen ist die Spitze der Pyramide.
Verbinde die Spitze der Pyramide mit den Ecken der ausgewählten Grundfläche.

mögliche Zeichnungen:

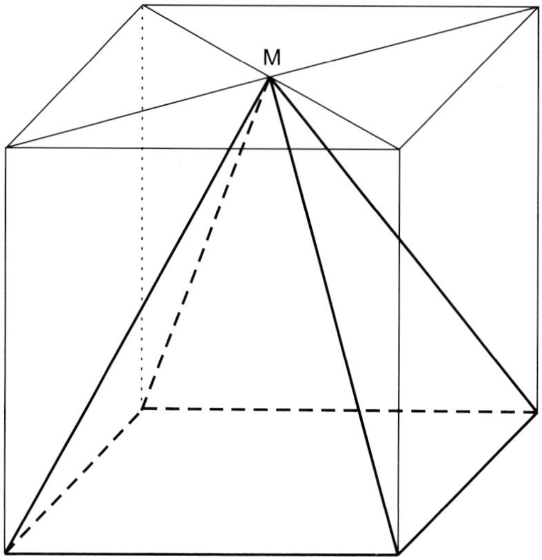

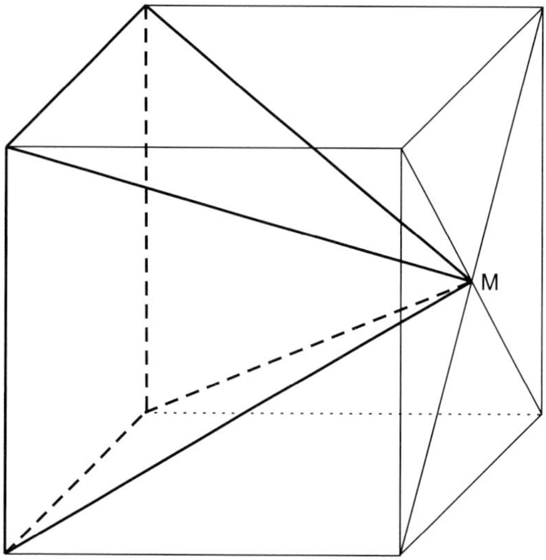

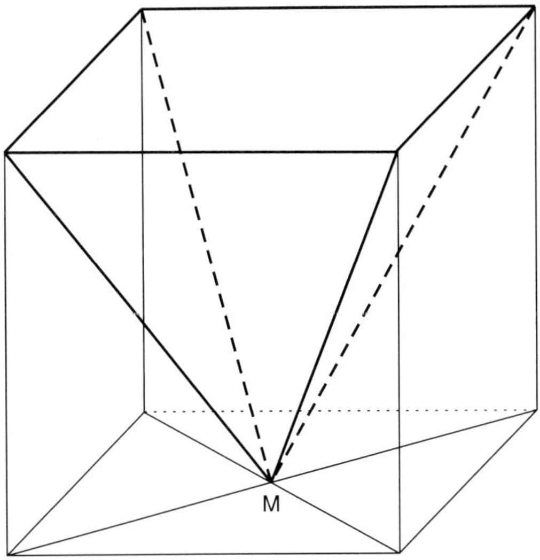

b) Die Grundfläche ist ein Quadrat mit der Seitenlänge a = 3 cm.
Die Höhe hat eine Länge von 3 cm.
Setze die gegebenen Werte in die Formel zur Berechnung des Volumens einer Pyramide ein und berechne das Volumen.

$$V_{Pyramide} = \frac{1}{3} \cdot A_G \cdot h$$

a = 3 cm, h = 3 cm

$$V_{Pyramide} = \frac{1}{3} \cdot 3\text{ cm} \cdot 3\text{ cm} \cdot 3\text{ cm}$$

$$V_{Pyramide} = 9\text{ cm}^3$$

Teil A – Arbeitsblatt – Aufgabe 11

In jedem Dreieck beträgt die Summe der Innenwinkel 180°.
Bei dem abgebildeten Dreieck haben die Seiten a und b die gleiche Länge. Das Dreieck ist gleichschenklig.
Der Winkel, der dem Winkel von 35° gegenüberliegt, hat daher ebenfalls eine Größe von 35°.
Berechne die Größe des Winkels α.

$$35° + 35° + \alpha = 180°$$
$$70° + \alpha = 180° \quad |-70°$$
$$\alpha = 110°$$

Teil A – Arbeitsblatt – Aufgabe 12

Höhe einer Treppenstufe

Wähle als Bezugsgröße die Höhe der Schneedecke auf den Stufen.
Bis zur Unterkante der Schneedecke auf der nächsten Treppenstufe fehlen 6 cm bis 8 cm. Das ist die Hälfte oder etwas mehr als die Hälfte der Schneedecke.

mindestens: 12 cm + 6 cm = 18 cm
höchstens: 12 cm + 8 cm = 20 cm

Zähle die Anzahl der Treppenstufen.

Die Treppe besteht aus 15 Treppenstufen.

Höhe der Treppe mindestens
18 cm · 15 = 270 cm = 2,70 m

Höhe der Treppe höchstens
20 cm · 15 = 300 cm = 3 m

oder:

Wähle als Bezugsgröße die verdeckte Tür links unten im Bild.
Türen sind in der Regel 2,50 m hoch.
Bis zur Oberkante der Treppe fehlen rund 50 cm.

Höhe der Tür: 2,50 m
Abstand von der Oberkante der Tür bis zur Unterkante der Treppe: 50 cm

Höhe der Treppe
2,50 m + 0,5 m = 3 m

Teil B – Aufgabengruppe I – Aufgabe 1

a) Multipliziere/dividiere auf der rechten Seite.
Klammern auflösen. (Vorzeichenregel!)
Fasse zusammen.

$$18x - 32{,}5 - (12x - 87{,}5) = 9 \cdot (8x - 6) + (6x + 7) : 0{,}25$$
$$18x - 32{,}5 - (12x - 87{,}5) = (72x - 54) + (24x + 28)$$
$$18x - 32{,}5 - 12x + 87{,}5 = 72x - 54 + 24x + 28$$
$$6x + 55 = 96x - 26 \quad | -96x$$
$$-90x + 55 = -26 \quad | -55$$
$$-90x = -81 \quad | :(-90)$$
$$x = 0{,}9$$

b) Überlege, wie sich die Fanartikel auf die Trikots, die Schals und die Fahnen aufteilen.
Lege die Anzahl der Trikots mit x fest.
Drücke die Anzahl der Schals und Fahnen mit x aus.
Dreimal so viele Schals wie Trikots: 3x
100 Fahnen weniger als Schals: 3x – 100

Anzahl der Trikots: x
Anzahl der Schals: 3x
Anzahl der Fahnen: 3x – 100
} 600 neue Artikel

Stelle die Gleichung auf.
Die Gleichung muss nicht gelöst werden.

$$x + 3x + 3x - 100 = 600$$

Teil B – Aufgabengruppe I – Aufgabe 2

Flächeninhalt des Halbkreises
Der Durchmesser des Halbkreises ist gegeben.
Berechne den Radius.
Setze den Radius in die Formel zur Berechnung des Flächeninhalts eines Kreises ein und berechne den Flächeninhalt.
$A_{Kreis} = r \cdot r \cdot \pi$
Rechne hier mit $\pi = 3{,}14$.
Du benötigst den Flächeninhalt des Halbkreises.

$r = 6\text{ cm} : 2$
$r = 3\text{ cm}$

$A_{Kreis} = 3\ cm \cdot 3\ cm \cdot 3{,}14$
$A_{Kreis} = 28{,}26\ cm^2$

$A_{Halbkreis} = 28{,}26\ cm^2 : 2$
$A_{Halbkreis} = 14{,}13\ cm^2$

Länge der zweiten Kathete

Der Flächeninhalt des Parallelogramms setzt sich aus zwei deckungsgleichen rechtwinkligen Dreiecken zusammen.
Die Länge der einen Kathete ist bekannt.
Bezeichne in deiner Rechnung die zweite Kathete mit a.
Berechne die Länge der zweiten Kathete mithilfe des Satzes von Pythagoras.

$a^2 = (10\ cm)^2 - (6\ cm)^2$
$a^2 = 100\ cm - 36\ cm$
$a^2 = 64\ cm^2 \qquad |\sqrt{\ }$
$a = 8\ cm$

Flächeninhalt des rechtwinkligen Dreiecks

$$A_{rechtwinkliges\ Dreieck} = \frac{a \cdot b}{2}$$

$a = 8\ cm$
$b = 6\ cm$

$$A_{rechtwinkliges\ Dreieck} = \frac{6\ cm \cdot 8\ cm}{2}$$
$$A_{rechtwinkliges\ Dreieck} = 24\ cm^2$$

Flächeninhalt der grauen Figur

Addiere die Flächeninhalte der Teilflächen und du erhältst den Flächeninhalt der grauen Figur.

$14{,}13\ cm^2 + 2 \cdot 24\ cm^2 = 62{,}13\ cm^2$

Teil B – Aufgabengruppe I – Aufgabe 3

a) Von den sechs Flächen eines Spielwürfels haben drei Flächen eine ungerade Augenzahl.

E(ungerade Zahl) $= \{1;\ 3;\ 5\}$

b) Gesamtzahl der Würfe

Wie viele Würfe wurden insgesamt gemacht?

$4 + 7 + 7 + 7 + 10 + 5 = 40$

absolute Häufigkeit der Würfe mit dem Ergebnis „gerade Zahl"

Wie häufig wurde eine gerade Zahl gewürfelt?

$7+7+5=19$

relative Häufigkeit für das Ergebnis „gerade Zahl"

Berechne die relative Häufigkeit für das Ergebnis „gerade Zahl":

$$\text{relative Häufigkeit} = \frac{\text{absolute Häufigkeit}}{\text{Gesamtzahl der Versuche}}$$

$$\frac{19}{40} = 0{,}475 = 47{,}5\ \%$$

c) Das Würfeln mit einem Spielwürfel ist ein Laplace-Experiment.
Die Anzahl aller möglichen Ergebnisse ist 6.
Die Wahrscheinlichkeit für ein günstiges Ergebnis ist für jede Augenzahl gleich groß.

Beim Würfeln mit einem Spielwürfel sind alle Ergebnisse gleich wahrscheinlich.

$$P(E) = \frac{1}{6}$$

Mit zunehmender Anzahl der Würfel nähert sich die relative Häufigkeit dem Wert $\frac{1}{6}$ an.
Es gilt das Gesetz der großen Zahlen.

d) Wahrscheinlichkeit für eine Eins mit dem Würfel

Gewinnchance beim Würfel
Anzahl aller möglichen Ergebnisse: 6
Anzahl der günstigen Ergebnisse: 1
Berechne die Wahrscheinlichkeit für eine 1 mit dem Würfel.

$$P(\text{Zahl 1 mit dem Würfel}) = \frac{1}{6} = 0{,}1666\ldots \approx 0{,}167 = 16{,}7\ \%$$

Wahrscheinlichkeit für eine Eins mit dem Glücksrad

Gewinnchance beim Glücksrad
Anzahl aller möglichen Ergebnisse: 4
Anzahl der günstigen Ergebnisse: 1
Berechne die Wahrscheinlichkeit für die Zahl 1 mit dem Glücksrad.

$$P(\text{Zahl 1 mit dem Glücksrad}) = \frac{1}{4} = 0{,}25 = 25\ \%$$

Vergleiche die Gewinnchancen.

$25\ \% > 16{,}7\ \%$ $\Rightarrow$ Beim Glücksrad sind die Gewinnchancen größer.

Teil B – Aufgabengruppe I – Aufgabe 4

Zeichne ein Koordinatensystem mit der Einheit 1 cm. (hier etwas verkleinert)
x-Achse: –1 bis +8
y-Achse: –4 bis +9
Beschrifte das Koordinatensystem vollständig.
Trage den Punkt A(1 | 1) in das Koordinatensystem ein. Gehe dazu vom Koordinatenursprung aus 1 cm nach rechts und 1 cm nach oben.
Trage den Punkt B(6 | 1) in das Koordinatensystem ein. Gehe dazu vom Koordinatenursprung aus 6 cm nach rechts und 1 cm nach oben.
Verbinde die Punkte A und B zur Strecke $\overline{AB}$.

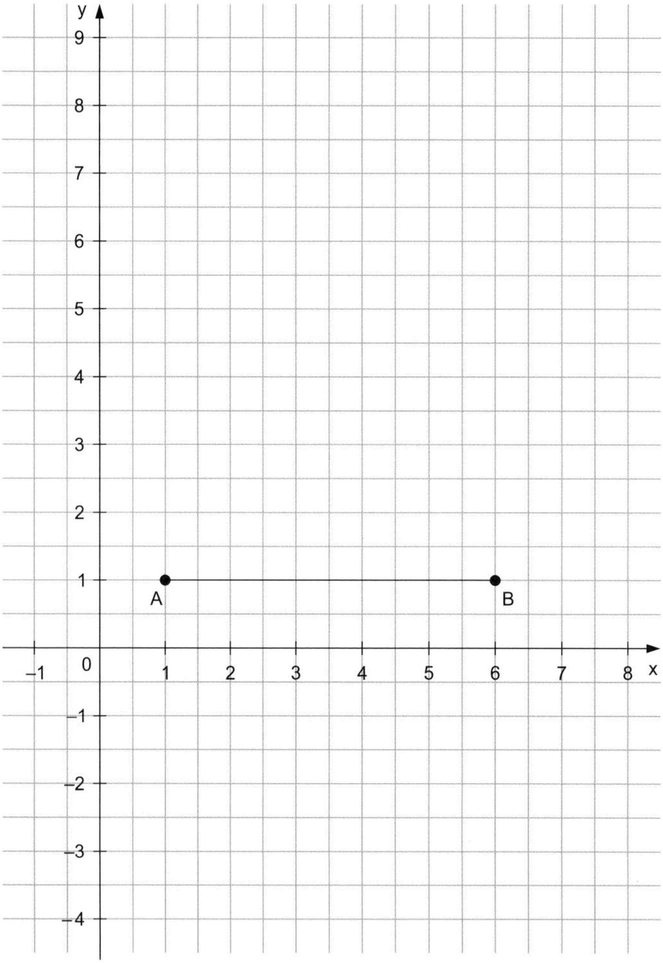

a) Berechne die Größe des Mittelpunktswinkels für ein Bestimmungsdreieck in einem regelmäßigen Fünfeck.
Berechne damit die Größe der Basiswinkel im Bestimmungsdreieck.
Trage die Basiswinkel mit dem Geodreieck an den Enden der Strecke $\overline{AB}$ an und zeichne so das Bestimmungsdreieck (wsw).
Der Schnittpunkt der Schenkel ergibt den Mittelpunkt M des Umkreises.
Zeichne um M einen Kreis mit dem Radius $r = |\overline{MA}|$.
Trage die Länge der Strecke $\overline{AB}$ mit dem Zirkel auf der Kreislinie ab. Arbeite sehr genau. Verbinde die Schnittpunkte mit der Kreislinie der Reihe nach.
Dann erhältst du das regelmäßige Fünfeck.

Mittelpunktswinkel γ

$\gamma = 360° : 5$

$\gamma = 72°$

Basiswinkel α

$$\begin{aligned} 2\alpha + 72° &= 180° \quad &|-72° \\ 2\alpha &= 108° \quad &|:2 \\ \alpha &= 54° \end{aligned}$$

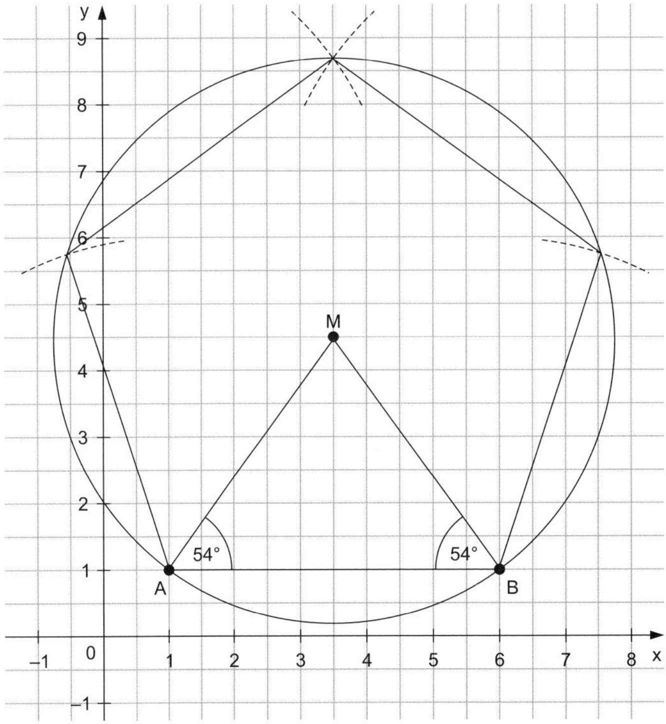

b) In einem gleichschenkligen Dreieck halbiert die Mittelsenkrechte die Basis und verläuft durch die Spitze des gleichschenkligen Dreiecks.
Zeichne mit dem Geodreieck die Mittelsenkrechte zur Strecke $\overline{AB}$ durch den Punkt M.

oder:
Zeichne um die Punkte A und B jeweils einen Kreisbogen mit einem beliebigen Radius (hier: 5 cm).
Verbinde die Schnittpunkte der Kreisbögen miteinander. Dann erhältst du die Mittelsenkrechte zur Strecke $\overline{AB}$.

oder:
Halbiere mit dem Geodreieck die Strecke $\overline{AB}$.
Markiere den Mittelpunkt der Strecke $\overline{AB}$.
Zeichne mit dem Geodreieck die Senkrechte zur Strecke $\overline{AB}$ durch den markierten Punkt.
Die Strecke $\overline{AB}$ ist eine Diagonale der Raute, die Mittelsenkrechte die zweite Diagonale. Die Eckpunkte F und G liegen auf der Mittelsenkrechten und haben von der Strecke $\overline{AB}$ den gleichen Abstand.
Trage vom Mittelpunkt der Strecke $\overline{AB}$ auf der Mittelsenkrechten nach oben und nach unten die gleiche Länge ab (hier: 5 cm). Du kannst auch eine andere Länge wählen.
Bezeichne die Abschnitte auf der Mittelsenkrechten mit F und G.
Verbinde die Punkte F und G jeweils mit den Punkten A und B. Dann erhältst du die Raute (AFBG).

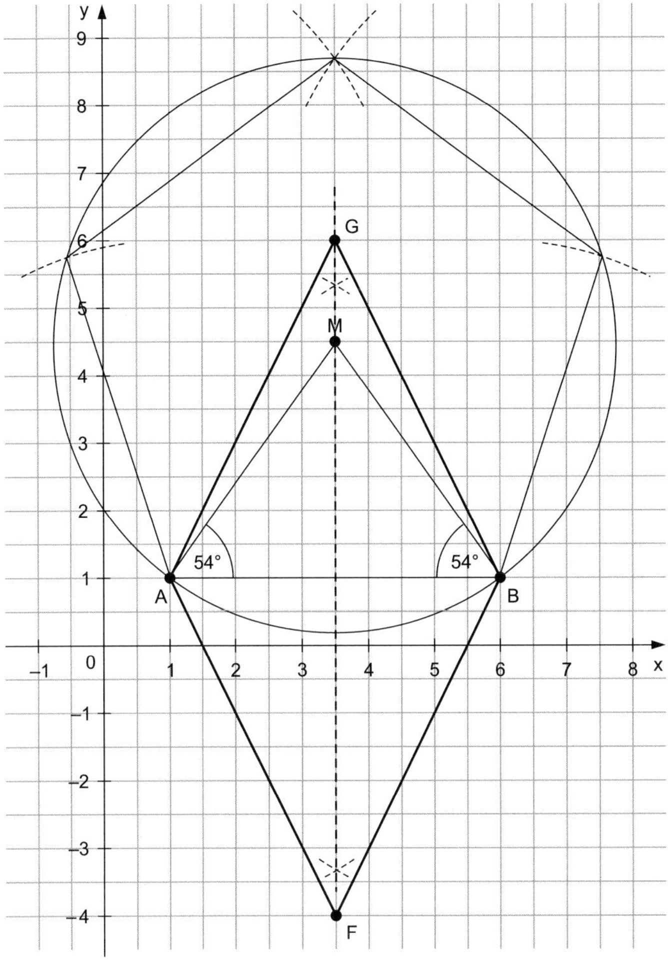
y
9
8
7
6
5
4
3
2
1
0
–1
–2
–3
–4
–1
1
2
3
4
5
6
7
8
x
G
M
54°
54°
A
B
F

Teil B – Aufgabengruppe I – Aufgabe 5

a) **Guthaben bei der Comfortbank nach dem ersten Jahr**

Das Guthaben steigt um 1 % von 100 % auf 101 % an.
Berechne das Guthaben nach dem ersten Jahr mit dem Dreisatz.

$100\ \% \mathrel{\hat{=}} 700\ €$

$1\ \% \mathrel{\hat{=}} 7\ €$

$101\ \% \mathrel{\hat{=}} 707\ €$

oder:
Rechne mit dem Faktor:
$101\ \% = 1{,}01$

$700\ € \cdot 1{,}01 = 707\ €$

Guthaben bei der Comfortbank nach dem zweiten Jahr

Das Kapital für das zweite Jahr beträgt 707 €.
Das Guthaben steigt um 1 % von 100 % auf 101 % an.
Berechne das Guthaben nach dem zweiten Jahr mit dem Dreisatz.

$100\ \% \mathrel{\hat{=}} 707\ €$

$1\ \% \mathrel{\hat{=}} 7{,}07\ €$

$101\ \% \mathrel{\hat{=}} 714{,}07\ €$

oder:
Rechne mit dem Faktor:
$101\ \% = 1{,}01$

$707\ € \cdot 1{,}01 = 714{,}07\ €$

oder:
Verknüpfe die Faktoren.

$700\ € \cdot 1{,}01 \cdot 1{,}01 = 714{,}07\ €$

Herrn Hubers Tochter hat nach zwei Jahren 714,07 € auf ihrem Konto.

b) **Zinsen für 6 Monate bei der Starbank**

Berechne die Jahreszinsen bei der Starbank.
Das Kapital (K) und die Jahreszinsen (Z) sind bekannt.

$301{,}20\ € - 300{,}00\ € = 1{,}20\ €$

Zinsen für 1 Jahr
$1{,}20\ € \cdot 2 = 2{,}40\ €$

Zinssatz der Starbank
Berechne den Zinssatz.
$p\,\% = Z : K \cdot 100\,\%$

$p\,\% = 2{,}40\text{ €} : 300\text{ €} \cdot 100\,\%$
$p\,\% = 0{,}8\,\%$

Vergleich der Zinssätze
Vergleiche die Zinssätze.

$1\,\% > 0{,}8\,\%$

Die Comfortbank bietet den höheren Zinssatz an.

Teil B – Aufgabengruppe I – Aufgabe 6

a) **Anzahl der Wassertropfen**
Wenn dein Taschenrechner Tasten für das Rechnen mit 10er-Potenzen hat, kannst du die Division durchführen. Achte dabei auf die korrekte Tastenfolge.

$210\,\ell : (5 \cdot 10^{-5}\,\ell) = 4\,200\,000$

Wenn dein Taschenrechner keine Tasten für das Rechnen mit 10er-Potenzen hat, dann schreibe die Zehnerpotenz als Dezimalbruch.

$5 \cdot 10^{-5}\,\ell = 0{,}00005\,\ell$

An der fünften Stelle nach dem Komma steht die 5.
Führe die Division durch.

$210\,\ell : 0{,}00005\,\ell = 4\,200\,000$
In eine Regentonne mit 210 Liter Fassungsvermögen passen 4 200 000 Wassertropfen.

b) Berechne zunächst die Anzahl der Tropfen pro Minute.
1 Stunde hat 60 Minuten, 1 Tag hat 24 Stunden, 1 Jahr hat 365 Tage.
Berechne die Anzahl der Tropfen pro Jahr.
Das Volumen eines Wassertropfens findest du in der ersten Zeile der Aufgabenstellung.
Nutze bei deinem Taschenrechner die Tasten für das Rechnen mit 10er-Potenzen.

Anzahl der Tropfen pro Minute
$60 : 4 = 15$ Tropfen

Anzahl der Tropfen pro Jahr
$15 \cdot 60 \cdot 24 \cdot 365 = 7\,884\,000$ Tropfen

Volumen der Wassertropfen in Litern
$7\,884\,000 \cdot 5 \cdot 10^{-5}\,\ell = 394{,}2\,\ell$

oder:

Wandle die 10er-Potenz in einen Dezimalbruch um. (Teilaufgabe a)
Überprüfe die Behauptung des Platzwarts.

$7\,884\,000 \cdot 0{,}00005\ \ell = 394{,}2\ \ell$
$394{,}2\ \ell > 10\ \ell$

Der Platzwart hat nicht recht.

Teil B – Aufgabengruppe I – Aufgabe 7

a) **Anteil des CO_2-Ausstoßes durch Flugreisen in Prozent**
Den CO_2-Ausstoß durch Flugreisen in kg (P) findest du in der ersten Tabellenzeile. Den gesamten CO_2-Ausstoß in kg (G) findest du in der letzten Tabellenzeile.
Berechne den Prozentsatz.
$p\,\% = P : G \cdot 100\,\%$

CO_2-Ausstoß in kg durch Flugreisen: 580 kg
gesamter CO_2-Ausstoß: 11 600 kg
$p\,\% = 580\text{ kg} : 11\,600\text{ kg} \cdot 100\,\%$
$p\,\% = 5\,\%$

b) **CO_2-Ausstoß in kg durch den Bereich Ernährung**
In der Tabellenzeile Ernährung findest du den Prozentsatz (p %), in der Tabellenzeile Gesamt findest du den gesamten CO_2-Ausstoß in kg (G).
Berechne den Prozentwert mit dem Dreisatz.

$100\,\% \mathrel{\hat{=}} 11\,600\text{ kg}$
$1\,\% \mathrel{\hat{=}} 116\text{ kg}$
$16\,\% \mathrel{\hat{=}} 1\,856\text{ kg}$

oder:
Rechne mit dem Faktor:
$16\,\% = 0{,}16$

$11\,600\text{ kg} \cdot 0{,}16 = 1\,856\text{ kg}$

Auf den Bereich Ernährung entfallen 1 856 kg.

c) **mögliche Einsparung im Bereich Strom und Heizung**
Berechne ein Viertel vom Anteil des CO_2-Ausstoßes im Bereich Strom und Heizung.
Vergleiche mit der Behauptung von Linus.

$\frac{1}{4}$ von 22 % = 5,5 %

5,5 % sind mehr als 5 %.

Linus hat recht.

Diese Lösung wird entsprechend dem Erwartungshorizont gefordert. Allerdings ist die Frage unpräzise gestellt, da nicht klar ist, auf welche Größe sich die 5 % beziehen (Gesamtergebnis oder Teilbereich). Auch würde man bei dieser Art der Fragestellung eher ein Viertel der Menge berechnen (ähnlich Teilaufgabe d).

d) halbe Menge des CO_2-Ausstoßes im Bereich sonstiger Konsum

Berechne die Hälfte der Menge des CO_2-Ausstoßes im Bereich sonstiger Konsum in kg.
Wenn sich der CO_2-Ausstoß im Bereich sonstiger Konsum verringert, verringert sich auch der gesamte CO_2-Ausstoß.

4 292 kg : 2 = 2 146 kg

verringerter gesamter CO_2-Ausstoß in kg

Berechne den verringerten gesamten CO_2-Ausstoß.
Die Hälfte des CO_2-Ausstoßes im Bereich sonstiger Konsum ist der Prozentwert, der verringerte gesamte CO_2-Ausstoß der Grundwert.

11 600 kg − 2 146 kg = 9 454 kg

Berechne den Prozentsatz.
$p\,\% = P : G \cdot 100\,\%$

$p\,\% = 2\,146\text{ kg} : 9\,454\text{ kg} \cdot 100\,\%$
$p\,\% = 22{,}699\ldots\,\% \approx 22{,}7\,\%$

Bewerte den Zeitungsbericht.

22,7 % > 18,5 %

Die Aussage der Zeitung ist falsch.

Teil B – Aufgabengruppe I – Aufgabe 8

a) fehlende Werte in der Tabelle

Bei der Aufgabe handelt es sich um eine umgekehrt proportionale Zuordnung.
Je mehr Pferde, desto kürzer die Anzahl der Tage, für die der Futtervorrat reicht.
Berechne zuerst die Gesamtgröße.
Berechne mit der Gesamtgröße die fehlenden Werte in der Tabelle.

4 Pferde $\hat{=}$ 30 Tage

1 Pferd $\hat{=}$ 30 Tage $\cdot$ 4 = 120 Tage

5 Pferde $\hat{=}$ 120 Tage : 5 = **24** Tage

120 Tage $\hat{=}$ 1 Pferd

40 Tage $\hat{=}$ 120 : 40 = **3** Pferde

Anzahl Pferde	**3**	4	5	8
Anzahl Tage	40	30	**24**	15

b) Kosten für das Angebot 1

Berechne die Anzahl der Reitstunden, für die Jana nach den 4 Freistunden bezahlen muss.
Berechne die Kosten für die weiteren Reitstunden.
Addiere zu den Kosten für die weiteren Reitstunden die Kosten für den Grundbetrag und du erhältst die gesamten Kosten für das Angebot 1.

10 Stunden − 4 Stunden = 6 Stunden
8 € · 6 = 48 €
48 € + 36 € = 84 €

Kosten für das Angebot 2

Jana möchte 10 Stunden im Monat reiten.
Berechne die Kosten für die Reitstunden.

8,50 € · 10 = 85 €

Vergleiche die Angebote.

84 € < 85 €

Das Angebot 1 ist günstiger.

c) Berechnen der Höhe der Säulen für das Säulendiagramm

Der Futtervorrat nimmt von Montagmorgen bis Freitagmorgen ab. Erst am Freitagabend wird ein neuer Futtervorrat geliefert.

0,5 t = 500 kg
50 kg $\hat{=}$ 1 cm

Berechne von Montagmorgen bis Freitagmorgen jeweils die restliche Futtermenge und die entsprechende Säulenhöhe.

Montag
500 kg : 50 kg $\hat{=}$ 10 cm

Dienstag
$500\ kg - 50\ kg = 450\ kg$
$450\ kg : 50\ kg \mathrel{\hat{=}} 9\ cm$

Mittwoch
$450\ kg - 50\ kg = 400\ kg$
$400\ kg : 50\ kg \mathrel{\hat{=}} 8\ cm$

Donnerstag
$400\ kg - 50\ kg = 350\ kg$
$350\ kg : 50\ kg \mathrel{\hat{=}} 7\ cm$

Freitag
$350\ kg - 50\ kg = 300\ kg$
$300\ kg : 50\ kg \mathrel{\hat{=}} 6\ cm$

Beachte, dass auch am Freitag 50 kg Kraftfutter gefressen werden.

gefressener Futtervorrat am Freitag:
50 kg

Futtervorrat am Freitagabend:
$300\ kg - 50\ kg = 250\ kg$

Addiere zur restlichen Futtermenge vom Freitagabend die Liefermenge des Kraftfutters vom Freitagabend.

Lieferung von 200 kg Kraftfutter am Freitagabend, neuer Futtervorrat am Freitagabend:
$250\ kg + 200\ kg = 450\ kg$

Berechne für Samstag und Sonntag die Futtermenge und die jeweils entsprechende Säulenhöhe.

Samstag:
450 kg
$450\ kg : 50\ kg \mathrel{\hat{=}} 9\ cm$

Sonntag:
$450\ kg - 50\ kg = 400\ kg$
$400\ kg : 50\ kg \mathrel{\hat{=}} 8\ cm$

Säulendiagramm

Zeichne das Säulendiagramm mit den berechneten Säulenhöhen.
Beachte die Säulenbreite und den Abstand zwischen den Säulen.

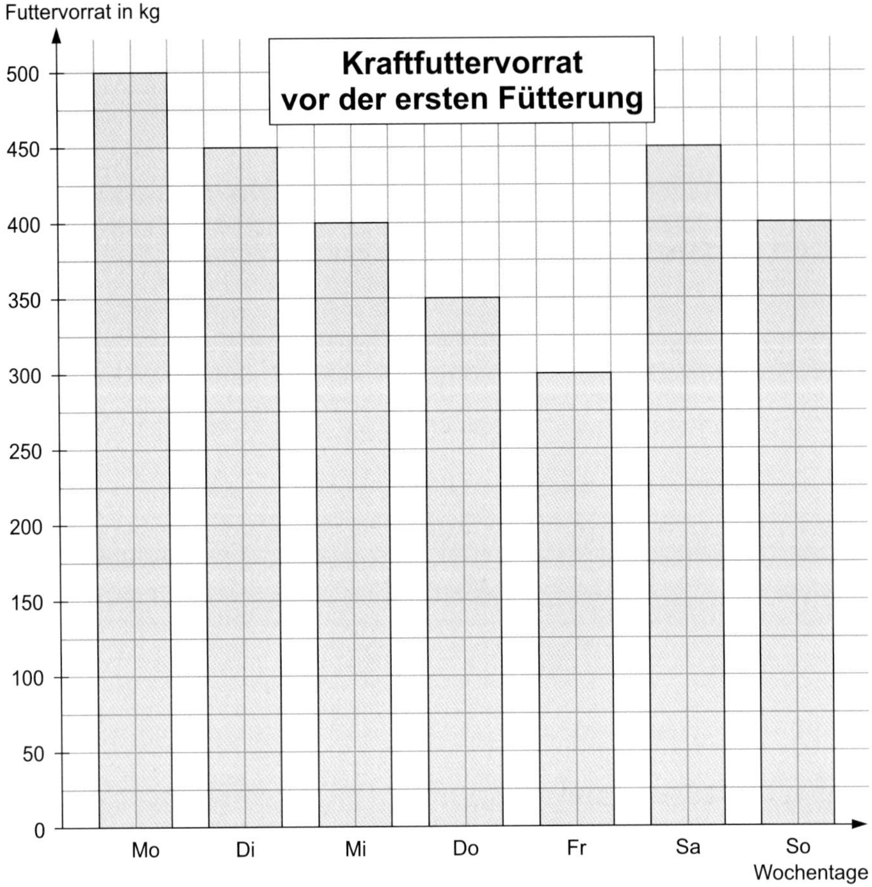

Teil B – Aufgabengruppe II – Aufgabe 1

- Multipliziere mit dem Hauptnenner 20.
- Auch die Zahl auf der rechten Seite muss mit 20 multipliziert werden.
- Kürze.
- Multipliziere.
- Multipliziere in die Klammern.
- Klammern auflösen. (Vorzeichenregel!)
- Fasse zusammen.

$$\frac{7\cdot(2x-1)}{4}-\frac{x+6{,}5}{5}-\frac{3\cdot(6x-6)}{10}=4 \qquad |\cdot 20$$

$$\frac{20\cdot 7\cdot(2x-1)}{4}-\frac{20\cdot(x+6{,}5)}{5}-\frac{20\cdot 3\cdot(6x-6)}{10}=20\cdot 4$$

$$\frac{\cancel{20}^{5}\cdot 7\cdot(2x-1)}{\cancel{4}}-\frac{\cancel{20}^{4}\cdot(x+6{,}5)}{\cancel{5}}-\frac{\cancel{20}^{2}\cdot 3\cdot(6x-6)}{\cancel{10}}=20\cdot 4$$

$$5\cdot 7\cdot(2x-1)-4\cdot(x+6{,}5)-2\cdot 3\cdot(6x-6)=80$$

$$35\cdot(2x-1)-4\cdot(x+6{,}5)-6\cdot(6x-6)=80$$

$$(70x-35)-(4x+26)-(36x-36)=80$$

$$70x-35-4x-26-36x+36=80$$

$$30x-25=80 \qquad |+25$$

$$30x=105 \qquad |:30$$

$$x=3{,}5$$

oder:

- Wandle die Brüche in Dezimalbrüche um.
- Multipliziere.
- Multipliziere in die Klammern.
- Löse Klammern auf. (Vorzeichenregel!)
- Fasse zusammen.

$$\frac{7\cdot(2x-1)}{4}-\frac{x+6,5}{5}-\frac{3\cdot(6x-6)}{10}=4$$

$$0,25\cdot 7\cdot(2x-1)-0,2\cdot(x+6,5)-0,1\cdot 3\cdot(6x-6)=4$$

$$1,75\cdot(2x-1)-0,2\cdot(x+6,5)-0,3\cdot(6x-6)=4$$

$$(3,5x-1,75)-(0,2x+1,3)-(1,8x-1,8)=4$$

$$3,5x-1,75-0,2x-1,3-1,8x+1,8=4$$

$$1,5x-1,25=4 \quad |+1,25$$

$$1,5x=5,25 \quad |:1,5$$

$$x=3,5$$

Teil B – Aufgabengruppe II – Aufgabe 2

a) Temperatur in Miami in °C

Setze die Temperatur für Miami in °F in die Formel ein und berechne T_C.

$$T_C=(64°-32°)\cdot\frac{5}{9}$$

$$T_C=32°\cdot\frac{5}{9}$$

$$T_C=17,77...°\approx 17,8°$$

Die Temperatur in Miami beträgt 17,8 °C.

b) Temperatur in Nürnberg in °F

Setze die Temperatur für Nürnberg in °C in die Formel ein und berechne T_F.

$$20°=(T_F-32°)\cdot\frac{5}{9} \quad |\cdot 9$$

$$180°=(T_F-32°)\cdot 5 \quad |:5$$

$$36°=T_F-32° \quad |+32$$

$$T_F=68°$$

Die Temperatur in Nürnberg beträgt 68 °F.

Teil B – Aufgabengruppe II – Aufgabe 3

Volumen des Würfels

Berechne das Volumen des Würfels.

$V_{Würfel} = a \cdot a \cdot a$

$V_{Würfel} = 20\ cm \cdot 20\ cm \cdot 20\ cm$

$V_{Würfel} = 8\,000\ cm^3$

Seitenlänge a des gleichschenklig-rechtwinkligen Dreiecks

Im gleichschenklig-rechtwinkligen Dreieck ist die Länge der Hypotenuse bekannt.
Die beiden Katheten haben die gleiche Länge.
Berechne mithilfe des Satzes von Pythagoras die Länge der Katheten.
Runde die Länge der Kathete sinnvoll (hier: zwei Dezimalstellen).

$$a^2 + a^2 = (10\ cm)^2$$

$$2a^2 = 100\ cm^2 \qquad |:2$$

$$a^2 = 50\ cm^2 \qquad |\sqrt{\ }$$

$$a = 7{,}071\ldots\ cm \approx 7{,}07\ cm$$

Grundfläche des Dreiecksprismas

Berechne den Flächeninhalt des rechtwinkligen Dreiecks.

$$A_{Dreieck} = \frac{a \cdot a}{2}$$

Runde den Flächeninhalt sinnvoll.

$$A_{Dreieck} = \frac{7{,}07\ cm \cdot 7{,}07\ cm}{2}$$

$$A_{Dreieck} = 24{,}992\ldots\ cm^2 \approx 25\ cm^2$$

Volumen des Dreiecksprismas

Setze die bekannten Werte in die Formel zur Berechnung des Volumens eines Dreiecksprismas und berechne das Volumen.

$V_{Prism}a = A_G \cdot h_K$

$A_G = 25\ cm^2$

$h_K = 20\ cm$

$V_{Prisma} = 25\ cm^2 \cdot 20\ cm$

$V_{Dreiecksprisma} = 500\ cm^3$

Volumen des Restkörpers

Subtrahiere vom Volumen des Würfels das Volumen des Dreiecksprismas und du erhältst das Volumen des Restkörpers.

$8\,000\ cm^3 - 500\ cm^3 = 7\,500\ cm^3$

Teil B – Aufgabengruppe II – Aufgabe 4

Länge der Kathete s

Trage in das rechtwinklige Dreieck die bekannten Längen ein.
Bezeichne die zweite Kathete mit s.
Berechne die Länge von s mithilfe des Satzes von Pythagoras.
Runde die Länge sinnvoll (hier: 2 Dezimalstellen).

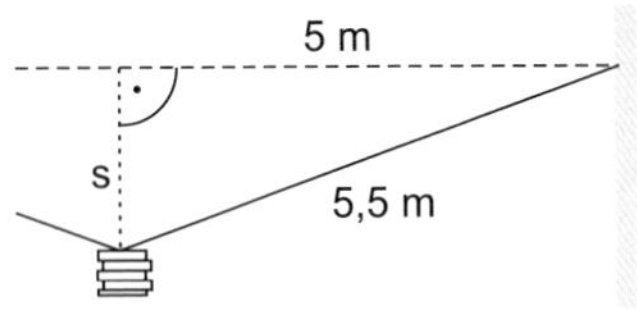

$s^2 = (5{,}5\text{ m})^2 - (5\text{ m})^2$

$s^2 = 30{,}25\text{ m}^2 - 25\text{ m}$

$s^2 = 5{,}25\text{ m}^2 \qquad |\sqrt{\ }$

$s = 2{,}291\ldots\text{ m} \approx 2{,}29\text{ m}$

Abstand zwischen dem Laternenboden und der Straße

Das Seil ist an der Hauswand 6 m über der Straße befestigt.
Die Höhe der Laterne ist in cm gegeben. Wandle die Höhe in m um.
Subtrahiere von der Höhe des Befestigungspunkts des Seils die Länge s und die Höhe der Laterne und du erhältst den Abstand zwischen dem Laternenboden und der Straße.

$6\text{ m} - 2{,}29\text{ m} - 0{,}4\text{ m} = 3{,}31\text{ m}$

Teil B – Aufgabengruppe II – Aufgabe 5

a) **Ereignis E(ungerade Zahl) in Mengenschreibweise**

Welche Karten mit einer ungeraden Zahl kann Tina aus dem Kartenstapel ziehen?

E(ungerade Zahl) = {1; 3; 5; 7}

b) **Beispiele für Ereignisse, deren Wahrscheinlichkeit größer als 0,5 = 50 % ist**

Der Kartenstapel besteht aus 8 Karten. Wenn die Wahrscheinlichkeit für das Ereignis größer als 0,5 = 50 % sein soll, dann müssen mindestens 5 Karten diese Bedingung erfüllen.
Jede Ereignismenge mit 5 oder mehr Elementen ist richtig.

E(eine Zahl zwischen 1 und 8) = {2; 3; 4; 5; 6; 7}
E(eine Zahl größer als 3) = {4; 5; 6; 7; 8}

oder:
E(eine Zahl kleiner als 6) = {1; 2; 3; 4; 5}
E(eine Zahl kleiner als 4 oder größer als 5) = {1; 2; 3; 6; 7; 8}

c) **fehlende Beschreibungen für das Ereignis**

3 und 6 sind Vielfache von 3.
3 und 6 sind durch 3 teilbar.
6, 7, 8 sind größer als 5.

Ereignis(„Vielfache von 3“) = {3; 6}

oder:
Ereignis(„durch 3 teilbar“) = {3; 6}
Ereignis(„größer als 5“) = {6; 7; 8}

d) **Wahrscheinlichkeit für das Ereignis „kleiner als 5“**

Anzahl aller möglichen Ergebnisse: 8
Anzahl der günstigen Ergebnisse: 4
Berechne die Wahrscheinlichkeit für das Ereignis „kleiner als 5“.

$$P(\text{„kleiner als 5“}) = \frac{4}{8} = 0{,}5 = 50\ \%$$

Wahrscheinlichkeit für das Ereignis „größer als 5“

Anzahl aller möglichen Ergebnisse: 8
Anzahl der günstigen Ergebnisse: 3
Berechne die Wahrscheinlichkeit für das Ereignis „größer als 5“.

$$P(\text{„größer als 5“}) = \frac{3}{8} = 0{,}375 = 37{,}5\ \%$$

Vergleiche die Wahrscheinlichkeiten.

$50\ \% > 37{,}5\ \%$

Es ist wahrscheinlicher, eine Karte mit einem Wert kleiner als 5 zu ziehen als eine Karte mit einem Wert größer als 5.

Teil B – Aufgabengruppe II – Aufgabe 6

a) **enthaltener Fruchtsaft in $m\ell$ beim Kirschnektar**

Die benötigten Daten findest du auf dem Etikett der Kirschnektarflasche.
Der gesamte Inhalt einer Flasche Kirschnektar in $m\ell$ ist der Grundwert G, der Fruchtsaftanteil ist der Prozentsatz p %. Der enthaltene Fruchtsaft in M ist der Prozentwert P.
Berechne den Prozentwert mit dem Dreisatz.

$$100\ \% \mathrel{\hat{=}} 330\ m\ell$$
$$1\ \% \mathrel{\hat{=}} 3{,}3\ m\ell$$
$$30\ \% \mathrel{\hat{=}} 99\ m\ell$$

oder:
Rechne mit dem Faktor.
$30\,\% = 0{,}3$

$330\ m\ell \cdot 0{,}3 = 99\ m\ell$

In einer Flasche Kirschnektar sind 99 $m\ell$ Fruchtsaft enthalten.

b) **Inhalt einer Flasche Bananennektar in $m\ell$**
Die benötigten Daten findest du auf dem Etikett der Bananennektarflasche.
Der in einer Flasche Bananennektar enthaltene Fruchtsaftanteil ist der Prozentsatz p %, der enthaltene Fruchtsaftanteil in $m\ell$ der Prozentwert P. Der gesamte Flascheninhalt in $m\ell$ ist der Grundwert G.
Berechne den Grundwert G mit dem Dreisatz.

$46\,\% \triangleq 345\ m\ell$
$1\,\% \triangleq 7{,}5\ m\ell$
$100\,\% \triangleq 750\ m\ell$

oder:
Berechne den Grundwert mit der Formel.

$$G = \frac{P \cdot 100\,\%}{p\%}$$

$$G = \frac{345\ m\ell \cdot 100\,\%}{46\,\%} = 750\ m\ell$$

In einer Flasche Bananennektar sind 750 $m\ell$ Flüssigkeit enthalten.

c) **enthaltene Fruchtsäfte in Lenas Mischgetränk in $m\ell$**
Berechne die Menge der Fruchtsäfte in der Mischung in $m\ell$.
Die benötigten Daten findest du auf den Etiketten.
Berechne die gesamte Menge des Mischgetränks in $m\ell$.
Die benötigten Daten findest du auf den Etiketten.
Der Fruchtsaftanteil im Mischgetränk ist der Prozentwert P, die gesamte Menge des Mischgetränks ist der Grundwert G.

$125\ m\ell + 300\ m\ell = 425\ m\ell$

Menge des gesamten Mischgetränks in $m\ell$:
$500\ m\ell + 750\ m\ell = 1\,250\ m\ell$

Fruchtsaftanteil des Mischgetränks
Berechne den Prozentsatz.
$p\,\% = P : G \cdot 100\,\%$

$p\,\% = 425\ m\ell : 1\,250\ m\ell \cdot 100\,\%$
$p\,\% = 34\,\%$

Der Fruchtsaftanteil des Mischgetränks beträgt 34 %.

d) Unterschied zwischen dem alten und dem neuen Flascheninhalt in *mℓ*

Der bisherige Inhalt einer Flasche ist der Grundwert G, der Unterschied zwischen dem Inhalt der neuen und der alten Flasche ist der Prozentwert P.
Berechne den prozentualen Anstieg des Inhalts.
$p\,\% = P : G \cdot 100\,\%$

$900\ m\ell - 750\ m\ell = 150\ m\ell$
$p\,\% = 150\ m\ell : 750\ m\ell \cdot 100\,\%$
$p\,\% = 20\,\%$

Der prozentuale Anstieg beträgt 20 %.

Teil B – Aufgabengruppe II – Aufgabe 7

a) Fettanteil in einer 80 g-Tafel Schokolade in Prozent

Addiere die Prozentsätze für Kohlenhydrate, Eiweiß und Sonstiges.
Lies die benötigten Daten aus dem Säulendiagramm ab.
Die Differenz zu 100 % ist der Prozentsatz für das Fett in der Schokolade.

$46\,\% + 12\,\% + 5\,\% = 63\,\%$
$100\,\% - 63\,\% = 37\,\%$

Fettanteil in einer 80 g-Tafel Schokolade in Gramm

Der Grundwert G ist das Gewicht der Tafel Schokolade, der Prozentsatz p % ist nun bekannt.
Berechne den Prozentwert P mit dem Dreisatz.

$100\,\% \mathrel{\hat{=}} 80\text{ g}$
$1\,\% \mathrel{\hat{=}} 0{,}8\text{ g}$
$37\,\% \mathrel{\hat{=}} 29{,}6\text{ g}$

oder:
Rechne mit dem Faktor.
$37\,\% = 0{,}37$

$80\text{ g} \cdot 0{,}37 = 29{,}6\text{ g}$

In einer 80 g-Tafel Schokolade sind 29,6 g Fett enthalten.

b) Berechnen der Winkel für das Kreisdiagramm

Die gesamten Nährstoffe (100 %) entsprechen 360°.
Runde die berechneten Winkel sinnvoll (hier: ganze Grad).

$100\,\% \mathrel{\hat{=}} 360°$
$1\,\% \mathrel{\hat{=}} 3{,}6°$

$46\,\% \mathrel{\hat{=}} 165{,}6° \approx 166°$	Kohlenhydrate
$37\,\% \mathrel{\hat{=}} 133{,}2° \approx 133°$	Fett
$12\,\% \mathrel{\hat{=}} 43{,}2° \approx 43°$	Eiweiß
$5\,\% \mathrel{\hat{=}} 18°$	Sonstiges

Kreisdiagramm

Wähle für deinen Kreis einen Radius (hier: 2,5 cm).
In Kreise mit einem Radius zwischen 4 cm und 5 cm kannst du die Winkel mit dem Geodreieck leicht eintragen.
Der Kreismittelpunkt ist der Scheitel der Winkel für die Kreissegmente.
Zeichne mit dem Geodreieck die berechneten Winkel in den Kreis ein.
Färbe die Kreissegmente mit verschiedenen Farben.
Beschrifte die Kreissegmente.

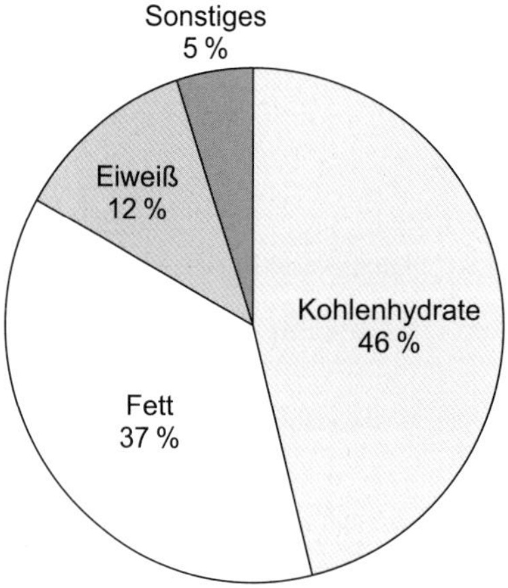

Teil B – Aufgabengruppe II – Aufgabe 8

a) **Anzahl der Fotos auf einer Festplatte mit 50 Gigabyte**

Rechne die Größe der Festplatte in Megabyte um.
1 GB = 1 000 MB
Berechne die Anzahl der Fotos. Runde sinnvoll.

50 GB = 50 000 MB
50 000 MB : 2,6 MB = 19 230,7… ≈ 19 230 Fotos

oder:
Rechne die Größe eines Fotos in GB um.
1 MB = 0,001 GB
Berechne dann die Anzahl der Fotos.

2,6 MB = 0,0026 GB
50 GB : 0,0026 GB = 19 230,7… ≈ 19 230 Fotos

b) freier Speicherplatz auf der Festplatte
Die Speichergrößen müssen zunächst auf eine gleiche Einheit gebracht werden.
Rechne die Größe der Festplatte in GB um.
1 TB = 1 000 GB

3 TB = 3 000 GB

Subtrahiere von der Größe der Festplatte in GB den belegten Speicherplatz und du erhältst den freien Speicherplatz in GB.

3 000 GB – 700 GB = 2 300 GB

oder:
Rechne den belegten Speicherplatz in TB um.
1 GB = 0,001 TB

700 GB = 0,7 TB

Subtrahiere von der Größe der Festplatte in TB den belegten Speicherplatz und du erhältst den freien Speicherplatz in TB.

3 TB – 0,7 TB = 2,3 TB

c) ungefähre Datengröße in Megabyte
1 MB = 10^6 Byte
Dividiere die Größe des gespeicherten Spielstands durch 10^6 und du erhältst die Größe des Spielstands in MB.

$8{,}5 \cdot 10^7$ Byte : 10^6 = 85 MB

oder:
Wenn dein Taschenrechner keine Tasten zur Eingabe von 10er-Potenzen hat, dann gehe schrittweise vor.
10^6 Byte = 1 MB

10^6 Byte = 1 MB
10^7 Byte = $10 \cdot 1$ MB
$8{,}5 \cdot 10^7$ Byte = $85 \cdot 1$ MB = 85 MB

Teil B – Aufgabengruppe II – Aufgabe 9

a) **Kosten für 8 Trainingseinheiten**

Benötigte Daten findest du im Angebot der MUCKIBUDE.
Berechne die Kosten für 8 Trainingseinheiten.

$3{,}50\ € \cdot 8 = 28{,}00\ €$

gesamte Kosten

Addiere die Kosten für die 8 Trainingseinheiten zum Aktionspreis von 10 € und du erhältst die gesamten Kosten für den Schnuppermonat.

$28{,}00\ € + 10\ € = 38{,}00\ €$

Die Kosten für den Schnuppermonat mit 8 Trainingseinheiten betragen 38,00 €.

b) **Entwicklung der Monatsbeiträge in Abhängigkeit zur Vertragslaufzeit**

Die Vertragslaufzeit und die Monatsbeiträge findest du im Angebot der MUCKIBUDE.
Prüfe, ob eine proportionale Zuordnung vorliegt.

Je länger die Vertragslaufzeit ist, desto niedriger werden die Monatsbeiträge.

c) **Zuordnung der Graphen zu den Angeboten**

Ein Graph beginnt bei 0 €, es gibt keinen festen Monatsbeitrag.
Graph 2 und Graph 3 beginnen bei einem Monatsbeitrag von 25 €.
Lies aus dem Schaubild ab, wie hoch die Kosten für eine Trainingseinheit sind.
Entscheide nun, welcher Graph zur MUCKIBUDE passt.

Graph 3 gehört zu Michis Fitbox.
Graph 2 gehört zur MUCKIBUDE.

d) **Bedeutung des Schnittpunkts von Graph 2 und Graph 3 hinsichtlich der Kosten**

Lies im Diagramm ab und entscheide:
Bis zu wie vielen Trainingseinheiten ist Graph 3 günstiger als Graph 2?
Bei wie vielen Trainingseinheiten sind die Kosten bei beiden Graphen gleich hoch?
Wie entwickeln sich die Kosten nach der 5. Trainingseinheit?
Welcher Graph ist dann hinsichtlich der Kosten günstiger?

- Bis zu 4 Trainingseinheiten ist das Angebot von Graph 3 günstiger als das Angebot von Graph 2.
- Bei 5 Trainingseinheiten, beim Schnittpunkt der beiden Graphen sind die Kosten bei beiden Graphen, gleich hoch.
- Nach der 5. Trainingseinheit sind die Kosten bei Graph 2 niedriger.

Teil A – Hilfsmittelfrei – Aufgabe 1

Fehlende Tabellenwerte

	Kühlschrank	Wasch-maschine	Mikro-wellengerät
alter Preis	420 €	600 €	**200 €**
Preisnachlass	–10 %	**–5 %**	–20 %
neuer Preis	**378 €**	570 €	160 €

neuer Preis für den Kühlschrank

Der alte Preis ist der Grundwert G, der Preisnachlass der Prozentsatz p %.
Berechne den neuen Preis mit dem Dreisatz.
Subtrahiere den Preisnachlass vom alten Preis und du erhältst den neuen Preis.

$$100\,\% \mathrel{\hat{=}} 420\,€$$
$$1\,\% \mathrel{\hat{=}} 4{,}20\,€$$
$$10\,\% \mathrel{\hat{=}} 4{,}20\,€ \cdot 10 = 42\,€$$
$$420\,€ - 42\,€ = 378\,€$$

oder:

Der Preisnachlass für den Kühlschrank beträgt 10 %.
Der neue Preis beträgt 100 % – 10 % = 90 % des alten Preises.
Berechne den neuen Preis mit dem Dreisatz.

$$100\,\% \mathrel{\hat{=}} 420\,€$$
$$1\,\% \mathrel{\hat{=}} 4{,}20\,€$$
$$90\,\% \mathrel{\hat{=}} 4{,}20\,€ \cdot 90 = 378\,€$$

oder:

Berechne den neuen Preis mit dem Faktor.
90 % = 0,9

$$420\,€ \cdot 0{,}9 = 42\,€ \cdot 9 = 378\,€$$

Preisnachlass für die Waschmaschine in Prozent

- Berechne zunächst den Preisnachlass in €.
- Der alte Preis ist der Grundwert G, der Preisnachlass in € der Prozentwert P.
- Berechne den Prozentsatz.
- $p\,\% = P : G \cdot 100\,\%$

$600\,€ - 570\,€ = 30\,€$

$G = 600\,€$
$P = 30\,€$

$p\,\% = 30\,€ : 600\,€ \cdot 100\,\%$
$p\,\% = 5\,\%$

oder:

- Schreibe den Anteil des Preisnachlasses am alten Preis der Waschmaschine
- als Bruch.
- Kürze den Bruch vollständig.
- Schreibe den Bruch als Prozentsatz.

$600\,€ - 570\,€ = 30\,€$

$$30\,€ \text{ von } 600\,€ = \frac{30\,€}{600\,€} = \frac{3}{60} = \frac{1}{20} = 5\,\%$$

alter Preis für das Mikrowellengerät

- Der alte Preis ist der Grundwert G, der neue Preis der Prozentwert P.
- Der alte Preis wird um 20 % herabgesetzt.
- Berechne zunächst den Prozentsatz für den neuen Preis.
- Berechne nun den alten Preis mit dem Dreisatz oder mit dem Faktor.
- $80\,\% = 0{,}8$

$100\,\% - 20\,\% = 80\,\%$

$80\,\% \mathrel{\hat{=}} 160\,€$
$1\,\% \mathrel{\hat{=}} 160\,€ : 80 = 2\,€$
$100\,\% \mathrel{\hat{=}} 2\,€ \cdot 100 = 200\,€$

oder:
$160\,€ : 0{,}8 = 200\,€$

Teil A – Hilfsmittelfrei – Aufgabe 2

Fehlende Zahlen im magischen Quadrat

Addiere die Zahlen diagonal von rechts oben nach links unten: $0{,}3+0{,}6+0{,}9=1{,}8$
Die Summe der drei Zahlen in jeder Spalte, jeder Zeile und jeder Diagonale ergibt also immer 1,8.
Berechne nun mit diesem Wert die fehlenden Zahlen.
Subtrahiere von 1,8 die beiden Zahlen in der linken Spalte: $1{,}8-0{,}5-0{,}9=0{,}4$

0,5		0,3
0,4	0,6	
0,9	0,2	

Subtrahiere von 1,8 die beiden Zahlen in der mittleren Spalte: $1{,}8-0{,}6-0{,}2=1{,}0$

0,5	1,0	0,3
0,4	0,6	
0,9	0,2	

Subtrahiere von 1,8 die beiden Zahlen in der mittleren Zeile: $1{,}8-0{,}4-0{,}6=0{,}8$

0,5	1,0	0,3
0,4	0,6	0,8
0,9	0,2	

Subtrahiere von 1,8 die beiden Zahlen in der rechten Spalte: $1{,}8-0{,}3-0{,}8=0{,}7$
oder:
Subtrahiere von 1,8 die beiden Zahlen diagonal von links oben nach rechts unten:
$1{,}8-0{,}5-0{,}6=0{,}7$

0,5	1,0	0,3
0,4	0,6	0,8
0,9	0,2	0,7

Teil A – Hilfsmittelfrei – Aufgabe 3

a) **Länge eines Schuhs der Schuhgröße 40**

Miss die Länge deiner Schuhsohle und kreuze den Wert an, der der gemessenen Länge am nächsten kommt.

- ☐ 14 cm
- ☒ 25 cm
- ☐ 47 cm

b) **Volumen des abgebildeten Papierkorbs**

Rechne die gegebenen Größen in vergleichbare Einheiten um, z. B. Liter.
$220\ dm^3 = 220$ Liter; $0{,}3\ m^3 = 300\ dm^3 = 300$ Liter
Suche Gegenstände mit vergleichbarem Volumen in deiner Umwelt.
Eine normale Regentonne fasst z. B. rund 200 Liter Regenwasser, eine große Regentonne rund 300 Liter.
Der Papierkorb in der abgebildeten Größe (vgl. mit dem Schuh) hat sicher ein geringeres Volumen.

- ☒ 18 Liter
- ☐ $220\ dm^3$
- ☐ $0{,}3\ m^3$

c) **Flächeninhalt der abgebildeten Tischfläche**

Suche Gegenstände mit vergleichbarem Flächeninhalt in deiner Umwelt.
Ein DIN-A4-Blatt ($30\ cm \times 20\ cm$) hat eine Fläche von rund $600\ cm^2$.
$500\ cm^2$ ist für den Tisch also zu klein.
Eine Tischtennisplatte hat eine Fläche von rund $4\ m^2$.
Der abgebildete Tisch ist wesentlich kleiner.
Ein Tisch mit einem Flächeninhalt von $50\ dm^2$ könnte zum Beispiel eine Länge von $10\ dm = 1\ m$ und eine Breite von $5\ dm = 50\ cm$ haben.

- ☐ $500\ cm^2$
- ☐ $5\ m^2$
- ☒ $50\ dm^2$

Teil A – Hilfsmittelfrei – Aufgabe 4

Zeichen einsetzen

a) Berechne 4^2.
Ziehe die Quadratwurzel aus $\sqrt{169}$.
Vergleiche die Ergebnisse.

$4^2 = 16$

$\sqrt{169} = 13$

$16 > 13$

$4^2 \mathbf{>} \sqrt{169}$

b) Schreibe $3{,}4 \cdot 10^{-2}$ als Dezimalbruch.
Verschiebe dazu das Komma um 2 Stellen nach rechts. Die beiden Werte sind gleich.

$10^{-2} = 0{,}01$

$3{,}4 \cdot 0{,}01 = 0{,}034$

$3{,}4 \cdot 10^{-2} \mathbf{=} 0{,}034$

c) Kürze $\frac{2}{4}$.
Vergleiche die Brüche.

$\frac{2}{4} = \frac{1}{2}$

$\frac{1}{2} > \frac{3}{7}$

$\frac{2}{4} \mathbf{>} \frac{3}{7}$

oder:
Erweitere beide Brüche auf den Hauptnenner.
Der Hauptnenner ist 28.
Vergleiche die Brüche.

$\frac{2}{4} = \frac{2 \cdot 7}{4 \cdot 7} = \frac{14}{28}$

$\frac{3}{7} = \frac{3 \cdot 4}{7 \cdot 4} = \frac{12}{28}$

$\frac{14}{28} > \frac{12}{28}$

$\frac{2}{4} \mathbf{>} \frac{3}{7}$

Teil A – Hilfsmittelfrei – Aufgabe 5

a) Fehlende Rechenanweisungen

Rechne rückwärts.
In der dritten Zeile der Gleichung wurde das Glied ohne Variable (24) auf die rechte Seite gebracht.
Die Rechenanweisung für die zweite Zeile der Gleichung muss daher –24 lauten.
Die Gleichung wurde in der letzten Zeile nach x aufgelöst.
Die Rechenanweisung für die vorletzte Zeile lautet daher :20.

$$
\begin{aligned}
36x+24+7x &= 3x+90-16+20 & & \\
43x+24 &= 23x+74 & &|\mathbf{-\,24} \\
43x &= 23x+50 & &|-23x \\
20x &= 50 & &|\mathbf{:20} \\
x &= 2{,}5 & &
\end{aligned}
$$

b) Fehlende Zeilen der Gleichung

Rechne rückwärts.
Die Rechenanweisung in der ersten Zeile lautet +8x.
In der zweiten Zeile steht also die Gleichung, nachdem auf beiden Seiten 8x addiert wurde.
Subtrahiere auf jeder Seite der Gleichung in der zweiten Zeile 8x und fasse zusammen, dann erhältst du die Gleichung für die erste Zeile:
$5x-8x-15=-5-8x$
Addiere auf beiden Seiten der Gleichung in der zweiten Zeile 15 und fasse zusammen, dann erhältst du die Gleichung für die dritte Zeile:
$5x-15+15=-5+15$

$$
\begin{aligned}
\mathbf{-3x-15} &= \mathbf{-5-8x} & &|+8x \\
5x-15 &= -5 & &|+15 \\
\mathbf{5x} &= \mathbf{10} & &|:5 \\
x &= 2 & &
\end{aligned}
$$

Teil A – Hilfsmittelfrei – Aufgabe 6

a) Größe des fehlenden Winkels δ

In jedem Viereck beträgt die Summe der Innenwinkel 360°.
$\alpha+\beta+\gamma+\delta=360°$
Berechne die fehlende Größe des Winkels δ.

$$
\begin{aligned}
\alpha+\beta+\gamma+\delta &= 360° \\
70°+110°+70°+\delta &= 360° \\
250°+\delta &= 360° \\
\delta &= 110°
\end{aligned}
$$

b) Ankreuzen, um welches Viereck es sich <u>nicht</u> handelt

Das gegebene Viereck hat zwei Paare verschieden großer Innenwinkel.
Jedes Quadrat besitzt vier rechte Innenwinkel:
$\alpha = \beta = \gamma = \delta = 90°$
Bei dem Viereck handelt es sich also sicher nicht um ein Quadrat.

Trapez	☐
Parallelogramm	☐
Quadrat	☒

Teil A – Hilfsmittelfrei – Aufgabe 7

Flächeninhalt des Rechtecks

Der Buchstabe C setzt sich aus einem Rechteck und zwei flächeninhaltsgleichen halbkreisförmigen Kreisringen zusammen.
Entnimm die benötigten Maße der Skizze.
Berechne zunächst den Flächeninhalt des Rechtecks.
$A_{Rechteck} = a \cdot b$

$a = 1\text{ dm}$
$b = 3\text{ dm}$

$A_{Rechteck} = 1\text{ dm} \cdot 3\text{ dm}$
$A_{Rechteck} = 3\text{ dm}^2$

Flächeninhalt des äußeren Kreises

Die beiden halbkreisförmigen Kreisringe ergeben zusammen einen ganzen Kreisring.
Berechne den Flächeninhalt des äußeren Kreises.
$A_{Kreis} = r \cdot r \cdot \pi$
Rechne mit $\pi = 3$.

$d = 4\text{ dm} \quad \Rightarrow \quad r = 2\text{ dm}$
$\pi = 3$

$A_{äußerer\ Kreis} = 2\text{ dm} \cdot 2\text{ dm} \cdot 3$

$A_{äußerer\ Kreis} = 12\text{ dm}^2$

Flächeninhalt des inneren Kreises

Berechne zuerst den Radius des inneren Kreises.
Berechne damit den Flächeninhalt des inneren Kreises.
$A_{Kreis} = r \cdot r \cdot \pi$
Rechne mit $\pi = 3$.

$r = 2\text{ dm} - 1\text{ dm}$
$r = 1\text{ dm}$

$A_{\text{innerer Kreis}} = 1\text{ dm} \cdot 1\text{ dm} \cdot 3$
$A_{\text{innerer Kreis}} = 3\text{ dm}^2$

Flächeninhalt des Kreisrings

Subtrahiere vom Flächeninhalt des äußeren Kreises den Flächeninhalt des inneren Kreises und du erhältst den Flächeninhalt des Kreisrings.

$A_{\text{Kreisring}} = 12\text{ dm}^2 - 3\text{ dm}^2$
$A_{\text{Kreisring}} = 9\text{ dm}^2$

Flächeninhalt des Buchstabens C

Addiere die Teilflächen und du erhältst den Flächeninhalt des Buchstabens C.

$A_{\text{Buchstabe}} = 9\text{ dm}^2 + 3\text{ dm}^2$
$A_{\text{Buchstabe}} = 12\text{ dm}^2$

Teil A – Hilfsmittelfrei – Aufgabe 8

Wochentag des 27. Juli 2020

Gehe schrittweise vor.
Eine Woche hat sieben Tage.
Wenn der 7. Juli 2020 ein Dienstag war, dann war der 14. Juli 2020 auch ein Dienstag.
Gehe Woche für Woche bis zum 27. Juli vor.
Dienstag, der 28. Juli ist ein Tag zu viel.

7. Juli 2020, Dienstag
14. Juli 2020, Dienstag; 21. Juli 2020, Dienstag; 28. Juli 2020, Dienstag
Der 27. Juli 2020 war ein **Montag**.

oder:

Arbeite dich ab dem 21. Juli 2020 Tag für Tag bis zum 27. Juli 2020 vor.

21. Juli 2020, Dienstag; 22. Juli 2020, Mittwoch; 23. Juli 2020, Donnerstag;
24. Juli 2020, Freitag; 25. Juli 2020, Samstag; 26. Juli 2020, Sonntag
Der 27. Juli 2020 war ein **Montag**.

Teil A – Hilfsmittelfrei – Aufgabe 9

Durchmesser und Radius des Kreises

Zur Überprüfung der Aussagen benötigst du den Durchmesser und den Radius des Kreises.
Der Umfang des Kreises ist gegeben. Berechne damit den Durchmesser und den Radius des Kreises.
$u = d \cdot \pi$
$d = 2 \cdot r$
Rechne mit $\pi = 3$.

$60\text{ cm} = d \cdot 3 \quad |:3$
$d = 20\text{ cm}$

$r = 20\text{ cm} : 2$
$r = 10\text{ cm}$

Flächeninhalt des Quadrats

Der Durchmesser des Kreises ist auch die Länge einer Quadratseite.
Berechne den Flächeninhalt des Quadrats.
$A_{Quadrat} = d \cdot d$

$A_{Quadrat} = 20\text{ cm} \cdot 20\text{ cm}$
$A_{Quadrat} = 400\text{ cm}^2$

Anteil des Flächeninhalts des Kreises am Flächeninhalt des Quadrats

Berechne den Flächeninhalt des Kreises.
$A_{Kreis} = r \cdot r \cdot \pi$
Rechne mit $\pi = 3$.
Welchen Bruchteil des Flächeninhalts des Quadrats nimmt der Flächeninhalt des Kreises ein?

$A_{Kreis} = 10\text{ cm} \cdot 10\text{ cm} \cdot 3$
$A_{Kreis} = 300\text{ cm}^2$

$300\text{ cm}^2 \text{ von } 400\text{ cm}^2 = \frac{300\text{ cm}^2}{400\text{ cm}^2} = \frac{3}{4}$

Ankreuzen der zutreffenden Aussage

	richtig	falsch
a) Der Flächeninhalt des Kreises beträgt etwa $\frac{1}{4}$ des Flächeninhalts des Quadrats.	☐	☒
b) Der Radius des Kreises beträgt etwa 10 cm.	☒	☐
c) Der Flächeninhalt des Quadrats beträgt etwa 400 cm^2.	☒	☐

Teil A – Hilfsmittelfrei – Aufgabe 10

Passende Maßeinteilung zum dargestellten Gefäß

Das kugelförmige Gefäß ist unten und oben schmäler als in der Mitte.
Fülle es gedanklich gleichmäßig mit Wasser: Zu Beginn steigt der Wasserstand schnell an. Je mehr Wasser du in das Gefäß gießt, umso langsamer steigt der Wasserstand, da der Durchmesser des Gefäßes größer wird.
Nachdem das Gefäß bis zur Mitte mit Wasser gefüllt ist, steigt der Wasserstand wieder schneller an.
Der Vorgang kehrt sich um, die Maßeinteilung wird an der Mitte gespiegelt.
Die mittlere Maßeinteilung kann nicht passen, da sie zwischen den einzelnen Maßeinteilungen gleiche Abstände hat. Diese Maßeinteilung eignet sich z. B. für einen Zylinder.
Die rechte Maßeinteilung passt zu einem Gefäß, das unten und oben breiter als in der Mitte ist.

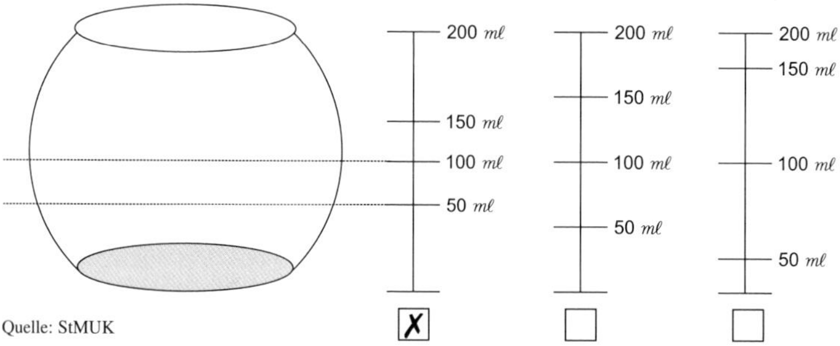

Quelle: StMUK

Teil A – Hilfsmittelfrei – Aufgabe 11

Diagramm, das die Nennungen am genauesten darstellt

Nur für „Schinkensemmel“ und „Butterbreze“ liegen jeweils gleich viele Nennungen vor, d. h., das Kreisdiagramm muss genau zwei gleich große Kreissegmente haben.
Das trifft nur auf das mittlere Diagramm zu.
oder:
Von den 240 Nennungen entfallen 60 Nennungen auf „Schinkensemmel“ und 60 Nennungen auf „Butterbreze“. Das ergibt zusammen 120 Nennungen. 120 Nennungen von 240 Nennungen ist die Hälfte aller Nennungen, d. h., zwei gleich große Kreissegmente nehmen die Hälfte des Kreisdiagramms ein.
oder:
In der Tabelle für die Wünsche der Schülerinnen und Schüler werden fünf zahlenmäßig unterschiedliche Nennungen angegeben. Das linke Kreisdiagramm enthält jedoch nur fünf gleich große Sektoren. Das rechte Kreisdiagramm enthält nur vier Sektoren.

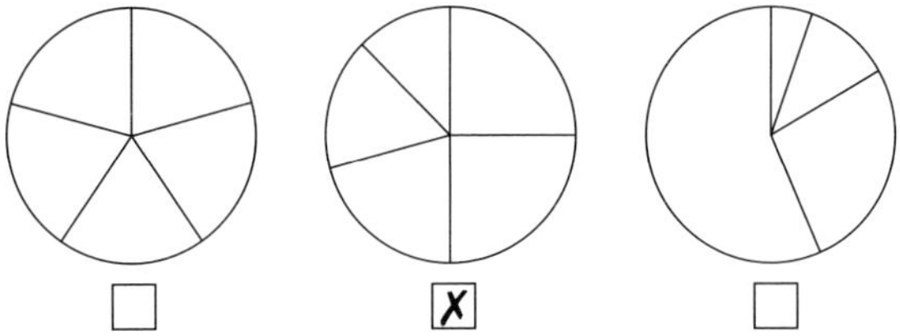

Teil A – Hilfsmittelfrei – Aufgabe 12

Ungefähre Länge des abgebildeten Orcas

Miss mit dem Geodreieck die Länge des Blauwals und des Orcas in der Darstellung.
Runde deine Messergebnisse auf ganze cm.

Länge des Blauwals in Wirklichkeit:	24 m
Länge des Blauwals in der Darstellung:	ca. 12 cm
Länge des Orcas in der Darstellung:	ca. 4 cm

Rechnung

Eine Länge von 12 cm in der Darstellung des Blauwals entspricht einer tatsächlichen Länge von 24 m.
Berechne damit die tatsächliche Länge des Orcas.
Rechne mit dem Dreisatz.

Darstellung		tatsächliche Länge	
12 cm	$\hat{=}$	24 m	(Blauwal)
1 cm	$\hat{=}$	$24\text{ m} : 12 = 2\text{ m}$	
4 cm	$\hat{=}$	$2\text{ m} \cdot 4 = 8\text{ m}$	(Orca)

oder:

Vergleiche die Länge des abgebildeten Orcas mit der Länge des abgebildeten Blauwals.
Welchen Bruchteil der Länge des abgebildeten Blauwals nimmt die Länge des abgebildeten Orcas ein?
Berechne damit die tatsächliche Länge des Orcas.

$$4\text{ cm von }12\text{ cm} = \frac{4\text{ cm}}{12\text{ cm}} = \frac{1}{3}$$

$$\frac{1}{3}\text{ von }24\text{ m} = 8\text{ m}$$

Der abgebildete Orca hat eine Länge von 8 m.

Teil B – Aufgabengruppe I – Aufgabe 1

$$3,2\cdot(x+14,5)-2\cdot(-0,5+0,3x)=(96x+5\cdot 0,64):8 \quad |\text{Produkt in Klammer berechnen}$$
$$3,2\cdot(x+14,5)-2\cdot(-0,5+0,3x)=(96x+3,2):8 \quad |\text{Klammern ausmultiplizieren}$$
$$(3,2x+46,4)-(-1+0,6x)=(12x+0,4) \quad |\text{Klammern auflösen; Vorzeichen beachten}$$
$$3,2x+46,4+1-0,6x=12x+0,4 \quad |\text{zusammenfassen}$$
$$2,6x+47,4=12x+0,4 \quad |-12x;\ -47,4$$
$$-9,4x=-47 \quad |:(-9,4)$$
$$x=5$$

Teil B – Aufgabengruppe I – Aufgabe 2

a) Durchschnittliche Anzahl der im Jahr 2019 pro Monat verkauften Tablets in Millionen

Addiere die Verkaufszahlen für die vier Quartale.
Berechne damit die durchschnittliche Anzahl der verkauften Tablets pro Monat.
Ein Jahr hat zwölf Monate.

30,4 Mio. + 32,5 Mio. + 37,6 Mio. + 43,5 Mio. = 144 Mio.
144 Mio. : 12 = 12 Mio.

Im Jahr 2019 wurden durchschnittlich pro Monat 12 Millionen Tablets verkauft.

b) Anteil der im vierten Quartal verkauften Tablets in Prozent

Der Grundwert G ist die Anzahl aller im Jahr 2019 verkauften Tablets, der Prozentwert P die Anzahl der im 4. Quartal 2019 verkauften Tablets.
Berechne den Prozentsatz p %.
$p\,\% = P : G \cdot 100\,\%$
Runde den Prozentsatz sinnvoll (hier: 2 Dezimalstellen).

G = 144 Mio.
P = 43,5 Mio.

$p\,\% = 43,5\text{ Mio.} : 144\text{ Mio.} \cdot 100\,\%$
$p\,\% = 30,208\ldots\,\%$
$p\,\% \approx 30,21\,\%$

c) Berechnen der Winkel für das Kreisdiagramm

Bereite die Daten für das Kreisdiagramm auf.
Alle im Jahr 2019 verkauften Tablets entsprechen 360°.
Berechne die Größe der Winkel für die Verkaufszahlen in jedem Quartal mit dem Dreisatz.
Runde falls erforderlich die Winkel auf ganze Grad.

$$144 \text{ Mio. Tablets} \mathrel{\hat{=}} 360°$$
$$1 \text{ Mio. Tablets} \mathrel{\hat{=}} 360° : 144 = 2{,}5°$$
$$30{,}4 \text{ Mio. Tablets} \mathrel{\hat{=}} 2{,}5° \cdot 30{,}4 = 76° \quad \text{(Quartal 1)}$$
$$32{,}5 \text{ Mio. Tablets} \mathrel{\hat{=}} 2{,}5° \cdot 32{,}5 = 81{,}25° \approx 81° \quad \text{(Quartal 2)}$$
$$37{,}6 \text{ Mio. Tablets} \mathrel{\hat{=}} 2{,}5° \cdot 37{,}6 = 94° \quad \text{(Quartal 3)}$$
$$43{,}5 \text{ Mio. Tablets} \mathrel{\hat{=}} 2{,}5° \cdot 43{,}5 = 108{,}75° \approx 109° \quad \text{(Quartal 4)}$$

Kreisdiagramm

Zeichne einen Kreis mit r = 4 cm.
Trage die Winkel für die Kreissegmente mit dem Geodreieck ein.
Beschrifte das Schaubild vollständig.

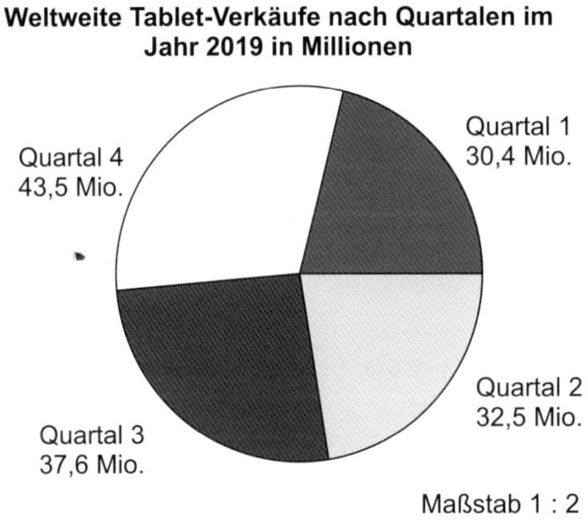

Teil B – Aufgabengruppe I – Aufgabe 3

Höhe h der Grundfläche des Dreiecksprismas

Im rechtwinkligen Dreieck ist die Seite c die Hypotenuse, die Seiten b und h sind die Katheten.
Berechne die Länge der Höhe h mithilfe des Satzes von Pythagoras.

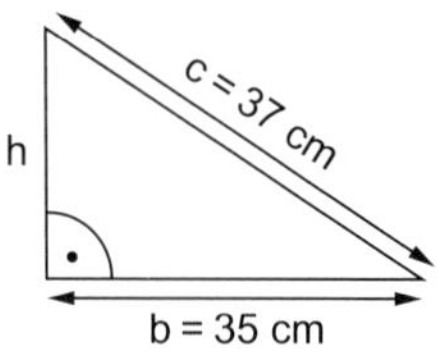

$h^2 = c^2 - b^2$

$h^2 = (37\text{ cm})^2 - (35\text{ cm})^2$

$h^2 = 1\,369\text{ cm}^2 - 1\,225\text{ cm}^2$

$h^2 = 144\text{ cm}^2 \qquad |\sqrt{\ }$

$h = 12\text{ cm}$

Flächeninhalt der Grundfläche des Dreiecksprismas

Berechne den Flächeninhalt des rechtwinkligen Dreiecks.

$A_{Dreieck} = \frac{1}{2} \cdot g \cdot h$

$b = g = 35\text{ cm};\ h = 12\text{ cm}$

$A_{Dreieck} = \frac{1}{2} \cdot 35\text{ cm} \cdot 12\text{ cm}$

$A_{Dreieck} = 210\text{ cm}^2$

Volumen eines Dreiecksprismas

Berechne das Volumen der zwei identischen Dreiecksprismen.
Entnimm die Länge der Körperhöhe der Skizze.
$V_{Prisma} = A_G \cdot h_k$

$A_{Dreieck} = 210\text{ cm}^2;\ t = h_k = 70\text{ cm}$

$V_{Prisma} = 210\text{ cm}^2 \cdot 70\text{ cm}$

$V_{Prisma} = 14\,700\text{ cm}^3$

Volumen der zwei Dreiecksprismen

$14\,700\text{ cm}^3 \cdot 2 = 29\,400\text{ cm}^3$

Volumen des Quaders

Berechne das Volumen des Quaders.
$V_{Quader} = a \cdot b \cdot c$ hier: $V_{Quader} = g \cdot t \cdot h$
Entnimm die benötigten Maße der Skizze.
Die Höhe h hast du in Teilaufgabe a berechnet.

$g = 60\text{ cm};\ t = 70\text{ cm};\ h = 12\text{ cm}$

$V_{Quader} = 60\text{ cm} \cdot 70\text{ cm} \cdot 12\text{ cm}$

$V_{Quader} = 50\,400\text{ cm}^3$

Gesamtvolumen des Körpers

Addiere zum Volumen der beiden Dreiecksprismen das Volumen des Quaders und du erhältst das Volumen des abgebildeten Körpers.

$V_{Gesamt} = 29\,400\text{ cm}^3 + 50\,400\text{ cm}^3$

$V_{Gesamt} = 79\,800\text{ cm}^3$

Teil B – Aufgabengruppe I – Aufgabe 4

a) **Fehlende Werte in der Tabelle für das Angebot B**

erste Tabellenspalte:

In den Kosten für die Miete ist die einmalige Anzahlung enthalten.
Subtrahiere die Anzahlung von den Kosten.
Die Miete für einen Monat beträgt 25 €.
Berechne die Mietdauer.

$125\text{ €} - 50\text{ €} = 75\text{ €}$

$75\text{ €} : 25\text{ €} = 3$ (Monate)

zweite Tabellenspalte:

Berechne die Kosten für eine Mietdauer von vier Monaten. Zu den Mietkosten für vier Monate kommt noch die einmalige Anzahlung dazu.

$25\text{ €} \cdot 4 = 100\text{ €}$

$100\text{ €} + 50\text{ €} = 150\text{ €}$

dritte Tabellenspalte:

Berechne die Kosten für eine Mietdauer von zwölf Monaten. Zu den Mietkosten für zwölf Monate kommt noch die einmalige Anzahlung dazu.

$25\text{ €} \cdot 12 = 300\text{ €}$

$300\text{ €} + 50\text{ €} = 350\text{ €}$

Mietdauer in Monaten	**3**	4	12
Kosten inklusive einmaliger Anzahlung in €	125 €	**150 €**	**350 €**

b) Grafische Darstellung des Zusammenhangs zwischen Mietdauer und Mietkosten des Tablets von Angebot B

Lege ein Koordinatensystem mit der vorgegebenen Einheit an.
Rechtswertachse: 1 cm $\hat{=}$ 1 Monat
Hochwertachse: 1 cm $\hat{=}$ 50 €
Der Platzbedarf ist in der Angabe gegeben.
Beschrifte das Koordinatensystem vollständig.
Trage die in Teilaufgabe a berechneten Punkte (3 Monate – 125 €), (4 Monate – 150 €) und (12 Monate – 350 €) in das Koordinatensystem ein.
Zeichne mit dem Geodreieck die Halbgerade durch die eingetragenen Punkte.
Beachte, dass die Halbgerade erst bei (1 Monat – 75 €) beginnt.
Streng genommen gehören nur die Punkte für ganze Monate zur Darstellung, da die Miete für das Tablet nur in ganzen Monaten abgerechnet wird. Die Halbgerade hilft dir aber dabei, die Punkte genauer einzutragen bzw. weitere Punkte abzulesen.
Die Abbildung wurde aus Platzgründen verkleinert.

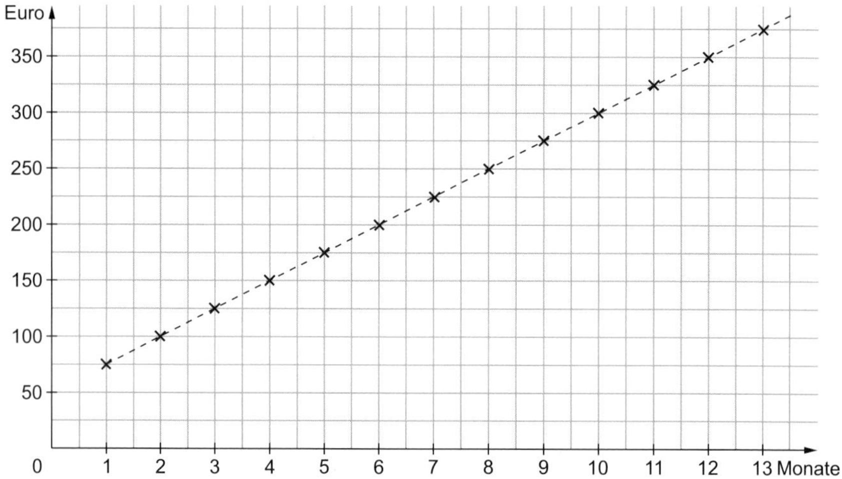

c) **Mieten oder Kaufen**

Lies aus dem Schaubild ab, nach wie vielen Monaten die Mietkosten für das Tablet und der Kaufpreis gleich hoch sind.

Kaufpreis des Tablets: 300 €
Mietpreis für 10 Monate: 300 €

Nach zehn Monaten sind der Kaufpreis und die Kosten für die Miete gleich hoch. Ab dem 11. Monat ist es günstiger, das Tablet zu kaufen.

oder:

Der Kaufpreis für das Tablet beträgt 300 €.
Wie viele Monate kann Gregor das Tablet für 300 € mieten?

Mietkosten für das Tablet ohne einmalige Anzahlung
$300\ € - 50\ € = 250\ €$

Mietdauer in Monaten
$250\ € : 25\ € = 10$ (Monate)
Sollte Gregor das Tablet länger als 10 Monate benötigen, also 11 Monate oder länger, wäre es für ihn günstiger, das Tablet zu kaufen.

Teil B – Aufgabengruppe II – Aufgabe 1

Überlege, wie sich die Anzahl der Mund-Nasen-Bedeckungen auf die drei Farben verteilt.
Lege die Anzahl der blauen Mund-Nasen-Bedeckungen mit x fest.
Drücke die Anzahl der roten und gelben Mund-Nasen-Bedeckungen mithilfe von x aus.
„22 rote Mund-Nasen-Bedeckungen mehr als blaue“: $x + 22$
„doppelt so viele gelbe wie blaue“: $2x$

$$\left.\begin{array}{ll} \text{blaue Mund-Nasen-Bedeckungen:} & x \\ \text{rote Mund-Nasen-Bedeckungen:} & x+22 \\ \text{gelbe Mund-Nasen-Bedeckungen:} & 2x \end{array}\right\} 190$$

Stelle eine Gleichung auf und löse sie.

$$\begin{aligned} x + x + 22 + 2x &= 190 \\ 4x + 22 &= 190 \quad |-22 \\ 4x &= 168 \quad |:4 \\ x &= 42 \end{aligned}$$

Berechne die Anzahl der blauen, roten und gelben Mund-Nasen-Bedeckungen.

blaue Mund-Nasen-Bedeckungen: 42
rote Mund-Nasen-Bedeckungen: $42 + 22 = 64$
gelbe Mund-Nasen-Bedeckungen: $2 \cdot 42 = 84$

Teil B – Aufgabengruppe II – Aufgabe 2

a) Mit Buchen bewachsene Waldfläche

Subtrahiere von der gesamten Waldfläche die gegebenen Waldflächen der einzelnen Baumarten und du erhältst die mit Buchen bewachsene Waldfläche. Die benötigten Daten findest du in der zweiten Tabellenspalte.

$28\,000\text{ km}^2 - 11\,760\text{ km}^2 - 4\,760\text{ km}^2$
$-7\,560\text{ km}^2 = 3\,920\text{ km}^2$

oder:

Die Waldfläche insgesamt ist der Grundwert G, die mit Buchen bewachsene Waldfläche ist der Prozentsatz p %.
Berechne den Prozentwert P mit dem Dreisatz.
Entnimm die benötigten Daten aus der Tabelle.

$G = 28\,000\text{ km}^2$
$p\,\% = 14\,\%$

$100\,\% \triangleq 28\,000\text{ km}^2$
$1\,\% \triangleq 280\text{ km}^2$
$14\,\% \triangleq 280\text{ km}^2 \cdot 14 = 3\,960\text{ km}^2$

oder:

Rechne mit dem Faktor.
$14\,\% = 0{,}14$

$28\,000\text{ km}^2 \cdot 0{,}14 = 3\,960\text{ km}^2$

Die Größe der mit Buchen bewachsenen Waldfläche beträgt $3\,960\text{ km}^2$.

b) Prozentualer Anteil der mit Fichten bewachsenen Waldfläche

Die Waldfläche insgesamt ist der Grundwert G, die mit Fichten bewachsene Waldfläche in km^2 der Prozentwert P.
Berechne den Prozentsatz p %.
$p\,\% = P : G \cdot 100\,\%$
Entnimm die benötigten Daten der Tabelle.

$G = 28\,000\text{ km}^2$
$P = 11\,760\text{ km}^2$

$p\,\% = 11\,760\text{ km}^2 : 28\,000\text{ km}^2 \cdot 100\,\%$
$p\,\% = 42\,\%$

Fichten haben an der bewachsenen Waldfläche einen Anteil von 42 %.

c) Mit sonstigen Baumarten bewachsene Waldfläche im Jahr 1950 in km²

Der Anteil der sonstigen Baumarten an der Waldfläche im Jahr 1950 ist der Grundwert G (100 %).
Der Anteil der sonstigen Baumarten an der Waldfläche stieg von 100 % im Jahr 1950 um 5 % auf 100 % + 5 % = 105 % im Jahr 2018. Das ist der Prozentsatz p %.
Die von sonstigen Baumarten bewachsene Fläche im Jahr 2018 ist der Prozentwert P.
Berechne den Grundwert G mit dem Dreisatz.
Entnimm die im Jahr 2018 von sonstigen Baumarten bewachsene Fläche der Tabelle.

$P = 7\,560\ km^2$
$p\,\% = 105\,\%$

$105\,\% \mathrel{\hat{=}} 7\,560\ km^2$
$1\,\% \mathrel{\hat{=}} 7\,560\ km^2 : 105 = 72\ km^2$
$100\,\% \mathrel{\hat{=}} 7\,200\ km^2$

Im Jahr 1950 betrug die mit sonstigen Baumarten bewachsene Waldfläche 7 200 km².

d) Größe der Fläche Bayerns in km²

Die Waldfläche insgesamt ist der Prozentwert P, der Prozentsatz p % ist gegeben.
Berechne den Grundwert G mit dem Dreisatz.

$P = 28\,000\ km^2$
$p\,\% = 40\,\%$

$40\,\% \mathrel{\hat{=}} 28\,000\ km^2$
$1\,\% \mathrel{\hat{=}} 28\,000\ km^2 : 40 = 700\ km^2$
$100\,\% \mathrel{\hat{=}} 70\,000\ km^2$

Die Größe der Fläche Bayerns beträgt 70 000 km².

Teil B – Aufgabengruppe II – Aufgabe 3

Länge der Grundseite g des grau markierten Dreiecks

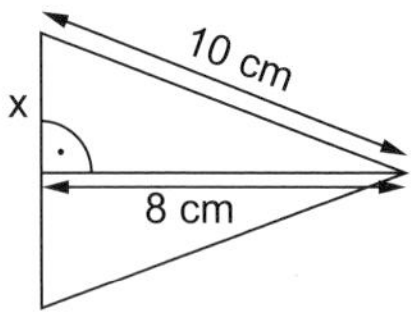

Im gleichschenkligen Dreieck halbiert die Höhe h die Grundseite g. Bezeichne die Hälfte der Grundseite mit x.
Im rechtwinkligen Dreieck ist die Länge der Hypotenuse und die Länge einer Kathete bekannt.
Berechne mithilfe des Satzes von Pythagoras die Länge von x.

$x^2 = (10\text{ cm})^2 - (8\text{ cm})^2$
$x^2 = 100\text{ cm}^2 - 64\text{ cm}^2$
$x^2 = 36\text{ cm}^2 \quad |\sqrt{}$
$x = 6\text{ cm}$

$g = 2 \cdot 6\text{ cm}$
$g = 12\text{ cm}$

Flächeninhalt des grau markierten Dreiecks

$A_{Dreieck} = \frac{1}{2} \cdot g \cdot h$

$g = 12\text{ cm}$
$h = 8\text{ cm}$

$A_{Dreieck} = \frac{1}{2} \cdot 12\text{ cm} \cdot 8\text{ cm}$
$A_{Dreieck} = 48\text{ cm}^2$

Flächeninhalt der grau markierten Rechteckflächen

Klappe das Rechteck unten links nach oben.
Die beiden grau markierten Rechteckflächen ergeben zusammen ein großes grau markiertes Rechteck.
Berechne den Flächeninhalt des großen grau markierten Rechtecks.
$A_{Rechteck} = a \cdot b$
Entnimm das benötigte Maß für die Rechteckseite a der Skizze. Die Länge der Seite b entspricht der Länge x aus der vorigen Teilaufgabe.

$a = 24\text{ cm}$
$b = x = 6\text{ cm}$

$A_{Rechteck} = 24\text{ cm} \cdot 6\text{ cm}$
$A_{Rechteck} = 144\text{ cm}^2$

oder:

Flächeninhalt eines grau markierten Rechtecks

Die Seitenlänge a für ein graues Rechteck ist die Hälfte der Seitenlänge des großen Rechtecks. Die Seitenlänge b entspricht x. Die Länge von x hast du schon berechnet. Berechne den Flächeninhalt eines grauen Rechtecks.

$A_{Rechteck} = a \cdot b$

$a = 24\text{ cm} : 2 = 12\text{ cm}$
$b = x = 6\text{ cm}$

$A_{Rechteck} = 12\text{ cm} \cdot 6\text{ cm}$
$A_{Rechteck} = 72\text{ cm}^2$

Flächeninhalt der zwei grau markierten Rechteckflächen

$72\text{ cm}^2 \cdot 2 = 144\text{ cm}^2$

gesamter Flächeninhalt der grau markierten Flächen

Addiere die Flächeninhalte des Dreiecks und der Rechtecke.

$A_{Gesamt} = 48\text{ cm}^2 + 144\text{ cm}^2$
$A_{Gesamt} = 192\text{ cm}^2$

Teil B – Aufgabengruppe II – Aufgabe 4

a) **Mittelpunktwinkel γ**

Ein regelmäßiges Achteck setzt sich aus acht deckungsgleichen gleichschenkligen Dreiecken zusammen.
Berechne die Größe des Mittelpunktwinkels für ein Bestimmungsdreieck im regelmäßigen Achteck.

$n = 8$
$\gamma = 360° : 8$
$\gamma = 45°$

Basiswinkel α

Berechne damit die Größe der Basiswinkel im Bestimmungsdreieck.

$$2\alpha + 45° = 180° \quad | -45°$$
$$2\alpha = 135° \quad | :2$$
$$\alpha = 67{,}5°$$

Zeichnung
Eine Dreiecksseite und die beiden daran anliegenden Winkel sind nun bekannt. Zeichne eine Strecke mit der Länge 4 cm.
Bezeichne den Anfang und das Ende der Strecke mit A und B. Trage die Basiswinkel mit dem Geodreieck an den Enden der Strecke [AB] an und zeichne das Bestimmungsdreieck (wsw).
Der Schnittpunkt der Schenkel ergibt den Mittelpunkt M des Umkreises. Zeichne einen Kreis um M mit $r = \overline{MA}$.
Trage die Länge der Strecke [AB] mit dem Zirkel auf der Kreislinie ab. Arbeite genau!
Verbinde die Schnittpunkte mit der Kreislinie der Reihe nach. Dann erhältst du das regelmäßige Achteck.

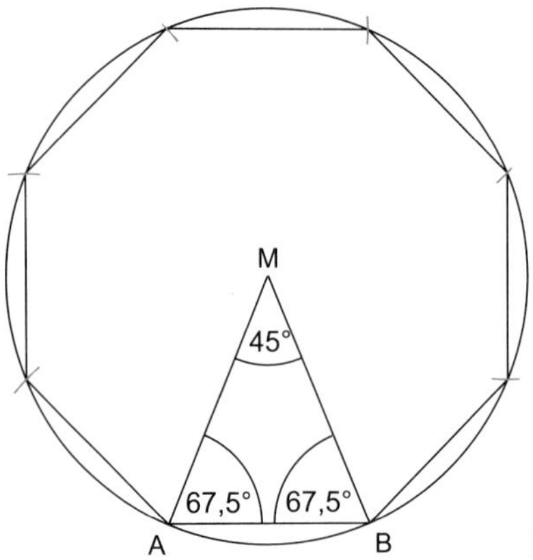

Maßstab 1 : 2

b) Umfang des regelmäßigen Achtecks
Berechne den Umfang des regelmäßigen Achtecks.

$u_{Achteck} = 8 \cdot s$

$s = 4\ cm$

$u = 8 \cdot 4\ cm$

$u = 32\ cm$

mögliche Seitenlängen eines umfanggleichen Rechtecks
Der Umfang des Rechtecks wird mit der Formel $u_{Rechteck} = 2 \cdot a + 2 \cdot b$ berechnet. Setze für a oder b eine natürliche Zahl in die Formel ein und berechne die Länge der zweiten Rechteckseite.

$u = 32\text{ cm}$
z.B.: $a = 10\text{ cm} \Rightarrow$

$$32\text{ cm} = 2 \cdot 10\text{ cm} + 2 \cdot b$$
$$32\text{ cm} = 20\text{ cm} + 2b \qquad |-20\text{ cm}$$
$$12\text{ cm} = 2b \qquad |:2$$
$$b = 6\text{ cm}$$

oder:

Setze in die Formel $u_{Rechteck} = 2 \cdot a + 2 \cdot b$ den Umfang des regelmäßigen Recht ecks ein und löse die Gleichung nach a oder b auf (hier: a).
Alle Zahlen für $b < 16$ und die dazugehörige Lösung der Gleichung können die Länge und Breite eines Rechtecks mit dem Umfang 32 cm sein.

$$32\text{ cm} = 2 \cdot a + 2 \cdot b \qquad |:2$$
$$16\text{ cm} = a + b \qquad |-b$$
$$16\text{ cm} - b = a$$

z.B. $b = 4\text{ cm} \Rightarrow$

$$16\text{ cm} - 4\text{ cm} = a$$
$$12\text{ cm} = a$$

Teil B – Aufgabengruppe III – Aufgabe 1

$$\frac{1}{4} \cdot (5x - 18) + \frac{8 + 3x}{4} = 2{,}5 - (2x - 3) \qquad |\cdot \text{Hauptnenner } 4$$
$$\frac{\not{4} \cdot (5x - 18)}{\not{4}} + \frac{\not{4} \cdot (8 + 3x)}{\not{4}} = 4 \cdot 2{,}5 - 4 \cdot (2x - 3) \qquad |\text{kürzen}$$
$$(5x - 18) + (8 + 3x) = 10 - 4 \cdot (2x - 3) \qquad |\text{Klammern auflösen; Vorzeichen beachten}$$
$$5x - 18 + 8 + 3x = 10 - 8x + 12 \qquad |\text{zusammenfassen}$$
$$8x - 10 = 22 - 8x \qquad |+8x; +10$$
$$16x = 32 \qquad |:16$$
$$x = 2$$

oder:

$$\frac{1}{4} \cdot (5x - 18) + \frac{8 + 3x}{4} = 2{,}5 - (2x - 3) \qquad |\text{Brüche in Dezimalbrüche umwandeln}$$
$$0{,}25 \cdot (5x - 18) + 0{,}25 \cdot (8 + 3x) = 2{,}5 - (2x - 3) \qquad |\text{Klammern auflösen; Vorzeichen beachten}$$
$$1{,}25x - 4{,}5 + 2 + 0{,}75x = 2{,}5 - 2x + 3 \qquad |\text{zusammenfassen}$$
$$2x - 2{,}5 = 5{,}5 - 2x \qquad |+2x; +2{,}5$$
$$4x = 8 \qquad |:4$$
$$x = 2$$

Teil B – Aufgabengruppe III – Aufgabe 2

a) **Betrag, den die Freunde der Familie Arslan bezahlen**

Die Freunde der Familie Arslan bezahlen ein Fünftel des Kaufpreises.
Berechne damit den Betrag, den Familie Arslan noch bezahlen muss.

$$\frac{1}{5} \text{ von } 28\,500\ € = \frac{28\,500\ € \cdot 1}{5} = 5\,700\ €$$

Betrag, den die Familie Arslan selbst bezahlen muss

$28\,500\ € - 5\,700\ € = 22\,800\ €$

oder:

Familie Arslan muss ein Fünftel des Kaufpreises weniger bezahlen.
Berechne den Bruchteil des Kaufpreises, den Familie Arslan bezahlen muss.
Berechne damit den Betrag des Kaufpreises in €.

$$1 - \frac{1}{5} = \frac{4}{5}$$

$$\frac{4}{5} \text{ von } 28\,500\ € = \frac{28\,500\ € \cdot 4}{5} = 22\,800\ €$$

oder:

Wandle den Bruchteil, den Familie Arslan weniger bezahlen muss, in eine Prozentzahl um.
Berechne damit den Prozentsatz, den die Familie Arslan noch bezahlen muss.
Berechne nun den Prozentwert mit dem Dreisatz oder mit dem Faktor.
$0\ \% = 0{,}8$

$$\frac{1}{5} = 20\ \%$$

$100\ \% - 20\ \% = 80\ \%$

$100\ \% \mathrel{\hat{=}} 28\,500\ €$
$1\ \% \mathrel{\hat{=}} 285\ €$
$80\ \% \mathrel{\hat{=}} 285\ € \cdot 80 = 22\,800\ €$

oder:

$28\,500\ € \cdot 0{,}8 = 22\,800$

Familie Arslan muss selbst noch 22 800 € bezahlen

b) Rabatt in € und Einnahmen des Händlers

Auf den regulären Verkaufspreis gibt es 8 % Rabatt.
Berechne den Rabatt in € mit dem Dreisatz.
Berechne damit die Einnahmen des Händlers.

$100\,\% \mathrel{\hat{=}} 28\,500\,€$

$1\,\% \mathrel{\hat{=}} 285\,€$

$8\,\% \mathrel{\hat{=}} 285\,€ \cdot 8 = 2\,280\,€$ (Rabatt)

$28\,500\,€ - 2\,280\,€ = 26\,220\,€$ (Einnahmen des Händlers)

oder:

Rechne mit dem Faktor.
8 % = 0,08 (Rabatt)
100 % – 8 % = 92 % = 0,92 (ermäßigter Verkaufspreis, Einnahmen des Händlers)

$28\,500\,€ \cdot 0{,}08 = 2\,280\,€$ (Rabatt)

$28\,500\,€ \cdot 0{,}92 = 26\,220\,€$ (Einnahmen des Händlers)

Der Rabatt beträgt 2 280 €.
Der Händler bekommt bei der Rabattaktion 26 220 € für das Wohnmobil.

c) Treibstoffkosten

Pro 100 km verbraucht das Wohnmobil 13,5 ℓ Treibstoff.
Berechne den Treibstoffverbrauch für 2 350 km.
Rechne mit dem Dreisatz.

$100\text{ km} \mathrel{\hat{=}} 13{,}5\,\ell$

$1\text{ km} \mathrel{\hat{=}} 0{,}135\,\ell$

$2\,350\text{ km} \mathrel{\hat{=}} 0{,}135\,\ell \cdot 2\,350 = 317{,}25\,\ell$

1 Liter Treibstoff kostet 1,24 €.
Berechne damit die Treibstoffkosten.

$1{,}24\,€ \cdot 317{,}25 = 393{,}39\,€$

Die Treibstoffkosten betragen 393,39 €.

Teil B – Aufgabengruppe III – Aufgabe 3

Zeichenschritte

Lege ein Koordinatensystem mit der Einheit 1 cm an. Der Platzbedarf ist in der Angabe gegeben.
x-Achse: –4 bis +4
y-Achse: –6 bis +4
Beschrifte das Koordinatensystem vollständig.
Trage den Punkt A(–2 | 3) ein. Gehe dazu 2 cm nach links und 3 cm nach oben.
Trage den Punkt C(2 | –5) ein. Gehe dazu 2 cm nach rechts und 5 cm nach unten.
Verbinde die Punkte A und C zur Strecke [AC].

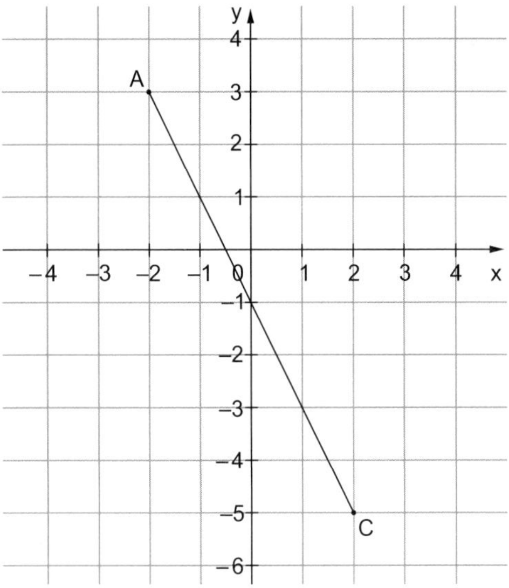

a) Trage den Punkt B(–2 | –2) ein. Gehe dazu 2 cm nach links und 2 cm nach unten.
Verbinde die Punkte A und C jeweils mit dem Punkt B.
Miss die Länge der Strecken [AB] und [BC]. Beide Schenkel haben die gleiche Länge (5 cm).

oder:
Zeichne einen Kreisbogen um B mit dem Radius [AB]. Der Punkt C liegt auf dem Kreisbogen.
Die Schenkel [AB] und [BC] haben also die gleiche Länge.

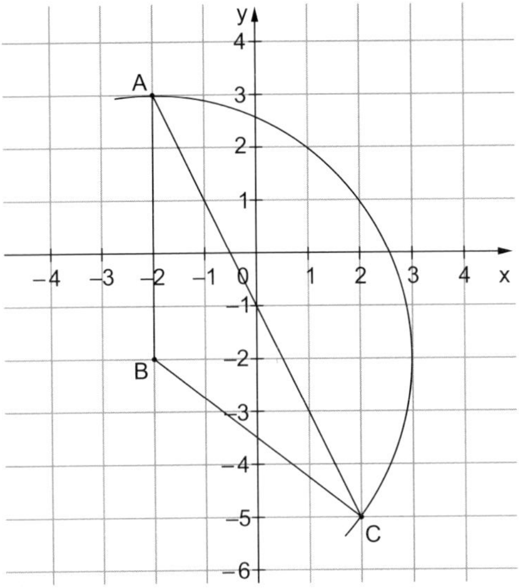

Art des Dreiecks
Es entsteht ein gleichschenkliges Dreieck.

b) Zeichne mit dem Geodreieck die Senkrechte zur Strecke [AC] durch den Punkt B.

oder:

Zeichne jeweils einen Kreisbogen um A und C mit beliebigem Radius. Verbinde die Schnittpunkte der Kreisbögen miteinander und du erhältst die Senkrechte zur Strecke [AC] durch den Punkt B.

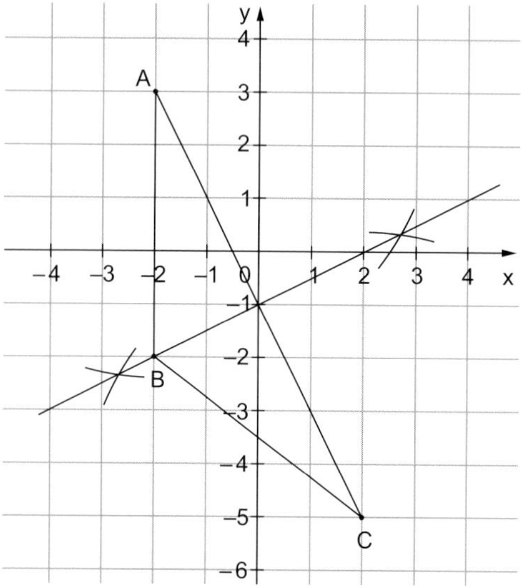

c) In einer Raute stehen die Diagonalen senkrecht zueinander und halbieren sich. Die Strecke [AC] und die Senkrechte zu [AC] sind die Diagonalen in der Raute. Spiegle mit dem Geodreieck den Punkt B an der Strecke [AC]. Du erhältst den Punkt D.

oder:

Zeichne jeweils einen Kreisbogen um A und C mit dem Radius [AB].
Der Schnittpunkt der beiden Kreisbögen ergibt den Eckpunkt D der Raute ABCD.
Verbinde die Punkte A und C jeweils mit dem Punkt D und du erhältst die Raute ABCD.
Überprüfe nochmals die korrekte Beschriftung der Raute.

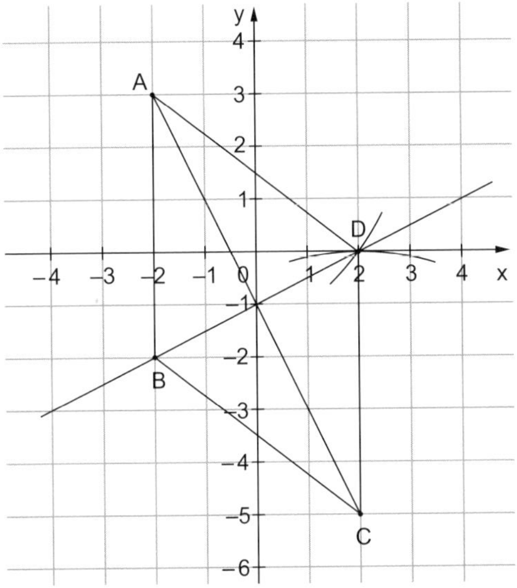

Lies die Koordinaten von Punkt D ab.

Koordinaten von D
D(2|0)

Teil B – Aufgabengruppe III – Aufgabe 4

Flächeninhalt einer quadratischen Seitenfläche

Der Flächeninhalt der beiden deckungsgleichen gleichseitigen Dreiecke und der Flächeninhalt der drei quadratischen Seitenflächen ergeben zusammen den Oberflächeninhalt des Werkstücks.
Die Länge der Quadratseite ist gegeben.
Berechne den Flächeninhalt der quadratischen Seitenflächen.

$A_{Quadrat} = a \cdot a$

$a = 14\text{ cm}$

$A_{Quadrat} = 14\text{ cm} \cdot 14\text{ cm}$
$A_{Quadrat} = 196\text{ cm}^2$

Flächeninhalt von drei quadratischen Seitenflächen

$196\text{ cm}^2 \cdot 3 = 588\text{ cm}^2$

Länge der Höhe h

Im gleichseitigen Dreieck halbiert die Höhe die Grundseite.
Die Länge der Hypotenuse und die Länge einer Kathete sind bekannt.
Berechne die Länge der Kathete h mithilfe des Satzes von Pythagoras.
Runde die Länge der Höhe sinnvoll (hier: ganze cm).

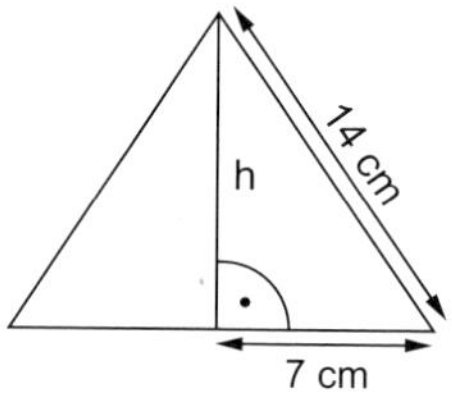

$h^2 = (14\text{ cm})^2 - (7\text{ cm})^2$
$h^2 = 196\text{ cm}^2 - 49\text{ cm}^2$
$h^2 = 147\text{ cm}^2$
$h = 12{,}12\ldots\text{ cm}$
$h \approx 12\text{ cm}$

Flächeninhalt der Grund- und Deckfläche

Berechne den Flächeninhalt der beiden gleichseitigen Dreiecke.

$A_{Dreieck} = \frac{1}{2} \cdot g \cdot h$

$g = 14\text{ cm}$
$h = 12\text{ cm}$

$A_{Dreieck} = \frac{1}{2} \cdot 14\text{ cm} \cdot 12\text{ cm}$

$A_{Dreieck} = 84\text{ cm}^2$

Flächeninhalt beider Dreiecke

$84\ \text{cm}^2 \cdot 2 = 168\ \text{cm}^2$

Oberflächeninhalt des Werkstücks

Addiere den Flächeninhalt der Teilflächen und du erhältst den Oberflächeninhalt des Werkstücks.

$O_{\text{Werkstück}} = 168\ \text{cm}^2 + 588\ \text{cm}^2$
$O_{\text{Werkstück}} = 756\ \text{cm}^2$

Qualifizierender Abschluss der Mittelschule Bayern 2022
Mathematik – Lösungen

Teil A – Hilfsmittelfrei – Aufgabe 1

a) Wende das Kommutativgesetz (Vertauschungsgesetz) an.
Multipliziere die beiden Faktoren wie natürliche Zahlen.
Das Ergebnis hat so viele Nachkommastellen wie die beiden Faktoren zusammen.
Setze im Ergebnis das Komma an der richtigen Stelle.

$4 \cdot 13{,}75 = 13{,}75 \cdot 4$

$13{,}75 \cdot 4 = 55{,}00$

oder:
Zerlege die Dezimalzahl und multipliziere.

$$\begin{aligned} 4 \cdot 13 &= 52 \\ 4 \cdot 0{,}75 &= 3 \\ \hline 52 + 3 &= 55 \end{aligned}$$

b) Schreibe die Zahlen stellengerecht untereinander.
Beachte: Komma steht unter Komma.
Subtrahiere die Zahlen.
Setze im Ergebnis das Komma an der richtigen Stelle.

$503{,}74 - 7{,}83$

$$\begin{array}{r} 503{,}74 \\ -\quad 7{,}83 \\ \hline 495{,}91 \end{array}$$

Teil A – Hilfsmittelfrei – Aufgabe 2

fehlende Werte in der Tabelle

	Turnschuhe	Trampolin	Volleyball
alter Preis	110 €	440 €	**30 €**
Preisnachlass	–20 %	**–25 %**	–10 %
neuer Preis	**88 €**	330 €	27 €

neuer Preis für die Turnschuhe

- Der alte Preis ist der Grundwert G.
- Der Preisnachlass für die Turnschuhe beträgt 20 %.
- Der neue Preis beträgt $100\,\% - 20\,\% = 80\,\%$ des alten Preises.
- Berechne den neuen Preis mit dem Dreisatz.

$$\begin{aligned} 100\,\% &\triangleq 110\,€ \\ 1\,\% &\triangleq 1{,}10\,€ \\ 80\,\% &\triangleq 1{,}10\,€ \cdot 80 = 88\,€ \end{aligned}$$

oder:

- Berechne den neuen Preis mit dem Faktor.
- $80\,\% = 0{,}8$

$$110\,€ \cdot 0{,}8 = 11\,€ \cdot 8 = 88\,€$$

oder:

- Berechne den Preisnachlass in € mit dem Dreisatz.
- Subtrahiere den Preisnachlass vom alten Preis und du erhältst den neuen Preis.

$$\begin{aligned} 100\,\% &\triangleq 110\,€ \\ 1\,\% &\triangleq 1{,}10\,€ \\ 20\,\% &\triangleq 1{,}10\,€ \cdot 20 = 22\,€ \end{aligned}$$

$$110\,€ - 22\,€ = 88\,€$$

Preisnachlass für das Trampolin

- Berechne zunächst den Preisnachlass in €.
- Der alte Preis ist der Grundwert G, der Preisnachlass in € der Prozentwert P.
- Berechne den Prozentsatz als Bruchteil des alten Preises.
- Kürze den Bruch vollständig.
- Gib den gekürzten Bruch als Prozentsatz an.

$$440\,€ - 330\,€ = 110\,€$$

$G = 440\,€$
$P = 110\,€$

$$110\,€ \text{ von } 440\,€ = \frac{110\,€}{440\,€} = \frac{11}{44} = \frac{1}{4} = 25\,\%$$

oder:

- Berechne den Prozentsatz mit dem Dreisatz.

$$\begin{aligned} 100\,\% &\triangleq 440\,€ \\ 1\,\% &\triangleq 4{,}40\,€ \end{aligned}$$

$$110\,€ : 4{,}40\,€ = 1\,100 : 44 = 25\,\%$$

alter Preis für den Volleyball

Der Preisnachlass beträgt 10 %. Der neue Preis beträgt 100 % − 10 % = 90 % des alten Preises.

Der neue Preis in € ist der Prozentwert P, der alte Preis der Grundwert G.

Berechne den alten Preis mit dem Dreisatz.

$$90\,\% \triangleq 27\,€$$
$$1\,\% \triangleq 27\,€ : 90 = 0{,}30\,€$$
$$100\,\% \triangleq 30\,€$$

Teil A – Hilfsmittelfrei – Aufgabe 3

a) Fehler in der Gleichung

Überprüfe jeden Rechenschritt.

Löse die Klammern auf. Beachte die Vorzeichenregel.

Fasse den Term auf der linken Seite der Gleichung zusammen:

$4x + 7 - 14 + 2x = 6x - 21$

Unterstreiche den Fehler.

$$4x - 7 - 2 \cdot (7 - x) = (2x + 8) : 2$$
$$4x - 7 - 14 + 2x = x + 4$$
$$6x \underline{-7} = x + 4$$
$$5x = 11$$
$$x = 2{,}2$$

Erkläre, was falsch gemacht wurde.

Beim Zusammenfassen der negativen Zahlen auf der linken Seite ist ein Fehler unterlaufen. Das negative Rechenzeichen bei −7 wurde nicht beachtet. Es wurde 7 − 14 gerechnet und nicht −7 − 14. Es kann auch sein, dass −14 beim Zusammenfassen übersehen wurde.

b) fehlende Zahl in der Gleichung

Ersetze den Platzhalter durch x und löse die Gleichung.

$$3 \cdot x + 2 \cdot 4{,}5 + 1{,}1 \cdot 4 = 20 \quad |\text{Multipliziere.}$$
$$3x + 9 + 4{,}4 = 20 \quad |\text{Fasse zusammen.}$$
$$3x + 13{,}4 = 20 \quad |-13{,}4$$
$$3x = 6{,}6 \quad |:3$$
$$x = 2{,}2$$

Trage 2,2 in den Platzhalter ein.

$\Rightarrow \quad 3 \cdot \mathbf{2{,}2} + 2 \cdot 4{,}5 + 1{,}1 \cdot 4 = 20$

Teil A – Hilfsmittelfrei – Aufgabe 4

Du kannst die Zahl für ♣ berechnen.
$♣ \cdot ♣ = 9$
$♣ = 3$

$♣ \cdot ♣ = 9$

Setze für $♣ = 3$ ein und berechne ♥.
$3 + ♥ = 13 \quad |-3$
$♥ = 10$

$♣ + ♥ = 13$

Setze in der 4. Zeile für $♣ = 3$ und für $♥ = 10$ ein und berechne ♦.
$♦ \cdot 3 + 10 = 28 \quad |-10$
$♦ \cdot 3 = 18 \quad |:3$
$♦ = 6$

$♦ \cdot ♣ + ♥ = 28$

Setze in der 3. Zeile für $♣ = 3$, für $♥ = 10$ und für $♦ = 6$ ein und berechne das Ergebnis.
$3 \cdot 10 - 6 = 30 - 6 = 24$
Trage das Ergebnis in den Platzhalter ein.

$♣ \cdot ♥ - ♦ = \mathbf{24}$

Teil A – Hilfsmittelfrei – Aufgabe 5

Einzeichnen des Koordinatensystems
Wie viele Kästchenlängen im Koordinatensystem entsprechen 1 cm?
Der Punkt A(7 | 4) wird in das Koordinatensystem eingezeichnet, wenn man vom Koordinatenursprung 7 cm nach rechts und 4 cm nach oben geht.
Von Punkt A(7 | 4) kommst du also zum Koordinatenursprung zurück, wenn du von Punkt A 7 cm nach links und 4 cm nach unten gehst.
Zeichne den Koordinatenursprung in das Koordinatensystem ein und bezeichne ihn mit 0.
Die x-Achse (waagrechte Achse) und die y-Achse (senkrechte Achse) schneiden sich im Koordinatenursprung und stehen senkrecht zueinander.
Zeichne die beiden Achsen ein. Beschrifte das Koordinatensystem vollständig.
Überprüfe, ob du den Koordinatenursprung richtig eingezeichnet hast.
Gehe von Punkt B(5,5 | 4,5) 5,5 cm nach links und 4,5 cm nach unten.

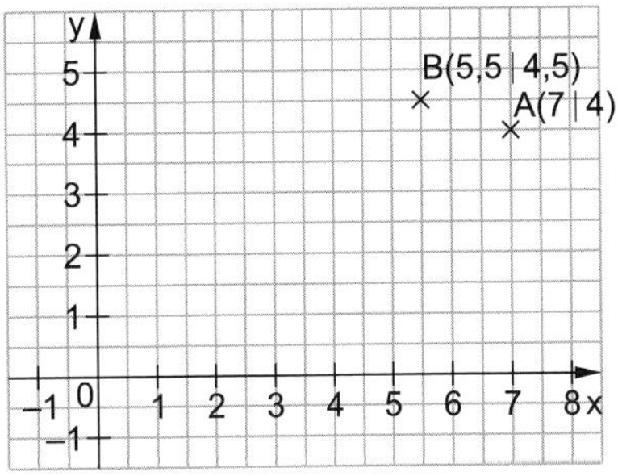

Maßstab 1 : 2

Teil A – Hilfsmittelfrei – Aufgabe 6

wahre oder falsche Aussagen zum Dreieck b = a und α = 45°

Bei dem abgebildeten Dreieck handelt es sich um ein gleichschenkliges Dreieck, da die Seite b und die Seite a die gleiche Länge haben.
In jedem gleichschenkligen Dreieck haben die Basiswinkel α und β die gleiche Größe. Es gilt also: $\alpha = \beta$
Kreuze wahr an.

	wahr	falsch
$\alpha = \beta$	☒	☐

In jedem Dreieck beträgt die Innenwinkelsumme 180°.

$$\alpha + \beta + \gamma = 180°$$
$$45° + 45° + \gamma = 180°$$
$$90° + \gamma = 180° \quad |-90°$$
$$\gamma = 90°$$

Kreuze wahr an.

	wahr	falsch
$\gamma = 90°$	☒	☐

In jedem rechtwinkligen Dreieck ist die Hypotenuse die längste Dreiecksseite.
Im abgebildeten gleichschenklig-rechtwinkligen Dreieck ist die Seite c die Hypotenuse und die Seite a ist eine Kathete.
Die Hypotenuse c kann nicht kleiner als die Kathete a sein.
Kreuze falsch an.

	wahr	falsch
$c < a$	☐	☒

Setze in die rechte Seite der Gleichung die bekannten Werte für γ und β ein und berechne das Ergebnis.

$180° - 90° - 45° = 45°$

$45° \neq 40°$

Kreuze falsch an.

oder:

$180° - \gamma - \beta = \alpha$

Hier wird die Größe des Winkels α berechnet. Diese beträgt aber 45° und nicht 40°. Kreuze falsch an.

	wahr	falsch
$180° - \gamma - \beta = 40°$	☐	☒

Teil A – Hilfsmittelfrei – Aufgabe 7

a) Länge des abgebildeten Kabels

Eine Länge von 180 mm = 18 cm = 0,18 m ist für ein Kabel mit drei Wicklungen zu kurz. Eine Länge von 50 cm = 0,5 m ist für drei Wicklungen ebenfalls zu kurz. 1,8 m ist für das abgebildete Kabel eine realistische Größenangabe.

Kreuze 1,8 m an.

oder:

Nimm als Bezugsgröße die Hand, die das aufgerollte Kabel hält.

Die Hand hat in Wirklichkeit eine Breite von rund 10 cm. Der Durchmesser des aufgerollten Kabels beträgt somit circa 20 cm.

Berechne damit den Umfang des aufgerollten Kabels.

Für den Umfang eines Kreises gilt: $u = d \cdot \pi$

Rechne mit $\pi = 3$.

$u = 20\text{ cm} \cdot 3$

$u = 60\text{ cm}$

Die Kabelrolle besteht aus drei Wicklungen. Für die Länge des Kabels ergibt sich also:

$60\text{ cm} \cdot 3 = 180\text{ cm} = 1{,}8\text{ m}$

Kreuze 1,8 m an.

☐ 180 mm

☐ 50 cm

☒ 1,8 m

b) Flächeninhalt des abgebildeten Displays

Das abgebildete Display hat die Form eines Rechtecks und ist wegen des Daumens, der auf dem Display liegt, größer als das Display eines Smartphones. Es handelt sich um ein Tablet.

Die Länge des abgebildeten Displays ist größer als die Breite.

Für den Flächeninhalt eines Rechtecks gilt: $A = \ell \cdot b$

Suche mögliche Länge-Breite-Kombinationen, die die angegebenen Flächeninhalte für Rechtecke ergeben.

Flächeninhalt eines Rechtecks mit einer Breite von 4 cm und einer Länge von 5 cm:

$A = 4\text{ cm} \cdot 5\text{ cm}$

$A = 20\text{ cm}^2$

Ein Rechteck mit einem Flächeninhalt von 19 cm^2 hat also ungefähr eine Breite von 4 cm und eine Länge von 5 cm. Diese Maße sind für das abgebildete Display unrealistisch. Wegen des Daumens, der auf dem Display liegt, erkennt man sofort, dass das Display um einiges breiter als 4 cm und länger als 5 cm ist.

Flächeninhalt eines Rechtecks mit einer Breite von 40 cm und einer Länge von 50 cm:

$A = 40\text{ cm} \cdot 50\text{ cm}$

$A = 2\,000\text{ cm}^2$

Ein Rechteck mit einem Flächeninhalt von 1 900 cm^2 hat ungefähr eine Breite von 40 cm und eine Länge von 50 cm. Auch diese Maße sind für das abgebildete Display offensichtlich unrealistisch.

Kreuze 190 cm^2 an.

oder:

Miss mit dem Geodreieck die Länge deines Daumens.

Die Länge des Daumens auf dem Display beträgt circa 6 cm.

Damit kannst du die Maße des Displays abschätzen.

Breite des Displays: ca. 12 cm

Höhe des Displays: ca. 16 cm

Berechne damit den Flächeninhalt des Displays:

$A = 12\text{ cm} \cdot 16\text{ cm}$

$A = 192\text{ cm}^2$

Kreuze 190 cm^2 an.

☐ 19 cm^2

☒ 190 cm^2

☐ 1 900 cm^2

c) Volumen der abgebildeten Trinkflasche

Die Trinkflasche wird von einer Hand gehalten.
Wandle die gegebenen Größen in vergleichbare Einheiten um, z. B. Liter.
$600\ m\ell = 0{,}6\ \ell$; $2\,500\ \text{cm}^3 = 2{,}5\ \text{dm}^3 = 2{,}5\ \ell$
Suche Gegenstände mit vergleichbarem Volumen in deiner Umwelt.
Wasserflaschen, die man, wie hier abgebildet, mit einer Hand umfassen kann, haben ein Volumen von 0,5 ℓ oder 0,75 ℓ. Das ist ein realistisches Volumen für die Trinkflasche.
Ein kleines Wasserglas hat ein Volumen von 0,25 ℓ. 0,2 ℓ sind für die Trinkflasche also zu klein.
Sehr große Wasserflaschen haben einen Inhalt von 1,5 ℓ. 2,5 ℓ entsprechen dem Volumen eines mittleren Kochtopfs. Die Trinkflasche hat sicher ein geringeres Volumen.
Kreuze 600 mℓ an.

☒ 600 mℓ

☐ 0,2 ℓ

☐ $2\,500\ \text{cm}^3$

Teil A – Hilfsmittelfrei – Aufgabe 8

mögliche Erklärungen

Überlege dir, welche Seite im rechtwinkligen Dreieck die Hypotenuse ist und welche Seiten die Katheten sind.
Im abgebildeten Dreieck ist die Seite mit der Länge 8 cm die Hypotenuse und die Seite mit der Länge 6 cm sowie die Seite b sind Katheten.
Die Länge der Seite b lässt sich mit dem Satz des Pythagoras bestimmen.
Leos Rechnung an sich ist mathematisch richtig, aber der Ansatz zur Berechnung der Länge der Kathete b ist falsch.
Nach dem Satz des Pythagoras gilt:
$b^2 = (8\ \text{cm})^2 - (6\ \text{cm})^2$

Leo wendet den Satz des Pythagoras falsch an.

oder:

Leo hat nicht beachtet, dass die Flächendiagonale im Rechteck die Hypotenuse ist und dass die beiden Rechteckseiten die Katheten sind.

oder:

Leo verwechselt die Hypotenuse mit der Kathete.

oder:

Leo berechnet im rechtwinkligen Dreieck die Hypotenuse, hier ist aber die Länge einer Kathete gesucht.

Teil A – Hilfsmittelfrei – Aufgabe 9

vollständiges Kreisdiagramm

Welchen Anteil am Kreisdiagramm nehmen die 240 Schülerinnen und Schüler ein, die jeden Tag mit dem Bus kommen?

Von 480 Schülerinnen und Schülern kommen 240 mit dem Bus.

$$240 \text{ von } 480 = \frac{240}{480} = \frac{1}{2}$$

Halbiere das Kreisdiagramm geschickt und beschrifte den Sektor mit „Bus“.

Das Kreisdiagramm ist nun vollständig in die entsprechenden Sektoren aufgeteilt.

Beschrifte die verbleibenden Sektoren des Kreisdiagramms entsprechend der Vorgabe.

Ein Viertel fährt mit dem „Fahrrad“.

Der verbleibende Sektor des Kreisdiagramms entspricht den 10 %, die „zu Fuß“ gehen.

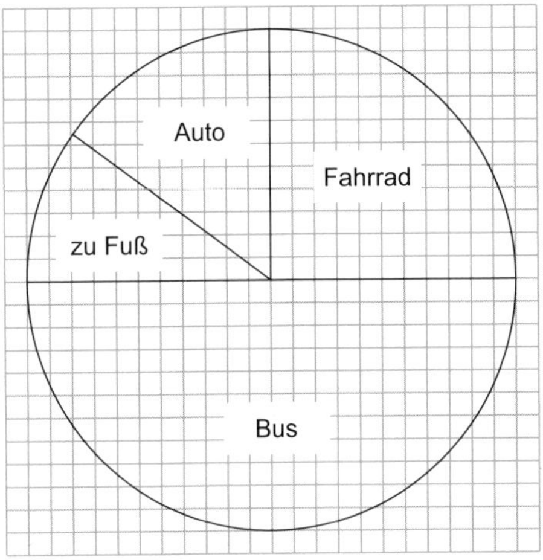

oder:

Welchen Anteil am Kreisdiagramm nehmen die 240 Schülerinnen und Schüler ein, die jeden Tag mit dem Bus kommen?

Von 480 Schülerinnen und Schülern kommen 240 mit dem Bus.

$$240 \text{ von } 480 = \frac{240}{480} = \frac{1}{2}$$

Halbiere das Kreisdiagramm und beschrifte den Sektor mit „Bus“.

Ein Viertel fährt mit dem Fahrrad.

Markiere ein Viertel des Kreisdiagramms im verbleibenden Sektor und beschrifte das Viertel mit „Fahrrad“.

Beschrifte den verbleibenden Kreissektor mit „zu Fuß“.

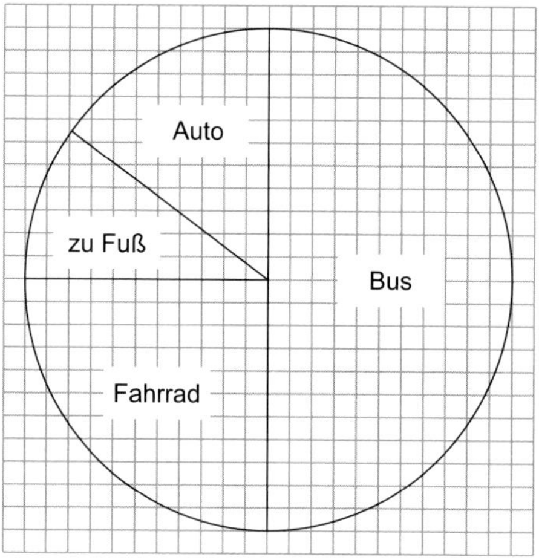

Teil A – Hilfsmittelfrei – Aufgabe 10

fehlende Größen in den Lücken

Bei Längenmaßen beträgt die Umrechnungszahl 10.

Gehe schrittweise vor.

$0{,}0057 \text{ m} = 0{,}057 \text{ dm} = 0{,}57 \text{ cm} = 5{,}7 \text{ mm}$

oder:

$1 \text{ m} = 1\,000 \text{ mm} = 10^3 \text{ mm}$

$0{,}0057 \text{ m} = (0{,}0057 \cdot 1\,000) \text{ mm} = 5{,}7 \text{ mm}$

oder:

$5{,}7 \cdot 10^{-3} \text{ m} = 5{,}7 \cdot 10^{-2} \text{ dm} = 5{,}7 \cdot 10^{-1} \text{ cm} = 5{,}7 \text{ mm}$

5,7 $\text{mm} = 0{,}0057 \text{ m} = 5{,}7 \cdot 10^{-3} \text{ m}$

Bei Flächenmaßen beträgt die Umrechnungszahl 100.
Gehe schrittweise vor.
$275\,000\ cm^2 = 2\,750\ dm^2 = 27{,}5\ m^2$
$275\,000\ cm^2 = 2{,}75 \cdot 100\,000\ cm^2 = 2{,}75 \cdot 10^5\ cm^2$
oder:
Der positive Exponent einer Zehnerpotenz gibt an, um wie viele Stellen das Komma nach rechts verschoben wird.
$275\,000\ cm^2 = 2{,}75 \cdot 10^5\ cm^2$

$\mathbf{27{,}5}\ m^2 = 275\,000\ cm^2 = \mathbf{2{,}75 \cdot 10^5}\ cm^2$

Teil A – Hilfsmittelfrei – Aufgabe 11

Abschätzen der Größen

Bei dieser Aufgabe musst du deine Aussagen auch begründen!
Wähle als Bezugsgröße die Größe der Person im Bild.
Überlege dir, welche durchschnittliche Größe ein Erwachsener hat.

Als Bezugsgröße dient die durchschnittliche Größe eines Erwachsenen: ca. 1,80 m.

Zusammenhang der Längen im Bild mit den Längen in der Realität

Miss die Größe des Erwachsenen im Bild.
Miss die Länge des Baums im Bild.
Vergleiche die Größe des Baums mit der Größe des Erwachsenen.
Berechne damit die tatsächliche Höhe des Baums.
Je nach Festlegung der durchschnittlichen Körpergröße für deine Bezugsgröße kann dein Ergebnis zwischen 16 m und 20 m liegen.

Größe des Erwachsenen im Bild: ca. 1 cm
1 cm im Bild entspricht somit 1,80 m in der Realität.

Länge des Baums im Bild: ca. 10 cm
Der Baum in der Darstellung ist ca. zehnmal so groß wie der Mann.

10 cm im Bild entsprechen $1{,}80\ m \cdot 10 = 18\ m$ in der Realität.

Die Höhe des Baums beträgt ca. 18 m.

Teil B – Aufgabengruppe I – Aufgabe 1

- Führe auf der linken Seite der Gleichung in der Klammer die Division durch.
- Multipliziere in die Klammern.
- Löse die Klammern auf. Achte auf die Vorzeichen.
- Fasse zusammen.

$$
\begin{aligned}
(12x-6:0{,}3)\cdot 3 &= 8{,}5\cdot(x+4{,}4)-(10{,}2-0{,}86x)\cdot 5 \\
(12x-20)\cdot 3 &= 8{,}5\cdot(x+4{,}4)-(10{,}2-0{,}86x)\cdot 5 \\
(36x-60) &= (8{,}5x+37{,}4)-(51-4{,}3x) \\
36x-60 &= 8{,}5x+37{,}4-51+4{,}3x \\
36x-60 &= 12{,}8x-13{,}6 && \mid -12{,}8x;\ +60 \\
23{,}2x &= 46{,}4 && \mid :23{,}2 \\
x &= 2
\end{aligned}
$$

Teil B – Aufgabengruppe I – Aufgabe 2

- Multipliziere mit dem Hauptnenner 5. Setze den Zählerterm auf der linken Seite der Gleichung in Klammern.
- Kürze.
- Multipliziere aus. Achte auf die Vorzeichen.
- Fasse zusammen.

$$
\begin{aligned}
\frac{20-18x}{5}+\frac{1}{5}\cdot(5-47x) &= 15-(18x-15) \\
\frac{\cancel{5}\cdot(20-18x)}{\cancel{5}}+\frac{\cancel{5}\cdot 1}{\cancel{5}}(5-47x) &= 15\cdot 5-5\cdot(18x-15) \\
(20-18x)+(5-47x) &= 5\cdot 15-5\cdot(18x-15) \\
20-18x+5-47x &= 75-90x+75 \\
25-65x &= -90x+150 && \mid -25;\ +90x \\
25x &= 125 && \mid :25 \\
x &= 5
\end{aligned}
$$

oder:
Wandle die Brüche in Dezimalbrüche um. Setze den Zählerterm auf der linken Seite der Gleichung in Klammern.
Multipliziere aus. Achte auf die Vorzeichen.
Fasse zusammen.

$$\frac{20-18x}{5}+\frac{1}{5}\cdot(5-47x)=15-(18x-15)$$

$$0,2\cdot(20-18x)+0,2\cdot(5-47x)=15-(18x-15)$$

$$4-3,6x+1-9,4x=15-18x+15$$

$$5-13x=30-18x \qquad |+18x;-5$$

$$5x=25 \qquad |:5$$

$$x=5$$

Teil B – Aufgabengruppe I – Aufgabe 3

Lege ein Koordinatensystem mit der Einheit 1 cm an.
x-Achse: –5 bis +6
y-Achse: –3 bis +7
Beschrifte das Koordinatensystem vollständig.
Trage den Punkt A(–4|3) ein. Gehe dazu vom Koordinatenursprung aus 4 cm nach links und 3 cm nach oben.
Trage den Punkt B(–4|–2) ein. Gehe dazu vom Koordinatenursprung aus 4 cm nach links und 2 cm nach unten.
Anmerkung: Aus Platzgründen wurde das Koordinatensystem im Maßstab 1 : 2 angelegt. Es gilt also: 1 LE ≙ 0,5 cm

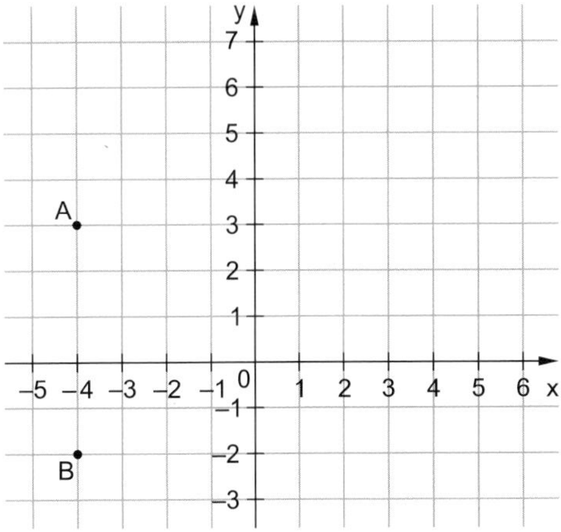

a) Trage den Punkt C(6 | −2) ein. Gehe dazu vom Koordinatenursprung aus 6 cm nach rechts und 2 cm nach unten.
Verbinde die Punkte A, B und C zu einem Dreieck.
Miss mit dem Geodreieck den Winkel ∢(ABC).

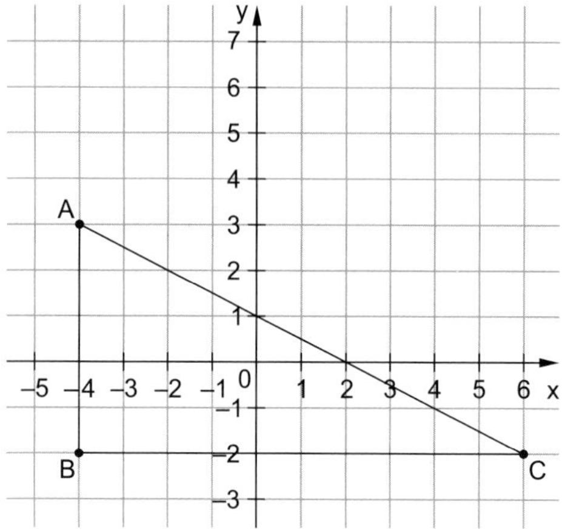

Art des Dreiecks
Es entsteht ein rechtwinkliges Dreieck.

b) Zeichne mit dem Geodreieck die Senkrechte zu $\overline{AC}$ durch den Punkt B.

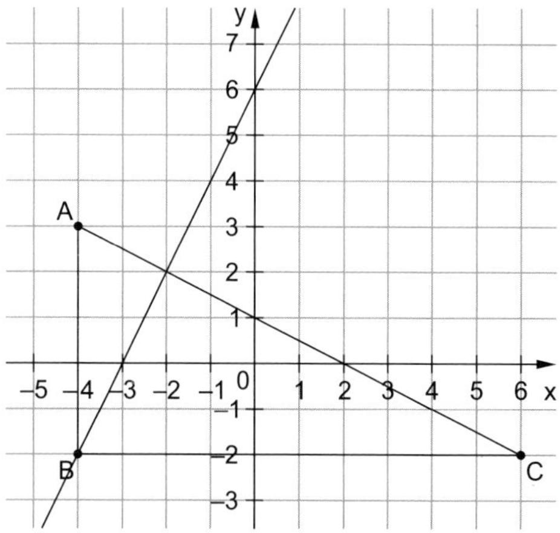

c) Die Strecke $\overline{AC}$ ist die Symmetrieachse des gesuchten Drachenvierecks ABCD. Spiegle mit dem Geodreieck den Punkt B an $\overline{AC}$.
Der Spiegelpunkt ist der Eckpunkt D des gesuchten Drachenvierecks ABCD.
oder:
Der Punkt D liegt auf der Senkrechten zu $\overline{AC}$ durch den Punkt B.
Zeichne mit dem Zirkel einen Kreisbogen um A mit dem Radius $|\overline{AB}|$. Der Schnittpunkt des Kreisbogens mit der Senkrechten zu $\overline{AC}$ durch den Punkt B ergibt den Eckpunkt D des Drachenvierecks ABCD.
oder:
Zeichne mit dem Zirkel einen Kreisbogen um C mit dem Radius $|\overline{BC}|$. Der Schnittpunkt des Kreisbogens mit der Senkrechten zu $\overline{AC}$ durch den Punkt B ergibt den Eckpunkt D des Drachenvierecks ABCD.

Verbinde die Punkte A und C jeweils mit dem Punkt D und du erhältst das Drachenviereck ABCD.
Lies die Koordinaten von Punkt D aus dem Koordinatensystem ab.

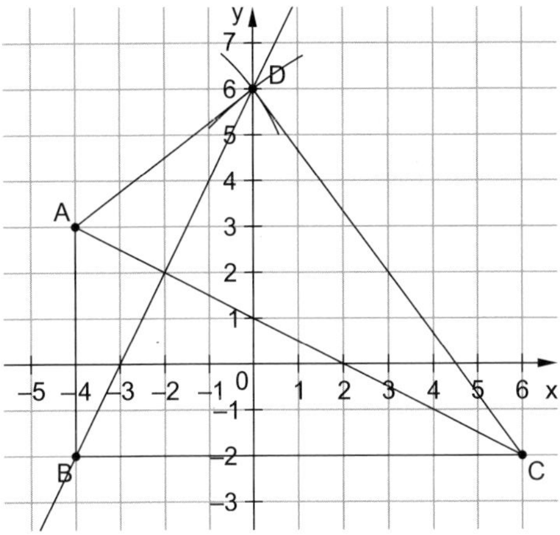

Koordinaten von Punkt D
D(0 | 6)

Teil B – Aufgabengruppe I – Aufgabe 4

a) **Rabatt in €**

Der Rabatt ist die Differenz aus dem Verkaufspreis und dem ermäßigten Preis.

$240\text{ €} - 204\text{ €} = 36\text{ €}$

Rabatt in %

Der Verkaufspreis für das Smartphone ist der Grundwert G, der Rabatt ist der Prozentwert P.
Berechne den Prozentsatz.
$p\,\% = P : G \cdot 100\,\%$

$G = 240\text{ €}$
$P = 36\text{ €}$
$p\,\% = 36\text{ €} : 240\text{ €} \cdot 100\,\%$
$p\,\% = 15\,\%$

Der Rabatt beträgt 15 %.

b) **Preis für das Smartphone bei sofortiger Zahlung**

Auf den ermäßigten Preis (204 €) gibt es bei sofortiger Bezahlung 2 % Skonto.
Der ermäßigte Preis ist der Grundwert G, der Skonto ist der Prozentsatz p %.
Berechne den Skonto mit dem Dreisatz.
Subtrahiere dann den Skonto vom ermäßigten Preis und du erhältst den Preis bei sofortiger Zahlung.

2 % Skonto auf 204 €
$G = 204\text{ €}$
$p\,\% = 2\,\%$

$100\,\% \mathrel{\hat{=}} 204\text{ €}$
$1\,\% \mathrel{\hat{=}} 204\text{ €} : 100 = 2{,}04\text{ €}$
$2\,\% \mathrel{\hat{=}} 2{,}04\text{ €} \cdot 2 = 4{,}08\text{ €}$ (Skonto)

$204{,}00\text{ €} - 4{,}08\text{ €} = 199{,}92\text{ €}$ (sofortige Zahlung)

oder:

Es gibt 2 % Skonto, d. h., es sind noch $100\,\% - 2\,\% = 98\,\%$ des ermäßigten Preises zu zahlen.
Rechne mit dem Dreisatz.

$100\,\% \mathrel{\hat{=}} 204\text{ €}$
$1\,\% \mathrel{\hat{=}} 204\text{ €} : 100 = 2{,}04\text{ €}$
$98\,\% \mathrel{\hat{=}} 2{,}04\text{ €} \cdot 98 = 199{,}92\text{ €}$

oder:

Rechne mit dem Faktor.

98 % = 0,98

204 € · 0,98 = 199,92 €

Hubert bezahlt 199,92 €.

c) **Erklärung des Fehlers**

Im zu zahlenden Preis sind 19 % Mehrwertsteuer enthalten.
Die Mehrwertsteuer wird auf den Preis ohne Mehrwertsteuer dazugerechnet.
Der Preis mit Mehrwertsteuer entspricht somit 119 %.

Im Preis von 204 € sind 19 % Mehrwertsteuer enthalten, der Grundwert wurde um 19 % erhöht und entspricht somit 100 % + 19 % = 119 % und nicht wie in der Berechnung angegeben 100 %. Der Preis ohne Mehrwertsteuer beträgt 100 %.

Preis ohne Mehrwertsteuer in €

Der vermehrte Grundwert G und der Prozentsatz p % sind gegeben.
Berechne den Preis ohne Mehrwertsteuer in €.
Rechne mit dem Dreisatz.
Runde das Endergebnis sinnvoll.

G = 204 €
p % = 119 %

$$119\,\% \mathrel{\hat{=}} 204\,€$$
$$1\,\% \mathrel{\hat{=}} 204\,€ : 119 = 1{,}71428\ldots\,€$$
$$100\,\% \mathrel{\hat{=}} 1{,}71428\ldots\,€ \cdot 100 = 171{,}428\ldots\,€ \approx 171{,}43\,€$$

Der Preis ohne Mehrwertsteuer beträgt 171,43 €.

Teil B – Aufgabengruppe I – Aufgabe 5

Volumen des Quaders

In der Skizze findest du die benötigten Maße zur Berechnung des Volumens des abgebildeten Quaders.
Entnimm die Maße der Skizze und berechne das Volumen des Quaders.

$V_{Quader} = a \cdot b \cdot c$

a = 35 cm
b = 140 cm
c = 70 cm

$V_{Quader} = 35\text{ cm} \cdot 140\text{ cm} \cdot 70\text{ cm}$

$V_{Quader} = 343\,000\text{ cm}^3$

Länge der Katheten der Grundfläche eines Dreiecksprismas

Die beiden gleichen Dreiecksprismen haben ein rechtwinkliges Dreieck als Grundfläche. Die Länge der Hypotenuse des rechtwinkligen Dreiecks (hier: c) kannst du der Skizze entnehmen. Bezeichne die Katheten mit a und b. Die Länge der Kathete a kannst du mit den Maßen aus der Skizze berechnen. Berechne die Länge der zweiten Kathete b mithilfe des Satzes von Pythagoras.

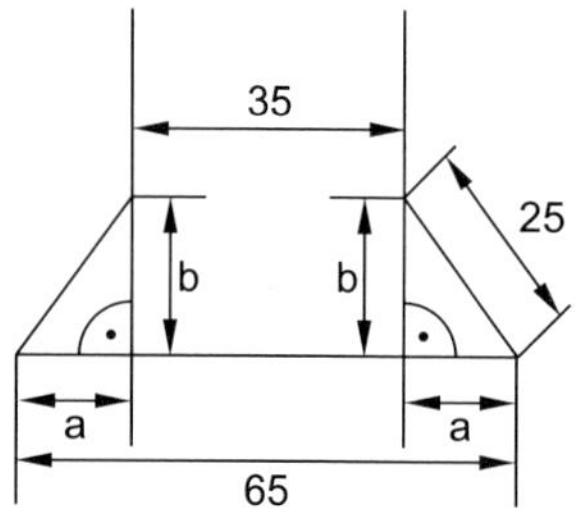

$c = 25\ \text{cm}$

Länge der Kathete a

$a = (65\ \text{cm} - 35\ \text{cm}) : 2$

$a = 15\ \text{cm}$

Länge der Kathete b

$b^2 = c^2 - a^2$

$b^2 = (25\ \text{cm})^2 - (15\ \text{cm})^2$

$b^2 = 625\ \text{cm}^2 - 225\ \text{cm}^2$

$b^2 = 400\ \text{cm}^2 \qquad |\sqrt{\ }$

$b = 20\ \text{cm}$

Flächeninhalt der Grundfläche eines Dreiecksprismas

Vom rechtwinkligen Dreieck sind nun die Längen der Katheten bekannt. Berechne den Flächeninhalt des rechtwinkligen Dreiecks.

$A_{\text{Dreieck}} = \frac{1}{2} \cdot a \cdot b$

$a = 15\ \text{cm}$

$b = 20\ \text{cm}$

$A_{\text{Dreieck}} = \frac{1}{2} \cdot 15\ \text{cm} \cdot 20\ \text{cm}$

$A_{\text{Dreieck}} = 150\ \text{cm}^2$

Volumen eines Dreiecksprismas

Entnimm die Höhe der beiden Dreiecksprismen der Skizze und berechne das Volumen.

$V_{\text{Prisma}} = G \cdot h_k \quad (\text{mit } G = A_{\text{Dreieck}})$

$G = 150\ \text{cm}^2$

$h_k = 140\ \text{cm}$

$V_{\text{Dreiecksprisma}} = 150\ \text{cm}^2 \cdot 140\ \text{cm}$

$V_{\text{Dreiecksprisma}} = 21\,000\ \text{cm}^3$

Volumen der zwei Dreiecksprismen

$2 \cdot 21\,000 \text{ cm}^3 = 42\,000 \text{ cm}^3$

Volumen des Werkstücks

Addiere das Volumen des Quaders zu dem Volumen der beiden Dreiecksprismen und du erhältst das Volumen des Werkstücks.

$V_{\text{Werkstück}} = 343\,000 \text{ cm}^3 + 42\,000 \text{ cm}^3$

$V_{\text{Werkstück}} = 385\,000 \text{ cm}^3$

Teil B – Aufgabengruppe I – Aufgabe 6

Flächeninhalt der 8 kleinen grau markierten Quadrate

Die Länge von 4 kleinen Quadratseiten kannst du aus der Skizze ablesen.
Berechne die Seitenlänge eines kleinen Quadrats.

$5{,}6 \text{ cm} : 4 = 1{,}4 \text{ cm}$

In der Skizze sind 8 kleine Quadrate grau markiert.
Die Seitenlänge eines kleinen Quadrats ist nun bekannt.
Berechne den Flächeninhalt von 8 kleinen grau markierten Quadraten.

$A_{\text{Quadrat}} = a \cdot a$

$a = 1{,}4 \text{ cm}$

$A_{\text{8 graue Quadrate}} = 8 \cdot 1{,}4 \text{ cm} \cdot 1{,}4 \text{ cm}$

$A_{\text{8 graue Quadrate}} = 15{,}68 \text{ cm}^2$

oder:

Die 16 kleinen Quadrate bilden zusammen ein großes Quadrat.
Die Seitenlänge des großen Quadrats kannst du der Skizze entnehmen.
Berechne den Flächeninhalt des großen Quadrats.

$A_{\text{Quadrat}} = a \cdot a$

$a = 5{,}6 \text{ cm}$

$A_{\text{Quadrate}} = 5{,}6 \text{ cm} \cdot 5{,}6 \text{ cm}$

$A_{\text{Quadrate}} = 31{,}36 \text{ cm}^2$

Die Hälfte der Quadratfläche besteht aus kleinen grau markierten Quadraten.
Berechne den Flächeninhalt der kleinen grau markierten Quadrate.

$A_{\text{8 graue Quadrate}} = 31{,}36 \text{ cm}^2 : 2$

$A_{\text{8 graue Quadrate}} = 15{,}68 \text{ cm}^2$

Höhe eines grau markierten Dreiecks

Die Höhe h eines grau markierten Dreiecks kannst du mit den Maßen aus der Skizze berechnen.

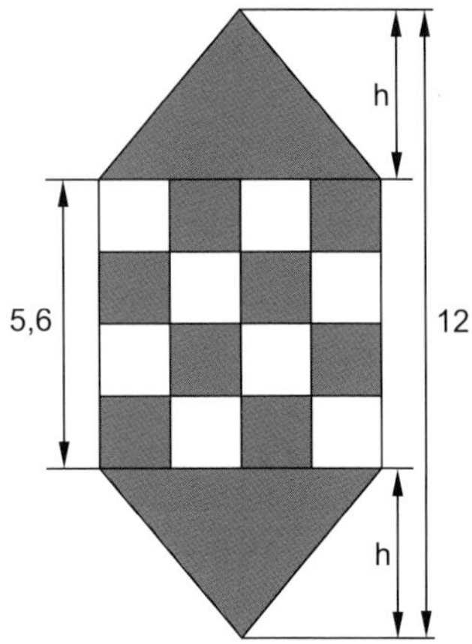

$h = (12\text{ cm} - 5{,}6\text{ cm}) : 2$
$h = 3{,}2\text{ cm}$

Flächeninhalt der zwei grau markierten Dreiecke

Die Grundseite g eines grau markierten Dreiecks und die Seitenlänge des großen Quadrats haben die gleiche Länge.
Berechne nun mit den bekannten Maßen den Flächeninhalt der beiden grau markierten Dreiecke.

$$A_{\text{Dreieck}} = \frac{g \cdot h}{2}$$

$g = 5{,}6\text{ cm}$
$h = 3{,}2\text{ cm}$

$$A_{\text{2 Dreiecke}} = \frac{5{,}6\text{ cm} \cdot 3{,}2\text{ cm}}{2} \cdot 2$$

$$A_{\text{2 Dreiecke}} = 17{,}92\text{ cm}^2$$

oder:

Das untere und das obere grau markierte Dreieck ergeben zusammen ein Rechteck.
Die Länge ℓ des Rechtecks und die Seitenlänge des großen Quadrats haben die gleiche Länge.
Die Breite des Rechtecks entspricht der Höhe h eines grau markierten Dreiecks.
Berechne nun den Flächeninhalt des Rechtecks.

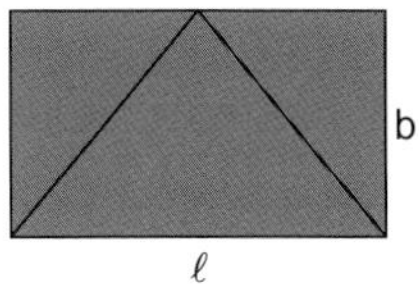

$A_{\text{Rechteck}} = \ell \cdot b$

$\ell = 5{,}6\text{ cm}$
$b = h = 3{,}2\text{ cm}$
$A_{\text{Rechteck}} = 5{,}6\text{ cm} \cdot 3{,}2\text{ cm}$
$A_{\text{Rechteck}} = 17{,}92\text{ cm}^2$

Flächeninhalt der grau markierten Flächen

Addiere den Flächeninhalt der kleinen grau markierten Quadrate zu dem Flächeninhalt der grau markierten Dreiecke und du erhältst den Flächeninhalt der grau markierten Flächen.

$A_{8\text{ graue Quadrate}} = 15{,}68\text{ cm}^2$

$A_{2\text{ Dreiecke}} = 17{,}92\text{ cm}^2$

$A_{\text{grau markierte Flächen}} = 15{,}68\text{ cm}^2 + 17{,}92\text{ cm}^2$

$A_{\text{grau markierte Flächen}} = 33{,}60\text{ cm}^2$

Teil B – Aufgabengruppe I – Aufgabe 7

a) **Zuordnung der passenden Graphen zu den Angeboten A und B**

Der Graph für ein Angebot ohne Grundgebühr muss im Koordinatenursprung beginnen.
Welches Angebot enthält keine Grundgebühr?
oder:
Der Punkt „2 € pro Film" liegt auf dem Graphen 3 und gehört zum Angebot A.
Graph 1 und Graph 2 beginnen bei einer monatlichen Grundgebühr.
Ein Graph beginnt bei einer monatlichen Grundgebühr von 7,50 €.
Entscheide nun, welcher Graph zu welchem Angebot passt.

Zum Angebot A passt der Graph 3.
Zum Angebot B passt der Graph 2.

b) **Anzahl der Filme bei Angebot B**

Das Angebot B berechnet eine monatliche Grundgebühr von 7,50 €.
Wie viele Filme zum Preis von 55 ct kann man nach Abzug der monatlichen Grundgebühr noch streamen?
Wandle 55 ct in Euro um.

Grundgebühr: 7,50 €
Preis pro Film: 55 ct = 0,55 €

13 € − 7,50 € = 5,50 €
5,50 € : 0,55 € = 10 (Filme)

Man erhält 10 Filme.

oder:
Lies am Graphen für das Angebot B ab, wie viele Filme man für 13 € erhält.

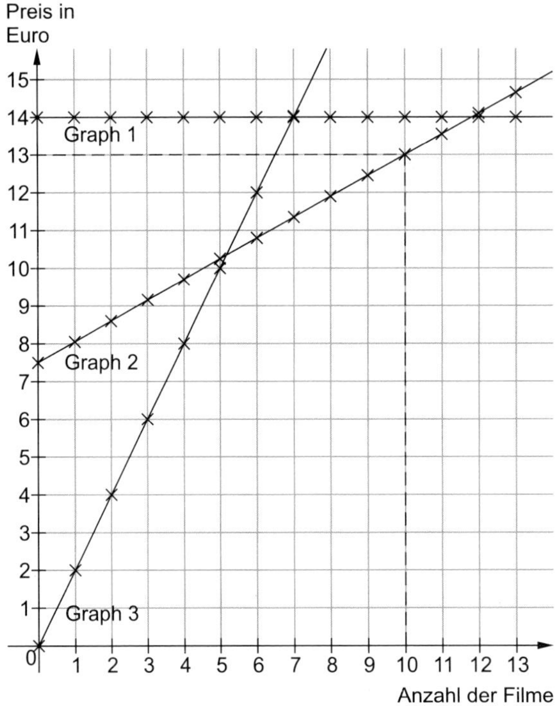

Am Graphen 2 für das Angebot B kann man ablesen, dass man zu einem Preis von 13 € 10 Filme bekommt.

c) Begründung für das günstigere Angebot

Hier musst du deine Entscheidung auch mathematisch begründen.
Betrachte den Graphen 2 (Angebot B) und den Graphen 3 (Angebot A).
Lies aus dem Diagramm ab und entscheide:
Bis zu wie vielen Filmen ist Angebot A günstiger als Angebot B?
Bei wie vielen Filmen sind die Kosten bei beiden Graphen ungefähr gleich hoch?
Wie entwickeln sich die Kosten nach dem 5. Film?
Welcher Graph ist dann hinsichtlich der Kosten günstiger?

Aus dem Diagramm kann man ablesen, dass das Angebot A bis zu 5 Filmen günstiger ist als das Angebot B, weil Graph 3 unterhalb von Graph 2 verläuft. Im Schnittpunkt der beiden Graphen sind die Kosten für beide Angebote gleich hoch. Ab dem 6. Film ist das Angebot B günstiger als das Angebot A.

oder:

Lege jeweils eine Wertetabelle für das Angebot A und das Angebot B an.
Bei der Zuordnung „Anzahl der Filme – Preis in €" handelt es sich bei Angebot A um eine direkt proportionale Zuordnung.
Vergleiche die Anzahl der Filme mit dem dazugehörigen Preis in den beiden Tabellen.
Ab wie vielen Filmen ist Angebot B günstiger als Angebot A?

Angebot A: 2 € pro Film

Filme	1	2	3	4	5	6	7
Preis (€)	2	4	6	8	10	12	14

Angebot B: 7,50 € monatliche Grundgebühr, 0,55 € pro Film

Filme	1	2	3	4	5	6	7
Preis (€)	8,05	8,60	9,15	9,70	10,25	10,80	11,35

Ab 6 Filmen ist das Angebot B günstiger als das Angebot A.

d) Beschreibung eines Angebots zu Graph 1

Graph 1 beginnt bei einem Preis von 14 €. Die Anzahl der Filme hat keinen Einfluss auf den Preis.

Für nur 14 € monatlich unbegrenzt Filme streamen!

oder:

Graph 1 zeigt, dass es egal ist, wie viele Filme man streamt. Der Preis beträgt immer 14 € pro Monat.

Streaming-Flatrate, nur 14 € monatlich!

oder:

Graph 1 ist parallel zur x-Achse und beginnt im Punkt $(0|14)$.

So viele Filme streamen, wie Sie wollen, nur 14 € monatliche Grundgebühr, keine weiteren Kosten!

Teil B – Aufgabengruppe I – Aufgabe 8

a) Anzahl der Wassertropfen

Wandle 48 m^3 in Liter um.
Bei Raummaßen beträgt die Umwandlungszahl 1 000.
$1\ dm^3 = 1\ \ell$

$48\ m^3 = 48\ 000\ dm^3 = 48\ 000\ \ell$

Wenn dein Taschenrechner Tasten für das Rechnen mit Zehnerpotenzen hat, kannst du die Division durchführen. Achte dabei auf die korrekte Tastenfolge. Du kannst das Ergebnis auch in Potenzschreibweise mit einer führenden Stelle angeben.

$48\,000\ \ell : (5 \cdot 10^{-5}\ \ell) = 960\,000\,000$ (Wassertropfen)
$960\,000\,000$ Wassertropfen $= 9{,}6 \cdot 10^8$ Wassertropfen

oder:

Wenn dein Taschenrechner keine Tasten für das Rechnen mit Zehnerpotenzen hat, dann schreibe die Zehnerpotenz als Dezimalbruch.
An der fünften Stelle nach dem Komma steht die 5.
Führe die Division durch.

$5 \cdot 10^{-5}\ \ell = 0{,}00005\ \ell$
$48\,000\ \ell : 0{,}00005\ \ell = 960\,000\,000$ (Wassertropfen)

In das Schwimmbecken passen 960 000 000 Wassertropfen.

b) **Anzahl der Tropfen pro Stunde**

Rechne 1 Stunde in Sekunden um.
1 Stunde hat 60 Minuten, 1 Minute hat 60 Sekunden.
Berechne nun die Anzahl der Tropfen pro Stunde.
In einer Sekunde verdunsten durchschnittlich 5 Wassertropfen.

$1\ \text{h} = (1 \cdot 60)\ \text{min} = 60\ \text{min}$
$60\ \text{min} = (60 \cdot 60)\ \text{s} = 3\,600\ \text{s}$

$5 \cdot 3\,600 = 18\,000$ (Wassertropfen)

Volumen der Wassertropfen pro Stunde

Das Volumen eines Wassertropfens findest du in der Aufgabenstellung.
Nutze bei deinem Taschenrechner die Tasten für das Rechnen mit Zehnerpotenzen.
Berechne das Volumen von 18 000 Wassertropfen.

$18\,000 \cdot (5 \cdot 10^{-5}\ \ell) = 0{,}9\ \ell$

oder:

Wandle die Zehnerpotenz in einen Dezimalbruch um (siehe Teilaufgabe a).

$18\,000 \cdot 0{,}00005\ \ell = 0{,}9\ \ell$

Prüfen der Behauptung

Wandle 900 $m\ell$ in ℓ um.
Bei Raummaßen beträgt die Umwandlungszahl 1 000.
Überprüfe Martins Behauptung.

$0{,}9\ \ell = 900\ m\ell$

Martin hat recht.

Teil B – Aufgabengruppe II – Aufgabe 1

- Multipliziere und löse die Klammern auf.
- Beachte die Vorzeichenregel.
- Fasse zusammen.

$$
\begin{aligned}
(16x-48)\cdot 4{,}5-(-x-7)+4x &= -3x\cdot(-2{,}5)-0{,}5\\
72x-216+x+7+4x &= 7{,}5x-0{,}5\\
77x-209 &= 7{,}5x-0{,}5 \quad \mid +209;\ -7{,}5x\\
69{,}5x &= 208{,}5 \quad \mid :69{,}5\\
x &= 3
\end{aligned}
$$

Teil B – Aufgabengruppe II – Aufgabe 2

- Überlege, wie sich die Gymnastikreifen auf die drei Farben aufteilen.
- Lege für die Anzahl der pinken Gymnastikreifen die Variable x fest.
- Drücke die Anzahl der grünen und blauen Gymnastikreifen mithilfe von x aus.
- „9 grüne Gymnastikreifen mehr als pinke“: $x+9$
- „doppelt so viele blaue wie pinke“: $2x$

$$
\left.
\begin{array}{ll}
\text{pinke Gymnastikreifen:} & x\\
\text{grüne Gymnastikreifen:} & x+9\\
\text{blaue Gymnastikreifen:} & 2x
\end{array}
\right\}\ 65\ \text{Gymnastikreifen}
$$

- Stelle die Gleichung auf und löse sie.

$$
\begin{aligned}
x+x+9+2x &= 65\\
4x+9 &= 65 \quad \mid -9\\
4x &= 56 \quad \mid :4\\
x &= 14
\end{aligned}
$$

- Berechne die Anzahl der Gymnastikreifen in den Farben Grün, Pink und Blau.

pinke Gymnastikreifen: 14
grüne Gymnastikreifen: $14+9=23$
blaue Gymnastikreifen: $2\cdot 14=28$

Teil B – Aufgabengruppe II – Aufgabe 3

Seitenlänge des regelmäßigen Sechsecks

Der Umfang eines regelmäßigen Sechsecks ist das Sechsfache einer Seitenlänge s.
Berechne die Länge einer Seite s

$u = 21\text{ cm}$
$s = 21\text{ cm} : 6$
$s = 3{,}5\text{ cm}$

Zeichnung

Ein regelmäßiges Sechseck setzt sich aus sechs deckungsgleichen gleichseitigen Dreiecken zusammen.
Im gleichseitigen Dreieck haben alle Seiten die gleiche Länge.
Der Radius des Umkreises eines regelmäßigen Sechsecks hat dieselbe Länge wie eine Seite der gleichseitigen Dreiecke.
Markiere auf deinem Arbeitsbogen einen Punkt und bezeichne ihn mit M.
Zeichne mit dem Zirkel einen Kreis um M mit dem Radius r = 3,5 cm.
Trage mit dem Zirkel den Radius auf der Umkreislinie ab. Arbeite genau!
Verbinde jeweils benachbarte Schnittpunkte auf der Kreislinie miteinander und du erhältst das regelmäßige Sechseck.

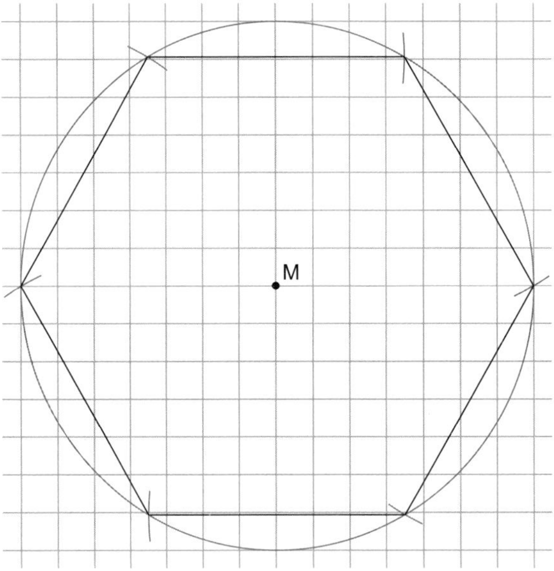

Du kannst noch die sechs gleichseitigen Dreiecke in das regelmäßige Sechseck einzeichnen.
Verbinde dazu die Schnittpunkte auf der Umkreislinie jeweils mit dem Mittelpunkt M.
Du erhältst die sechs gleichseitigen Dreiecke im regelmäßigen Sechseck.

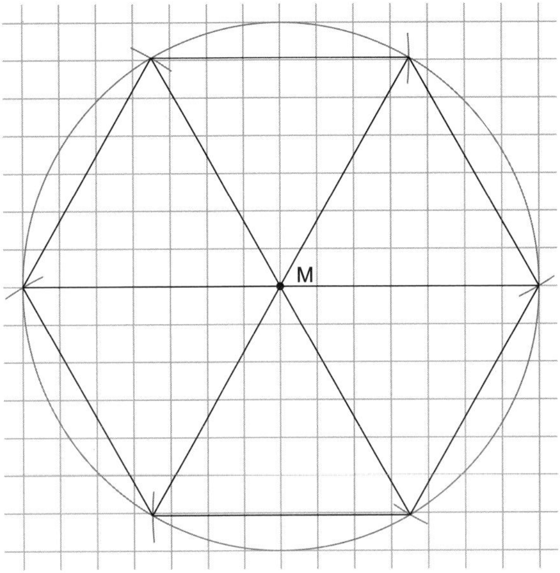

oder:
Ein regelmäßiges Sechseck setzt sich aus sechs deckungsgleichen gleichseitigen Dreiecken zusammen.
Im gleichseitigen Dreieck haben alle Seiten die gleiche Länge.
Die Seitenlänge eines gleichseitigen Bestimmungsdreiecks ist die Seitenlänge des Sechsecks.
Zeichne das Bestimmungsdreieck (sss).
Der Schnittpunkt der Schenkel des gleichseitigen Bestimmungsdreiecks ist der Mittelpunkt M des Umkreises um das regelmäßige Sechseck.
Zeichne mit dem Zirkel einen Kreis um M mit dem Radius r = 3,5 cm.
Trage mit dem Zirkel den Radius auf der Umkreislinie ab. Arbeite genau!
Verbinde jeweils benachbarte Schnittpunkte auf der Kreislinie miteinander und du erhältst das regelmäßige Sechseck.
Du kannst noch die sechs gleichseitigen Dreiecke in das regelmäßige Sechseck einzeichnen.
Verbinde dazu die Schnittpunkte auf der Umkreislinie jeweils mit dem Mittelpunkt M.

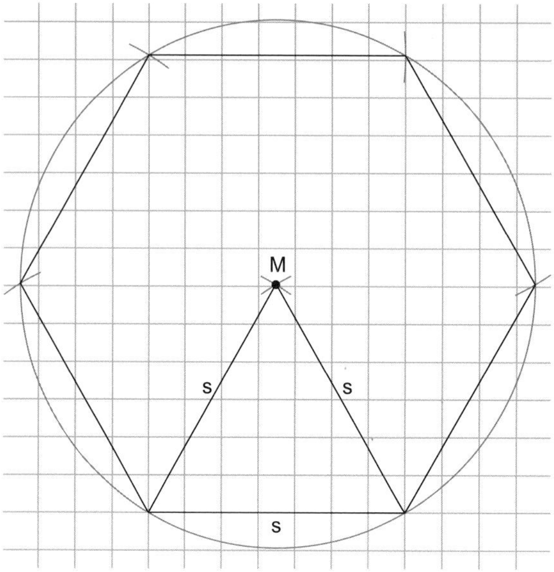

oder:

Ein regelmäßiges Sechseck setzt sich aus sechs deckungsgleichen gleichseitigen Dreiecken zusammen.
Im gleichseitigen Dreieck haben alle Innenwinkel die gleiche Größe.
In jedem Dreieck beträgt die Innenwinkelsumme 180°.
Berechne die Größe der Basiswinkel.
Im gleichseitigen Dreieck haben alle Seiten die gleiche Länge.
Die Seitenlänge eines gleichseitigen Bestimmungsdreiecks ist die Seitenlänge des Sechsecks.

Basiswinkel α
$\alpha = 180° : 3$
$\alpha = 60°$

$s = 3{,}5$ cm

Die Seitenlänge des Bestimmungsdreiecks und die Größe der Basiswinkel sind nun bekannt.
Zeichne das Bestimmungsdreieck (wsw).
Der Schnittpunkt der Schenkel des gleichseitigen Bestimmungsdreiecks ist der Mittelpunkt M des Umkreises um das regelmäßige Sechseck.
Zeichne mit dem Zirkel einen Kreis um M mit dem Radius $r = 3{,}5$ cm.
Trage mit dem Zirkel den Radius auf der Umkreislinie ab. Arbeite genau!
Verbinde jeweils benachbarte Schnittpunkte auf der Kreislinie miteinander und du erhältst das regelmäßige Sechseck.

Du kannst noch die sechs gleichseitigen Dreiecke in das regelmäßige Sechseck einzeichnen.
Verbinde dazu die Schnittpunkte auf der Umkreislinie jeweils mit dem Mittelpunkt M.

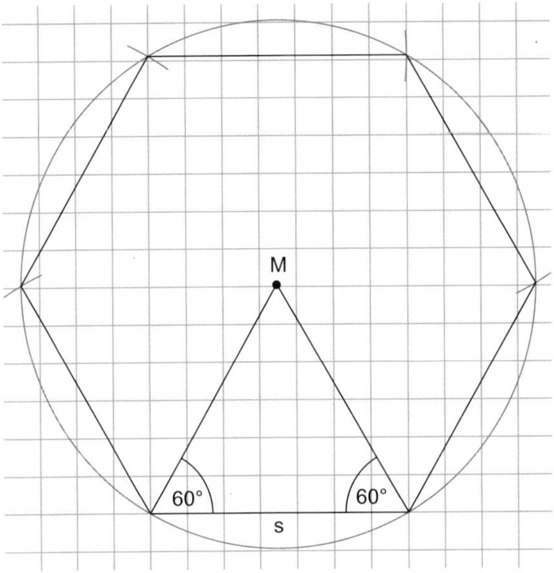

Teil B – Aufgabengruppe II – Aufgabe 4

Oberflächeninhalt des Quaders ohne Deckfläche

Der Flächeninhalt der Deckfläche des Quaders und der Flächeninhalt des unteren Rechtecks des Dreiecksprismas gehören nicht zum Oberflächeninhalt des Werkstücks.

Flächeninhalt der rechteckigen Grundfläche

Die Maße der Grundfläche des Quaders kannst du der Skizze entnehmen.
Berechne den Flächeninhalt der rechteckigen Grundfläche des Quaders.

$A_{Rechteck} = a \cdot b$

$a = 6\text{ cm}$
$b = 8{,}5\text{ cm}$
$A_{Rechteck} = 6\text{ cm} \cdot 8{,}5\text{ cm}$
$A_{Rechteck} = 51\text{ cm}^2$

Flächeninhalt der Mantelfläche des Quaders

Die Maße des Mantels des Quaders kannst du der Skizze entnehmen.

Berechne den Flächeninhalt der Mantelfläche des Quaders.

$M_{Quader} = 2 \cdot a \cdot c + 2 \cdot b \cdot c$

$a = 6\ cm$
$b = 8{,}5\ cm$
$c = 1{,}5\ cm$

$M_{Quader} = 2 \cdot a \cdot c + 2 \cdot b \cdot c$

$M_{Quader} = 2 \cdot 6\ cm \cdot 1{,}5\ cm + 2 \cdot 8{,}5\ cm \cdot 1{,}5\ cm$

$M_{Quader} = 18\ cm^2 + 25{,}5\ cm^2$

$M_{Quader} = 43{,}5\ cm^2$

Oberflächeninhalt des Quaders ohne Deckfläche

Addiere die Flächeninhalte der Teilflächen und du erhältst den Flächeninhalt der Oberfläche des Quaders ohne Deckfläche.

$O_{Quader} = 51\ cm^2 + 43{,}5\ cm^2$

$O_{Quader} = 94{,}5\ cm^2$

Oberflächeninhalt des rechtwinkligen Dreiecksprismas ohne unteres Rechteck

Flächeninhalt der beiden rechtwinkligen Dreiecke

Die Grund- und die Deckfläche des rechtwinkligen Dreiecksprismas bilden rechtwinklige Dreiecke.

Die Länge der beiden Katheten eines rechtwinkligen Dreiecks kannst du aus der Skizze ablesen.

Berechne den Flächeninhalt der beiden rechtwinkligen Dreiecke.

$A_{Dreieck} = \frac{1}{2} \cdot a \cdot b$

$a = 6\ cm$
$b = 4{,}5\ cm$

$A_{2\ Dreiecke} = \frac{1}{2} \cdot 6\ cm \cdot 4{,}5\ cm \cdot 2$

$A_{2\ Dreiecke} = 27\ cm^2$

Flächeninhalt des senkrecht stehenden Rechtecks

Die Länge und die Breite des senkrecht stehenden Rechtecks kannst du der Skizze entnehmen.

Berechne den Flächeninhalt des senkrecht stehenden Rechtecks.

$A_{Rechteck} = a \cdot b$

$a = 8{,}5\ cm$

$b = 4{,}5\ cm$

$A_{Rechteck} = 8{,}5\ cm \cdot 4{,}5\ cm$

$A_{Rechteck} = 38{,}25\ cm^2$

Flächeninhalt des vorderen schräg liegenden Rechtecks

Die Länge und die Breite des vorderen schräg liegenden Rechtecks kannst du der Skizze entnehmen.

Berechne den Flächeninhalt des Rechtecks.

$A_{Rechteck} = a \cdot b$

$a = 8{,}5\ cm$

$b = 7{,}5\ cm$

$A_{Rechteck} = 8{,}5\ cm \cdot 7{,}5\ cm$

$A_{Rechteck} = 63{,}75\ cm^2$

Oberflächeninhalt des rechtwinkligen Dreiecksprismas ohne unteres Rechteck

Addiere die Flächeninhalte der Teilflächen und du erhältst den Oberflächeninhalt des rechtwinkligen aufgesetzten Dreiecksprismas.

$O_{Dreiecksprisma} = 27\ cm^2 + 38{,}25\ cm^2 + 63{,}75\ cm^2$

$O_{Dreiecksprisma} = 129\ cm^2$

Oberflächeninhalt des Werkstücks

Addiere die Oberflächeninhalte der Teilkörper.

$94{,}5\ cm^2 + 129\ cm^2 = 223{,}5\ cm^2$

Teil B – Aufgabengruppe II – Aufgabe 5

a) **Anzahl der Schritte an Tag 3**

In der zweiten Tabellenspalte findest du die benötigten Daten.
Subtrahiere von den Schritten insgesamt die Anzahl der Schritte, die Maria an den drei anderen Tagen gegangen ist.

63 000 Schritte − 15 750 Schritte − 21 420 Schritte − 11 970 Schritte
= 13 860 Schritte

oder:

Die Anzahl der Schritte insgesamt ist der Grundwert G, der Anteil an der Gesamtzahl der Schritte der Prozentsatz p %.
Berechne den Prozentwert P mit dem Dreisatz.

G = 63 000 Schritte
p % = 22 %

100 % ≙ 63 000 Schritte
1 % ≙ 63 000 Schritte : 100 = 630 Schritte
22 % ≙ 630 Schritte · 22 = 13 860 Schritte

oder:

Rechne mit dem Faktor.
22 % = 0,22

63 000 Schritte · 0,22 = 13 860 Schritte

Maria ist an Tag 3 13 860 Schritte gegangen.

b) prozentualer Anteil der Schritte von Tag 1

Die Anzahl der Schritte insgesamt ist der Grundwert G, die Anzahl der Schritte an Tag 1 der Prozentwert P.
Berechne den Prozentsatz p %.
p % = P : G · 100 %

G = 63 000 Schritte
P = 15 750 Schritte

p % = 15 750 Schritte : 63 000 Schritte · 100 %
p % = 25 %

An Tag 1 ist Maria 25 % der gesamten Schritte gegangen.

c) Anzahl der Schritte bei der Wanderung im Jahr 2020

Im Jahr 2021 sind es 5 % Schritte mehr als im Jahr 2020.
Die Anzahl der Schritte stieg von 100 % im Jahr 2020 um 5 % auf 100 % + 5 % Schritte im Jahr 2021.
Der Grundwert für das Jahr 2021 wurde um 5 % vermehrt und beträgt 105 %, der Wert für das Jahr 2020 beträgt 100 %.
Rechne mit dem Dreisatz.

105 % ≙ 63 000 Schritte
1 % ≙ 63 000 Schritte : 105 = 600 Schritte
100 % ≙ 600 Schritte · 100 = 60 000 Schritte

Im Jahr 2020 ist Maria 60 000 Schritte gegangen.

d) Gesamtstrecke bei der Wanderung im Jahr 2021 in km

Die Anzahl der Schritte insgesamt und die Schrittlänge sind gegeben.
Wandle die Schrittlänge in Meter um.
1 cm = 0,01 m
Berechne die Gesamtstrecke in Metern.
Wandle das Ergebnis in km um.
1 000 m = 1 km

Schritte insgesamt: 63 000
Schrittlänge: 60 cm = 0,6 m

$63\,000 \cdot 0{,}6\text{ m} = 37\,800\text{ m}$
$37\,800\text{ m} = 37{,}8\text{ km}$

Bei der Wanderung im Jahr 2021 ist Maria insgesamt 37,8 km gegangen.

Teil B – Aufgabengruppe II – Aufgabe 6

a) Länge der fehlenden Kathete der Grundfläche des Dreiecksprismas

Die Grundfläche des Dreiecksprismas besteht aus einem rechtwinkligen Dreieck. Die Länge der Hypotenuse c und die Länge der Kathete b sind gegeben. Berechne die Länge der fehlenden Kathete (hier: a) mithilfe des Satzes von Pythagoras.

$c = 17\text{ cm}$
$b = 15\text{ cm}$

$a^2 = (17\text{ cm})^2 - (15\text{ cm})^2$
$a^2 = 289\text{ cm}^2 - 225\text{ cm}^2$
$a^2 = 64\text{ cm}^2 \qquad |\sqrt{}$
$a = 8\text{ cm}$

Flächeninhalt der Grundfläche des Dreiecksprismas

Berechne den Flächeninhalt des rechtwinkligen Dreiecks.

$$A_{\text{Dreieck}} = \frac{a \cdot b}{2}$$

$a = 8\text{ cm}$
$b = 15\text{ cm}$

$$A_{\text{Dreieck}} = \frac{8\text{ cm} \cdot 15\text{ cm}}{2}$$

$$A_{\text{Dreieck}} = 60\text{ cm}^2$$

Volumen des Dreiecksprismas

Der Flächeninhalt der Grundfläche des Prismas ist nun bekannt, die Körperhöhe des Prismas kannst du der Skizze entnehmen.
Berechne das Volumen des Dreiecksprismas.
$V_{Prisma} = G \cdot h_k$ (mit $G = A_{Dreieck}$ und $h_k = h$)

$G = A_{Dreieck} = 60\ cm^2$

$h_k = h = 13\ cm$

$V_{Prisma} = 60\ cm^2 \cdot 13\ cm$

$V_{Prisma} = 780\ cm^3$

Volumen des ausgesparten Halbzylinders

Der Durchmesser d des Halbzylinders ist gegeben.
Berechne den Radius des Halbzylinders.
Berechne damit das Volumen des Halbzylinders.
$V_{Halbzylinder} = r \cdot r \cdot \pi \cdot h_k : 2$
Rechne mit der π-Taste oder mit $\pi = 3{,}14$.
Hier wird mit $\pi = 3{,}14$ gerechnet.

$d = 6\ cm$
$r = 3\ cm$
$h_k = h = 13\ cm$

$V_{Halbzylinder} = 3\ cm \cdot 3\ cm \cdot 3{,}14 \cdot 13\ cm : 2$

$V_{Halbzylinder} = 183{,}69\ cm^3$

Volumen des Körpers

Subtrahiere vom Volumen des Prismas das Volumen des Halbzylinders und du erhältst das Volumen des Körpers.

$V_{Körper} = 780\ cm^3 - 183{,}69\ cm^3$

$V_{Körper} = 596{,}31\ cm^3$

oder:

Länge der Seite a des rechtwinkligen Dreiecks

Für jedes gerade Prisma gilt:
$V_{Prisma} = G \cdot h_k$
Die Grundfläche des Dreiecksprismas besteht aus einem rechtwinkligen Dreieck, aus dem ein Halbkreis entfernt wurde.
Die Länge der Hypotenuse c und die Länge der Kathete b sind gegeben.
Berechne die Länge der fehlenden Kathete (hier: a) mithilfe des Satzes von Pythagoras.

$c = 17\ \text{cm}$
$b = 15\ \text{cm}$
$a^2 = (17\ \text{cm})^2 - (15\ \text{cm})^2$
$a^2 = 289\ \text{cm}^2 - 225\ \text{cm}^2$
$a^2 = 64\ \text{cm}^2 \qquad |\sqrt{\ }$
$a = 8\ \text{cm}$

Flächeninhalt des rechtwinkligen Dreiecks

Berechne den Flächeninhalt des rechtwinkligen Dreiecks.

$$A_{Dreieck} = \frac{a \cdot b}{2}$$

$a = 8\ \text{cm}$
$b = 15\ \text{cm}$

$$A_{Dreieck} = \frac{8\ \text{cm} \cdot 15\ \text{cm}}{2}$$

$$A_{Dreieck} = 60\ \text{cm}^2$$

Flächeninhalt des Halbkreises

Der Durchmesser des Halbkreises ist gegeben.
Berechne den Radius des Halbkreises.
Berechne damit den Flächeninhalt des Halbkreises.
$A_{Kreis} = r \cdot r \cdot \pi$
Rechne mit der π-Taste oder mit $\pi = 3{,}14$.
Hier wird mit $\pi = 3{,}14$ gerechnet.

$d = 6\ \text{cm}$
$r = 3\ \text{cm}$

$$A_{Halbkreis} = \frac{1}{2} \cdot 3\ \text{cm} \cdot 3\ \text{cm} \cdot 3{,}14$$

$$A_{Halbkreis} = 14{,}13\ \text{cm}^2$$

Flächeninhalt der Grundfläche des Prismas

Subtrahiere vom Flächeninhalt des rechtwinkligen Dreiecks den Flächeninhalt des Halbkreises.

$G = 60\ \text{cm}^2 - 14{,}13\ \text{cm}^2$
$G = 45{,}87\ \text{cm}^2$

Volumen des Prismas (Körpers)

Der Flächeninhalt der Grundfläche des Prismas ist nun bekannt, die Körperhöhe des Prismas kannst du der Skizze entnehmen.
Berechne das Volumen des Prismas.
$V_{Prisma} = G \cdot h_k$ (mit $h_k = h$)

$G = 45{,}87\ cm^2$
$h_k = h = 13\ cm$
$V_{Prisma} = 45{,}87\ cm^2 \cdot 13\ cm$
$V_{Prisma} = 596{,}31\ cm^3$

b) Erklärung

Hier musst du den Zusammenhang zwischen dem Volumen eines Prismas und der Kantenlänge der Höhe des Prismas erklären.
Für jedes Prisma gilt:
$V_{Prisma} = G \cdot h_k$
Erkläre nun den funktionalen Zusammenhang zwischen dem Volumen eines Prismas und der Kantenlänge der Höhe h.

Die Länge der Höhe eines Prismas ist direkt proportional zum Volumen des Prismas. Wird die Kantenlänge h vergrößert, vergrößert sich auch das Volumen des Prismas. Wird die Kantenlänge h verdoppelt, verdoppelt sich auch das Volumen des Prismas.

oder:

Multipliziere die Formel mit 2.
Wende das Kommutativgesetz an.

$V_{Prisma} = G \cdot h_k \quad | \cdot 2$
$2 \cdot V_{Prisma} = 2 \cdot G \cdot h_k$
$2 \cdot V_{Prisma} = G \cdot (2 \cdot h_k)$

Wird die Kantenlänge h verdoppelt, verdoppelt sich das Volumen.

oder:

Für jedes Prisma gilt: $V_{Prisma} = G \cdot h_k$
Setze die Werte für den Flächeninhalt der Grundfläche und die Höhe des Prismas aus der Teilaufgabe a ein.

$V_{Prisma} = G \cdot h_k$
$G = 45{,}87\ cm^2$
$h_k = 13\ cm$
$V_{Prisma} = 45{,}87\ cm^2 \cdot 13\ cm$
$V_{Prisma} = 596{,}31\ cm^3$

Multipliziere die Höhe mit 2.
Setze in die Formel für $h_k = 13\text{ cm} \cdot 2$ ein.

$h_k = 13\text{ cm} \cdot 2$

$V_{Prisma} = 45{,}87\text{ cm}^2 \cdot (13\text{ cm} \cdot 2)$

$V_{Prisma} = (45{,}87\text{ cm}^2 \cdot 13\text{ cm}) \cdot 2$

$V_{Prisma} = 596{,}31\text{ cm}^3 \cdot 2$

Wird die Kantenlänge h verdoppelt, verdoppelt sich das Volumen.

Teil B – Aufgabengruppe II – Aufgabe 7

a) Gewicht eines Hundert-Euro-Scheins in g

Schreibe 28,3 Millionen ohne Komma.

28,3 Millionen = 28 300 000

Wenn dein Taschenrechner Tasten für das Rechnen mit Zehnerpotenzen hat, kannst du die Division durchführen.
Achte dabei auf die korrekte Tastenfolge.

$2{,}8866 \cdot 10^7\text{ g} : 28\,300\,000 = 1{,}02\text{ g}$

oder:

Wenn dein Taschenrechner keine Tasten für das Rechnen mit Zehnerpotenzen hat, dann schreibe das Gewicht der Scheine ohne Zehnerpotenz.
10^7 heißt: Das Komma wird um 7 Stellen nach rechts verschoben. Fehlende Stellen ergänzt du mit 0.
Führe die Division durch.

$2{,}8866 \cdot 10^7\text{ g} = 28\,866\,000\text{ g}$
$28\,866\,000\text{ g} : 28\,300\,000 = 1{,}02\text{ g}$

Ein Hundert-Euro-Schein wiegt 1,02 g.

b) Anzahl der Äquatorumrundungen

Wandle die Meter in Kilometer um.
1 000 m = 1 km
Wenn dein Taschenrechner Tasten für das Rechnen mit Zehnerpotenzen hat, kannst du die Division durchführen.
Achte dabei auf die korrekte Tastenfolge.

$2{,}4 \cdot 10^8\text{ m} = 2{,}4 \cdot 10^5\text{ km}$
$2{,}4 \cdot 10^5\text{ km} : 40\,000\text{ km} = 6$ (Umrundungen)

oder:

Wandle die Kilometer in Meter um.
1 km = 1 000 m
Wenn dein Taschenrechner Tasten für das Rechnen mit Zehnerpotenzen hat, kannst du die Division durchführen.
Achte dabei auf die korrekte Tastenfolge.

40 000 km = 40 000 000 m
$2{,}4 \cdot 10^8$ m : 40 000 000 m = 6 (Umrundungen)

oder:

Wenn dein Taschenrechner keine Tasten für das Rechnen mit Zehnerpotenzen hat, dann schreibe die Strecke der Scheine ohne Zehnerpotenz.
10^8 heißt: Das Komma wird um 8 Stellen nach rechts verschoben. Fehlende Stellen ergänzt du mit 0.
Wandle die Kilometer in Meter um.
1 km = 1 000 m
Führe die Division durch.

$2{,}4 \cdot 10^8$ m = 240 000 000 m
240 000 000 m = 240 000 km
240 000 km : 40 000 km = 6 (Umrundungen)

Legt man alle Fünf-Euro-Scheine nebeneinander, so kann man diese Strecke sechsmal um den Äquator herum legen.

Teil B – Aufgabengruppe II – Aufgabe 8

a) **fehlende Werte in der Tabelle**

Die Zuordnung „Mietdauer – Mietkosten“ ist eine proportionale Zuordnung.
Die Mietgebühr für eine Minute ist gegeben.
Gib die Mietkosten für eine Minute in € an.
Berechne damit die fehlenden Werte in der Tabelle.

20 ct = 0,20 €
$1 \text{ min} \mathrel{\hat{=}} 0{,}20$ €

Mietkosten für 30 Minuten
$1 \text{ min} \mathrel{\hat{=}} 0{,}20$ €
$30 \text{ min} \mathrel{\hat{=}} 0{,}20 € \cdot 30 = 6$ €

Mietdauer für 14 €
14 € : 0,20 € = 70 (Minuten)

oder:

$0{,}20\ € \mathrel{\hat{=}} 1\ \text{min}$

$1\ € \mathrel{\hat{=}} 5\ \text{min}$

$14\ € \mathrel{\hat{=}} 5\ \text{min} \cdot 14 = 70\ \text{min}$

Mietkosten für 120 Minuten

$1\ \text{min} \mathrel{\hat{=}} 0{,}20\ €$

$120\ \text{min} \mathrel{\hat{=}} 0{,}20\ € \cdot 120 = 24\ €$

Vollständige Tabelle

Mietdauer in Minuten	30	**70**	120
Mietkosten in €	**6**	14	**24**

b) grafische Darstellung

Lege ein Koordinatensystem mit der Einheit 1 cm an.
Rechtswertachse: $1\ \text{cm} \mathrel{\hat{=}} 10$ Minuten; Hochwertachse: $1\ \text{cm} \mathrel{\hat{=}} 2\ €$
Der Platzbedarf ist in der Angabe gegeben.
Beschrifte das Koordinatensystem vollständig.
Trage die berechneten Werte aus der Tabelle in das Koordinatensystem ein.
Verbinde die Punkte zu einer Halbgeraden.
Die Abbildung wurde aus Platzgründen verkleinert

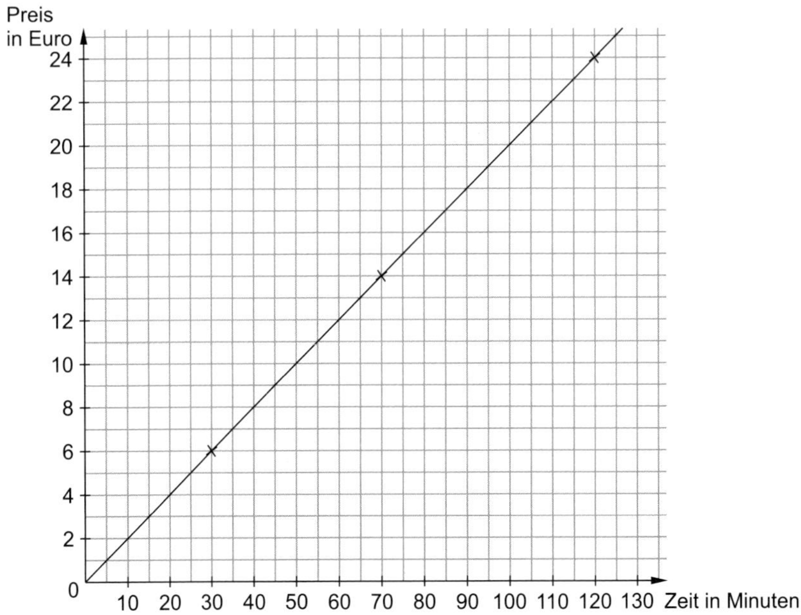

c) Mietdauer in Stunden für 396 €

Wie lange kann Lorenas Vater einen E-Scooter für den Kaufpreis mieten?

Mietkosten pro Minute: 0,20 €
Kaufpreis des E-Scooters: 396 €

Mietdauer
396 € : 0,20 € = 1 980 (Minuten)

Rechne die Minuten in Stunden um.
1 Stunde hat 60 Minuten.

1 980 min = (1 980 : 60) h = 33 h

oder:
Rechne mit dem Dreisatz.

$0,20\,€ \triangleq 1\text{ min}$
$1\,€ \triangleq 5\text{ min}$
$396\,€ \triangleq 5\text{ min} \cdot 396 = 1\,980\text{ min}$

Rechne die Minuten in Stunden um.
1 Stunde hat 60 Minuten.

1 980 min = (1 980 : 60) h = 33 h

Lorenas Vater kann einen E-Scooter für 396 € 33 Stunden ausleihen.

Qualifizierender Abschluss der Mittelschule Bayern 2023
Mathematik – Lösungen

Um dir die Lösungen zur Prüfung 2023 schnellstmöglich zur Verfügung stellen zu können, bringen wir sie in digitaler Form heraus.

Sobald die Original-Prüfungsaufgaben 2023 freigegeben sind, können die dazugehörigen Lösungen als PDF auf der Plattform *MyStark* heruntergeladen werden (Zugangscode vgl. Umschlaginnenseite).

Aktuelle Prüfung

www.stark-verlag.de/mystark

Musterprüfung 1 – Literarischer Text

Teil A: Zuhören

Aufgabe zu Hörtext 1

Hörtext:

Ling	Ist das hier etwa ein – das gibt's doch gar nicht! Hey, Victor, schau mal, was ich gefunden habe!
Victor	Gras? Löwenzahn? Salat?
Ling	Ein vierblättriges Kleeblatt! Das ist was ganz Besonderes! Das gibt es nur ganz selten! Und das hier auf dem Schulhof!
Victor	Na dann: herzlichen Glückwunsch, dass du eins gefunden hast!
Ling	Cool! Heute ist bestimmt mein Glückstag – ein vierblättriges Kleeblatt ist doch ein Glücksbringer!
Victor	Stimmt. Gibt's ja überall als Glückssymbol. Ich glaub aber eher an die Glückscents, die man auf der Straße findet. Da hat man wenigstens was davon.
Ling	Wenn du meinst. Jeder glaubt eben an was anderes. Meine Eltern kommen ja aus Asien, und meine Mutter stellt zu Hause immer solche Maneki-neko-Figuren auf. Das sind Katzenfiguren, die ständig mit einer Pfote winken und zum Beispiel Glück und Wohlstand bringen sollen. Aber nur, wenn sie mit der rechten Hand winken.
Victor	Glückskatzen gibt es bei meinen Verwandten in Russland auch, aber echte. Meine Oma meint, die müssen unbedingt dreifarbig sein, sonst bringen sie kein Glück. Und es gibt noch mehr Tiere, die man bei uns für Glückssymbole hält, z. B. Frösche, Kraniche oder Goldfische.
Ling	Und hier in Deutschland verschenkt man ja an Silvester immer rosa Marzipanschweinchen oder Marienkäfer aus Schokolade. Die sollen Glück fürs neue Jahr bringen.

Victor	Bei Tieren fällt mir ein: Erinnerst du dich noch an unseren Ausflug auf den Bauernhof? Da hingen doch an den Ställen überall Hufeisen. Früher glaubten die Menschen, dass von Hufeisen besondere Kräfte ausgehen, die die Tiere beschützen sollen. Das hat uns die Landwirtin erklärt.
Ling	Na klar, das weiß ich noch! Du wolltest gleich heimlich ein Hufeisen mitnehmen!
Victor	Der Landwirt hat es mir geschenkt, weil ich gesagt habe, dass ich sehr viel Glück für die nächste Matheprobe brauche.
Ling	Und, hat's was gebracht?
Victor	Na ja, geht so. Dabei hatte mir meine Mutter zur Sicherheit auch noch ein Nazar-Amulett gegeben.
Ling	Ein bitte was?
Victor	Das kennst du bestimmt. Das ist so ein blauer, augenförmiger Glasstein. Meine Mutter hat ihn von einer Freundin als Glücksbringer bekommen und glaubt fest daran.
Ling	Ach so, DAS meinst du! Das kommt doch aus dem Orient. Aber ich dachte, das heißt „Fatimas Auge".
Victor	Kann auch sein. Auf jeden Fall soll das Auge vor dem bösen Blick schützen ... Sag mal, hast du eigentlich noch was von den leckeren Glückskeksen, die deine Schwester immer selber macht? Du weißt schon: die mit den Zetteln drin!
Ling	Ja, jede Menge. Auf deinem Zettel würde bestimmt stehen: „Nur wer fleißig lernt, wird gute Noten schreiben!"
Victor	(lacht) Okay, okay! Ich setz mich nachher hin und tu was!

***Hinweis:** Hier geht es darum, ganz bestimmte im Hörtext genannte Informationen zu erfassen und zu nennen. Es genügt, wenn du die Fragen mit wenigen Worten oder auch Zahlen stichpunktartig beantwortest.*

Lösung:

(1) an Glückscents

(2) mit der rechten Pfote

(3) müssen dreifarbig sein

(4) vor dem bösen Blick

Aufgabe zu Hörtext 2

Hörtext:

Moderatorin	Hallo und herzlich willkommen, liebe Zuhörerinnen und Zuhörer, bei „Das große Hörlexikon“. In der neuen Folge unseres Podcasts heißt das Thema dieses Mal „G wie Glück“. Seit jeher beschäftigt das Thema Glück die Menschheit. Forscherinnen und Forscher haben herausgefunden, dass Menschen, die viele Glücksmomente erleben, sich weniger gestresst fühlen. Mit weniger Stress lebt es sich leichter, vieles gelingt besser und der Mensch ist mit sich und seinem Leben zufrieden. Dann kann man auch Augenblicke aushalten, in denen nicht alles perfekt gelingt. Auf die großen Fragen rund um das Thema Glück antwortet uns heute der Glücksforscher Prof. Dr. Eisenhufner.
Glücksforscher	Das Thema Glück beschäftigte die Menschheit schon immer. Aber was ist Glück eigentlich? Glück ist etwas, das man nicht anfassen, nicht hören und auch nicht riechen kann. Glück kann man nur fühlen. Niemand weiß, wann es kommt. Plötzlich ist es da. Für jeden Menschen bedeutet Glück etwas anderes: eine Eins im Aufsatz, das Lieblingslied im Radio, ein Stück Schokolade, eine Umarmung. Zu der Frage, wo die glücklichsten Menschen leben, hat die UN in ihrem Glücksreport 156 Länder miteinander verglichen und festgestellt, dass nicht überall auf der Welt die Menschen gleichermaßen glücklich sind. Der aktuellen Studie nach leben die glücklichsten Menschen in Finnland, gefolgt von Dänemark und Norwegen. Möglicherweise liegt das daran, dass die Menschen in diesen Ländern ein gesichertes Einkommen haben und in einer Demokratie mit einer stabilen Regierung leben. Das Gefühl, das wir Glück nennen, entsteht in unserem Gehirn. Im mittleren Teil des Gehirns befindet sich das Belohnungszentrum, das aus einer großen Anzahl von Nervenzellen besteht. Wenn nun jemand zum Beispiel eine gute Note für eine Probe bekommt, werden im Belohnungszentrum Glückshormone ausgestoßen. Eines dieser Hormone heißt Dopamin. Dieses Dopamin bewirkt, dass unser Gehirn besser arbeitet, wir motivierter sind und wir uns gut konzentrieren können.

	Ein anderes Glückshormon ist das Endorphin. Es wird ausgestoßen, wenn der Mensch sich zum Beispiel beim Sport viel bewegt und anstrengt. Ein drittes Hormon, das sogenannte Oxytocin, wird hingegen abgegeben, wenn Menschen sich mögen. Unser Gehirn sorgt dafür, dass das Glücksgefühl nach einiger Zeit wieder abnimmt. Das heißt also, es ist kein Dauerzustand. Nur so kann man das Glücksgefühl jedes Mal wieder neu genießen und sich daran freuen. Weil dieses Gefühl so schön ist, strebt der Mensch danach, so oft wie möglich glücklich zu sein. Aber glücklich sein und Glück haben ist nicht dasselbe. Wenn jemand zum Beispiel beim Kartenspiel gute Karten bekommt, hat er Glück, und das ist genau genommen Zufall. Den Zufall kann man nämlich nicht beeinflussen. Das Glücklichsein aber kann man selbst in die Hand nehmen. Um eine gute Note in einer Probe zu bekommen, kann man sich vorbereiten und lernen. Man kann mit Freunden, die man wirklich mag, viel Zeit verbringen oder sich im Sport so richtig verausgaben. Für diese Glücksmomente kann man selbst sorgen.
Moderatorin	Sorgen also auch Sie immer wieder selbst dafür, dass Sie solche Glücksmomente erleben können. So gehen Sie leichter und stressfreier durchs Leben. Das war unsere Podcastfolge „Das große Hörlexikon" mit dem Thema „G wie Glück“. Wenn sie Ihnen gefallen hat, dann schalten Sie auch das nächste Mal wieder ein, wenn es heißt „H wie Humor“.

Hinweis: *Beim ersten Hören des Textes achtest du darauf, wann es um die jeweilige Frage geht, und notierst schon so gut es geht stichwortartig passende Antworten. Beim zweiten Hören des Textes weißt du dann schon genau, wann die einzelnen Punkte angesprochen werden und kannst dich an diesen Stellen nochmals aufs Zuhören konzentrieren. Verbessere bzw. vervollständige deine Lösungen jetzt. Nachdem der Hörtext das zweite Mal abgespielt wurde, hast du noch etwas Zeit, um die Aufgabe fertigzustellen.*

Lösung:

(1) Glück – was ist das?
mögliche Stichpunkte:
- Glück bedeutet für jeden etwas anderes
- Glück kann man nicht riechen, hören oder anfassen

(2) UN-Glücksreport: Gründe für das Glücklichsein
mögliche Stichpunkte:
- gesichertes Einkommen
- stabile Regierung

(3) Dopamin: ein Glückshormon und seine Wirkung
mögliche Stichpunkte:
- wir sind motivierter
- wir können uns gut konzentrieren

(4) Glück und Zufall – wo liegt der Unterschied?
mögliche Stichpunkte:
- Zufall ist nicht beeinflussbar
- für Glücksmomente kann man selbst sorgen

Aufgabe zu Hörtext 3

Hörtext:

Jasmin	Frau Maier, wie kamen Sie auf die Idee, in Ihrem Jugendzentrum den Workshop „Glücksschmiede" einzuführen?
Frau Maier	Ich habe an einer Fortbildung zum Thema „Glücklichsein lernen – Philosophieren mit Jugendlichen" teilgenommen und war sofort begeistert, welche positiven Auswirkungen das Philosophieren über das Glück auf jeden Einzelnen und die Gesellschaft haben kann. Deshalb biete ich den Workshop „Glücksschmiede" an, um unseren Jugendlichen zu zeigen, wie viel man durch die Auseinandersetzung mit sich selbst erreichen kann.
Ivan	Und weshalb heißt der Workshop „Glücksschmiede"?
Frau Maier	„Jeder ist seines Glückes Schmied" heißt ein Sprichwort. Das bedeutet, dass jeder von uns aktiv dazu beitragen kann, glücklich zu sein. Das ist mir ganz wichtig: Jede und jeder kann sein Leben so gestalten, dass er oder sie glücklich ist. Und dabei möchte ich die Jugendlichen mit meinem Workshop unterstützen.
Jasmin	Das klingt ja ganz gut, aber wollen Jugendliche in einem Jugendzentrum nicht einfach nur entspannen und ihre Freunde treffen? Philosophieren und Glücklichsein lernen klingt anstrengend und irgendwie uncool.
Frau Maier	Bis zu einem gewissen Grad ist es tatsächlich anstrengend, ja. Aber uncool ist es auf keinen Fall. Bei den meisten Jugendlichen sorgt das Philosophieren vielmehr für Glücksgefühle, die sich wiederum positiv zum Beispiel auf Motivation und Lebenseinstellung und sogar das Lernen auswirken.
Ivan	Worum geht es denn inhaltlich ganz konkret bei Ihrem Workshop „Glücksschmiede"?
Frau Maier	Also … die Jugendlichen denken über sich selbst nach und philosophieren über das Leben allgemein. Dadurch soll ihre Persönlichkeit gestärkt werden.
Jasmin	Hmm … Was genau meinen Sie?

Frau Maier	Die Jugendlichen lernen zum Beispiel, stabile Beziehungen zu anderen Menschen aufzubauen und sich in andere hineinzuversetzen. Ziel ist es, sich selbst mit seinen eigenen Stärken und Schwächen zu akzeptieren, aber auch zu erkennen, an welchen Punkten man sich weiterentwickeln kann.
Ivan	Um welche Fragen geht es da speziell? Können Sie ein paar Beispiele nennen?
Frau Maier	Beispiele? Ja, klar! Zentral sind die Fragen „Wer bin ich? Was brauche ich? Was kann ich? Was macht mich zufrieden? Was will ich?“. Sie stehen im Mittelpunkt des Workshops. Gerade die letzten beiden Fragen, „Was macht mich zufrieden?“ und „Was will ich?“, gehen davon aus, dass Menschen, die ihre Wünsche kennen, häufiger persönliche Ziele entwickeln ... Und ... wenn sie diese verwirklichen, sind sie glücklich – zumindest für eine Weile.
Jasmin	Ich verstehe ... Na ja, aber ich werde ja nicht all meine Ziele im Leben erreichen können, oder?
Frau Maier	Vermutlich nicht. Da sprichst du einen wichtigen Punkt an. Denn auch das ist ein Lernprozess: Die Jugendlichen lernen im Workshop auch zu akzeptieren, dass einem im Leben nicht immer alles gelingt. In unserer Gesellschaft werden Fehler oft als etwas Schlechtes angesehen. Dabei bieten Fehler uns oft die große Chance, daraus zu lernen und etwas zu verändern.
Ivan	Noch eine letzte Frage ... Wie viele Jugendliche besuchen denn die „Glücksschmiede“?
Frau Maier	Mehr als Plätze zur Verfügung stehen! Deshalb bieten wir hier im Jugendzentrum auch während der Ferien immer Workshops an, in denen wir über das Glücklichsein philosophieren. Und auch andere Jugendzentren machen mit!
Jasmin	Das klingt ja alles sehr interessant. Ich glaub', ich melde mich auch für einen Ferienworkshop bei Ihnen an! Vielen Dank, dass Sie sich die Zeit für das Interview genommen haben.
Frau Maier	Sehr gerne.

Hinweis: *Den Behauptungen in der linken Spalte sollst du die Schlussfolgerungen in der rechten Spalte zuordnen. Am besten nimmst du einen Stift zur Hand und versuchst schon beim ersten Lesen* *der Aufgabe eine mögliche Zuordnung vorzunehmen. Überlege, aus welcher Behauptung sich welche Schlussfolgerung ziehen lässt. Lies zunächst die Behauptung, ergänze dann gedanklich „daraus folgt, …“ und füge die verschiedenen Schlussfolgerungen an. Entscheide, welche Schlussfolgerung zur Behauptung passt. Den jeweiligen Buchstaben trägst du unten in die Tabelle ein. Konzentriere dich beim Anhören des Textes und mache dir Notizen. Nach dem zweiten Anhören des Textes hast du noch einmal wenige Minuten Zeit, die Buchstaben endgültig in die Tabelle einzutragen.*

Lösung:

(0)	(1)	(2)	(3)	(4)
C	**D**	**G**	**E**	**A**

Teil B: Sprachgebrauch –Sprachbetrachtung

1. ***Hinweis:***
   a) Satzglieder kannst du durch Erfragen bestimmen, z. B. das Subjekt mit der Frage „Wer oder was?", Prädikat: „Was tut/tun?", Dativobjekt: „Wem?", Akkusativobjekt: „Wen oder was?". Wer oder was verbringt die Sommerferien an der italienischen Küste? Antwort: Mein Freund Samuel und ich (= Subjekt). Adverbiale Bestimmungen geben Auskunft über die genaueren Umstände, unter denen eine Handlung stattfindet, z. B. über die Zeit („Wann?" „Seit wann?", „Wie lange?") oder den Ort („Wo?", „Wohin?", „Woher?").
   Wenn du unsicher bist, welche Wörter zum jeweiligen Satzglied gehören, kannst du auch zunächst die Verschiebe- oder Umstellprobe anwenden. Indem du herausfindest, welche Teile des Satzes man gemeinsam umstellen kann, ohne dass sich der Sinn des Satzes verändert, erhältst du die einzelnen Satzglieder.
   b) Achte bei Aufgabe b darauf, den lateinischen Fachbegriff zu nennen und nicht die deutsche Bezeichnung.

   a) Dein neuester Glücksgriff / bereitet / allen Anwesenden / seit Tagen / große Freude.

   b) mögliche Lösungen:

Satzglied	**Fachbegriff**
Dein neuester Glücksgriff	Subjekt
bereitet	Prädikat
allen Anwesenden	Dativobjekt
seit Tagen	Temporaladverbiale
große Freude	Akkusativobjekt

2. ***Hinweis:*** *Überlege, durch welches Wort sich das jeweils unterstrichene Fremdwort am besten ersetzen lässt, ohne dass sich die Bedeutung des Satzes verändert. Manchmal hilft dir auch der Blick ins Wörterbuch, dort findest du die unterschiedlichen Bedeutungen der Wörter. Aber Achtung: Sind mehrere Bedeutungen angegeben, musst du genau auf den Textzusammenhang achten.*

   a) ☐ Überlegungen
   ☒ Untersuchungen
   ☐ Befragungen

   b) ☐ sehr
   ☐ nicht
   ☒ ziemlich

3. ✎ ***Hinweis:*** *Bei der ersten Lücke handelt es sich um eine Dativkonstruktion. Du kannst die Lösung so erfragen: „Zu wem lernt man gute und stabile Beziehungen?" Antwort: zu anderen Menschen. Bei der zweiten Lücke handelt es sich um einen Infinitiv mit „zu"; da es sich um ein trennbares Verb handelt (d. h., in manchen Zeitformen wird das Verb getrennt: z. B. Er versetzt sich in ihre Lage hinein.), rutscht das „zu" in das Wort „hineinversetzen" hinein.*

In Kursen zum Thema „Glücklichsein" lernt man vor allem, gute und stabile Beziehungen zu **anderen Menschen** aufzubauen und sich in unterschiedlichen Lebenslagen in andere Personen **hineinzuversetzen**.

4. ✎ ***Hinweis:*** *Entscheide jeweils, um welche Wortart es sich handelt:*
   - ***Demonstrativpronomen „das"*** *(hinweisendes Fürwort) – Mit ihm kann der Sprecher/die Sprecherin auf etwas zeigen oder hinweisen. Es lässt sich durch „dies/dieses" oder auch durch „jenes" ersetzen.*
   - ***Relativpronomen „das"*** *– leitet einen Relativsatz ein, bezieht sich auf ein Nomen aus dem vorherigen Hauptsatz und kann durch „welches" ersetzt werden.*
   - ***Konjunktion*** *(Bindewort)* ***„dass"*** *– leitet einen Nebensatz ein, kann nicht durch „dieses", „jenes" oder „welches" ersetzt werden. Beachte: Ein Nebensatz kann auch vor dem Hauptsatz stehen, dann beginnt das Satzgefüge mit der Konjunktion „dass" (z. B. Dass es heute noch regnen würde, hätte ich nicht gedacht.)*

	Demonstrativpronomen das	Relativpronomen das	Konjunktion dass
a) Wenn man sich nicht abgehetzt vorkommt, bedeutet ________, ein Gefühl von Kontrolle über sein Leben zu haben.	☒	☐	☐
b) Ein Leben, ________ von Stress und Hektik begleitet ist, wird im Allgemeinen als sehr belastend empfunden.	☐	☒	☐

5. ✎ ***Hinweis:*** *Die indirekte Rede verwendet man, um Äußerungen anderer Personen wiederzugeben und dies damit kenntlich zu machen. Bei indirekter Rede entfallen die Anführungszeichen und das Verb des Satzes wird in den Konjunktiv I gesetzt. Indirekte Rede kann mit der Konjunktion „dass" oder auch ohne sie gebildet werden.*

Erster Satz: Die Verben des Satzes („macht" und „profitiert") stehen nicht im Konjunktiv, sondern im Indikativ.
Zweiter Satz: Die indirekte Rede ist mit der Konjunktion „dass" eingeleitet, das Verb „macht" ist richtig in den Konjunktiv I gesetzt („mache"), das zweite Verb („profitieren") aber steht im Konjunktiv II.

Dritter Satz: Der Satz ist ohne einleitende Konjunktion gebildet, was auch richtig ist; beide Verben sind korrekt in den Konjunktiv I gesetzt worden.

☐	Glücksforscher sagen, ein wenig mehr Dankbarkeit macht nicht nur glücklicher, sondern auch tatkräftiger und sogar die Gesundheit profitiert davon.
☐	Glücksforscher sagen, dass ein wenig mehr Dankbarkeit nicht nur glücklicher, sondern auch tatkräftiger mache und sogar die Gesundheit davon profitierte.
☒	Glücksforscher sagen, ein wenig mehr Dankbarkeit mache nicht nur glücklicher, sondern auch tatkräftiger und sogar die Gesundheit profitiere davon.

Teil B: Sprachgebrauch – Rechtschreiben

1. ***Hinweis:** Der Text enthält zwei Rechtschreibfehler, die du finden musst. Vertraue beim ersten Lesen auf dein Rechtschreibgefühl; kennzeichne die Wörter, die dir fehlerhaft erscheinen, zunächst mit Bleistift. Wende dann bei jeder Kennzeichnung die bekannten Rechtschreibstrategien an. Wenn du unsicher bist, schlage die Wörter auch noch einmal im Wörterbuch nach.*

   geschieht: Es handelt sich um das Partizip des Verbs „geschehen“. Das Stammprinzip besagt, dass alle Wörter eines Wortstamms gleich geschrieben werden; das h bleibt also in allen Formen des Wortes erhalten (geschieht, geschah).
   beschäftigt: Hier musst du im Zweifel im Wörterbuch nachschlagen. Es gibt kein verwandtes Wort mit a, von dem du die Schreibweise ableiten könntest.

   Achte darauf, dass du nicht mehr als zwei korrigierte Wörter als Lösung aufschreibst. Wenn du mehr Wörter notierst, werden nur die ersten beiden gewertet.

   - geschie**h**t
   - besch**ä**ftigt

2. **Hinweis:** *Lies die einzelnen Sätze aufmerksam. Du musst sowohl auf die Rechtschreibung als auch auf die Zeichensetzung achten. Sobald du einen Fehler gefunden hast, fällt der entsprechende Satz als richtige Lösung weg. Vergegenwärtige dir die wichtigsten Zeichensetzungsregeln und wende bei Wörtern, die dir fehlerhaft geschrieben erscheinen, die Rechtschreibregeln an.*

Erster Satz: Es fehlt ein Komma vor „sondern". Die Konjunktion „sondern" drückt einen Gegensatz aus und Gegensätze werden durch Komma getrennt.

Dritter Satz: Das Verb „wahrnehmen" wird mit h geschrieben. Richtig wäre also: „Glückliche Menschen nehmen den Sonnenuntergang wa**h**r ...".

☐	Glück kommt nicht immer mit einem gewaltigen Paukenschlag daher sondern man kann es in vielen kleinen Momenten finden.
☒	Glückliche Menschen empfinden im Alltag eine tiefe Zufriedenheit und große Dankbarkeit für das, was sie haben und erleben dürfen.
☐	Glückliche Menschen nehmen den Sonnenuntergang war, hören die Vögel zwitschern und suchen in der Wiese vierblättrige Kleeblätter.

3. **Hinweis:** *Sieh dir die Sätze mit den Auswahlwörtern genau an. Überlege, welches der beiden Wörter das jeweils richtig geschriebene ist. Greife dabei auf die dir bekannten Rechtschreibregeln zurück. Kreise das jeweils korrekte Wort ein und formuliere deine Begründung.*

Ein glücklicher Mensch lebt im Hier und Jetzt und genießt den Augenblick. Denn (a) *bewusstes* /*Bewusstes* Handeln ist ausschließlich in der Gegenwart möglich – die Vergangenheit lässt sich nicht mehr ändern oder rückgängig machen und die Zukunft liegt noch im (b) *dunkeln*/ *Dunkeln.*

Begründung für (a): Es handelt sich um ein Adjektiv, Adjektive schreibt man klein.

Begründung für (b): Es handelt sich um ein nominalisiertes Adjektiv, d. h., das Adjektiv wird im Satz wie ein Nomen verwendet, deshalb wird es großgeschrieben.

Auch möglich: Die Artikelprobe zeigt, dass es sich hier um eine Nominalisierung handelt (im = in dem)

4. **Hinweis:** *Sieh dir die Wörter genau an und sprich sie für dich selbst auch ein paar Mal deutlich aus. Wende dann die bekannten Rechtschreistrategien an.*
Bei „alltäglich“ handelt es sich um eine Ableitung von „Alltag“, deshalb wird es mit „ä“ geschrieben.
Das Wort „Bedürfnis“ endet auf die Nachsilbe „nis“. Im Plural wird „nis“ immer zu „nisse“ (Bedürfnisse, Ereignisse, Befugnisse …). Indem du das Wort in seine Silben zerlegst, machst du die beiden s-Laute hörbar.

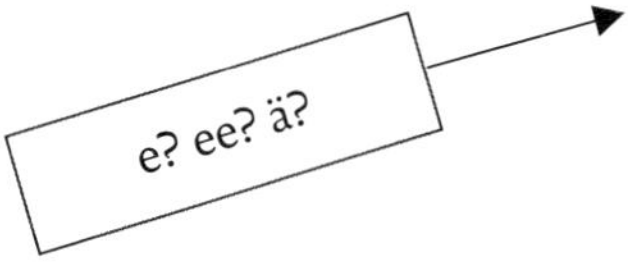

Hilfreiche Rechtschreibstrategie:

Ich suche nach einem verwandten Wort;
Alltag → alltäglich

Das **alltägliche** Glück zeigt sich dann, wenn man es schafft, seine **Bedürfnisse** zu reduzieren.

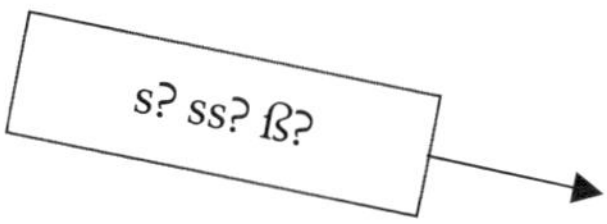

Hilfreiche Rechtschreibstrategie:

Ich trenne das Wort in Silben;
Be - dürf - nis - se

Oder: Wörter, die im Singular auf die Nachsilbe „nis“ enden, enden im Plural auf „**nisse**“.

Teil C: Lesen

1. ***Hinweis:***

   *a) Wenn nur zwei Merkmale gefordert sind, entscheide dich für diejenigen, die du am besten am Text belegen kannst. Dazu musst du passende Stellen im Text finden. Schreibe sie heraus und erkläre, warum sie das Merkmal erfüllen. Diese Liste umfasst alle wichtigen Merkmale. Um die volle Punktzahl zu erreichen, musst du nur **zwei Merkmale** nennen und belegen.*

   b) Du musst hier den Unterschied zwischen Märchen und Kurzgeschichte deutlich machen und erklären, dass die erzählte Geschichte des alten Mannes einem Märchen ähnelt. Diese märchen-ähnliche Erzählung ist aber in eine Kurzgeschichte eingebaut.

   a) *Mögliche Lösungen:*

Textsortenspezifisches Merkmal	**Beleg anhand des Textes**
geringer Umfang	Der Gesamttext ist nur ca. eineinhalb DIN-A4-Seiten lang.
unmittelbarer Einstieg	Die Geschichte beginnt ohne Einleitung mit den Wahrnehmungen des Ich-Erzählers in der Kneipe; der Ich-Erzähler wird nicht vorgestellt; man befindet sich direkt mitten im Geschehen.
keine Einzelheiten zu den handelnden Figuren	Man erfährt nichts Genaueres über die beiden Männer in der Kneipe. Lediglich der alte Mann wird kurz äußerlich beschrieben. Wir wissen aber nichts zu seiner Familiensituation, zu seinem Leben usw.
wenige handelnde Figuren	In der Geschichte gibt es drei handelnde Figuren. In der Rahmenhandlung zwei Männer in der Kneipe: der Ich-Erzähler und der alte Mann, der ihm seine Geschichte erzählt. In dieser Geschichte taucht die dritte Figur auf: ein alter Mann, der drei freie Wünsche zu vergeben hat.
klar abgegrenzte Handlung	Das Gespräch der beiden Männer in der Kneipe (Rahmenhandlung), die Geschichte des alten Mannes ist darin eingebettet.

knapper zeitlicher Handlungsrahmen; erzählte Zeit umfasst ca. ein bis zwei Stunden	(Rahmen-)Handlung der Geschichte, das Gespräch der beiden Männer in der Kneipe, dauert höchstens ein bis zwei Stunden.
Alltags-/Umgangssprache	Die Figuren verwenden normale Alltagssprache.
Figuren sind Alltagspersonen, keine Helden	Zwei der Figuren sind ganz normale Alltagsmenschen (für die dritte Figur gilt das allerdings nicht).
Ort und Zeit bleiben unbekannt	Wir wissen nur, dass die Geschichte in einer Kneipe spielt, nicht aber zu welcher Zeit und in welchem Land.

b) Der Titel „Das Märchen vom Glück" ist deshalb passend, weil die Geschichte des alten Mannes märchenhafte Züge trägt. So kommen darin z. B. übermenschliche Wesen vor (Gott, Teufel) und es wird von Orten erzählt, die nicht irdisch sind (Hölle). Ein typisches Märchenmerkmal sind auch die drei freien Wünsche, die der alte Mann erhält. Mit seiner Geschichte erzählt der alte Mann also „das Märchen vom Glück", wenngleich er dabei auf die typische Formel „Es war einmal …" verzichtet.

2. ***Hinweis:*** *Erkläre ausführlich, welche Wirkung die genannten Wiederholungen haben. Dabei gibt es typischerweise folgende Möglichkeiten:*
- *Das Gesagte soll unterstrichen werden, seine Wichtigkeit hervorgehoben werden.*
- *Die Erzählzeit soll verlängert werden.*
- *Spannung soll aufgebaut werden.*
- *Die handelnden Personen sollen charakterisiert werden, meist als nachdenklich, vergesslich oder verwirrt.*
- *In Dialogen wird durch wiederholte Fragen deutlich, dass der Zuhörer die Geschichte gespannt verfolgt und Anteil am Gesagten nimmt.*

Um zu erkennen, welcher Grund hier vorliegt, musst du die Textstellen heraussuchen und betrachten. Dann entscheide dich und erläutere diese Entscheidung.

Im Text läuft der Dialog an drei Stellen gleich ab. Der Ich-Erzähler fragt nach, der alte Mann versteht nicht gleich, der Ich-Erzähler konkretisiert seine Frage. Hier wird das große Interesse und die Ungeduld des Ich-Erzählers deutlich sowie die Versunkenheit des alten Mannes in seine vor vielen Jahren erlebte Geschichte. Der alte Mann ist so in Gedanken, dass er die unterbrechende Frage, die ihn zum Weitererzählen auffordert, erst nicht versteht. Die Wiederholung macht deutlich, dass der Ich-Erzähler bis zum Schluss gespannt ist. Auf diese Weise wird auch für die Leser*innen Spannung erzeugt.

3. **Hinweis:** *Hier musst du dich in den alten Mann hineinversetzen und nachvollziehen, dass er ein schlechtes Gewissen hat, dass der den magischen alten Mann in die Hölle geschickt hat. Ihm wird klar, dass er mit seinem Wunsch jemandem Schaden zugefügt hat, der ihm nichts Böses angetan hat. Das kann er nicht so stehen lassen. Er fühlt sich gezwungen, das alte Männlein aus der Not zu befreien, in die er es gebracht hat. Anschließend kann er sich über sich selbst ärgern, denn auf diese Weise hat er zwei Wünsche vergeudet.*

   Mögliche Lösungen:

   Gedanke 1: Was bin ich nur für ein Idiot, zwei Wünsche so unachtsam zu verbrauchen! Da wünsche ich beim ersten Mal so schlecht, dass dadurch auch gleich der zweite Wunsch mit verloren geht!

   Gedanke 2: Unglaublich, dass es wirklich eine Hölle gibt! Ich muss in Zukunft besser aufpassen, was ich so tue. Nicht dass ich irgendwann noch selbst dort ende.

4. **Hinweis:** *Hier musst du ausführlich die Erkenntnis des alten Mannes erklären, warum Wünsche nur gut sind, solange sie noch nicht erfüllt sind.*

   Der alte Mann empfindet es als Glück, seinen letzten Wunsch noch nicht eingelöst zu haben. Ihm erscheint es so, als sei er ein kostbarer Schatz, den er für einen besonderen Anlass aufheben will. Durch das sichere Gefühl, im Notfall den Wunsch zur Verfügung zu haben, erlebt er schwierige Situationen ganz bewusst und wägt stets ab, ob er aus eigenen Kräften gute Lösungen finden kann – oder ob er übernatürliche Hilfe benötigt. Vermutlich wäre seine Wahrnehmung ohne die Möglichkeit, den verbliebenen Wunsch einlösen zu können, in kritischen Situationen eine andere.

5. **Hinweis:** *Fasse den Inhalt der Geschichte des alten Mannes kurz und prägnant zusammen. Markiere Schlüsselstellen und fasse die wichtigsten Handlungsschritte zusammen, ohne jedoch Textstellen direkt abzuschreiben oder zu zitieren. Gehe auf die drei Wünsche, die der alte Mann bekommen hat, ein: den ersten, unachtsam geäußerten, den zweiten, mit dem er den ersten zurückgenommen hat, und den dritten noch nicht eingelösten.*
   Denke daran, dass eine inhaltliche Zusammenfassung immer im Präsens geschrieben wird.

   Vierzig Jahre ist es her, dass der alte Mann, damals war er noch jung, auf einer Parkbank sitzt, als sich ein alter Mann, der ein bisschen so aussieht wie ein Weihnachtsmann in Zivil, neben ihn setzt. Weil der junge Mann so unzufrieden sei, würden sie ihm drei freie Wünsche anbieten, sagt der alte

Mann zu ihm, und dass er diese Wünsche mit Vorsicht und nach guter Überlegung einsetzen solle. Das Angebot macht den jungen Mann so wütend, dass er den Weihnachtsmann in die Hölle wünscht. Als der Weihnachtsmann tatsächlich verschwindet, realisiert der junge Mann, dass das Angebot wahr und seine Macht mit den Wünschen sehr groß ist. Sein schlechtes Gewissen und seine Angst um den alten Mann führen dazu, dass er den Alten zurückwünscht. Im Bewusstsein jetzt nur noch einen Wunsch freizuhaben, bestreitet er sein Leben vierzig Jahre lang, ohne diesen einzusetzen. Obwohl er manchmal nahe dran gewesen ist, ist ihm klargeworden, dass Wünsche nur gut sind, solange man sie noch vor sich hat.

6. ***Hinweis:***

a) *Sieh dir die beiden Abbildungen M 1 und M 2 genau an und finde heraus, welche ähnlichen Erkenntnisse sie liefern. Daraus lässt sich die gemeinsame Hauptaussage ableiten. Zur besseren Verdeutlichung sind hier der Lösung einige gemeinsame Punkte aus den Abbildungen vorangestellt. Du musst* ***nur die Hauptaussage*** *formulieren.*

b) *Hier musst du dir genau überlegen, welche Erkenntnisse der alte Mann gewonnen hat. Er sagt in der Erzählung, dass Wünsche nur gut sind, solange man sie noch vor sich hat, und meint, dass er wegen des einen offenen Wunsches in allen Lebenslagen einen Weg gefunden hat, sich selbst zu helfen. Er will sich die eine Chance auf übermenschliche Hilfe aufheben, bis es tatsächlich nicht ohne diese geht.*
Jetzt musst du dir überlegen, welche Punkte des Schaubilds dem entsprechen. Besonders wichtig ist, dass du deine Wahl begründest, also erklärst, was der Punkt mit der Erzählung des alten Mannes zu tun hat. Du musst dich für ***zwei Punkte*** *entschieden. Wähle diejenigen, zu denen dir eine gute Begründung einfällt.*

a) Ähnliche Erkenntnisse zu den Fragen „Was macht glücklich?“ bzw. „Wodurch kann man sein Glück beeinflussen?“:
   - Positiv denken (M 1) = durch eine positive Grundeinstellung (M 2)
   - Vergeben, großzügig sein (M 1) = durch gute Taten positive Energien sammeln (M 2)
   - Gesund leben, dem Leben einen Sinn geben, gute Beziehungen führen (M 1) = durch Bemühungen seine Ziele erreichen (M 2)

   Hauptaussage: Die beiden Schaubilder verdeutlichen, dass jeder Mensch sein eigenes Glücklichsein durch eine positive Grundeinstellung und positives Handeln selbst beeinflussen kann.

b) **Positiv denken:**

Der alte Mann geht immer mit der Einstellung an Probleme heran, dass er sie alleine bewältigen kann. Er sucht aktiv nach Lösungen und verlässt sich darauf, dass ihm etwas Gutes einfallen wird, auch ohne dass er den letzten Wunsch verbraucht.

Innere Stärke entwickeln:

Die innere Stärke hat der alte Mann entwickelt, weil er strebsam versucht, sein Leben eigenverantwortlich zu gestalten. Dabei zweifelt er nicht, denn er weiß, dass er zur Not seinen letzten Wunsch einsetzen könnte. Allerdings ist ihm dieser heilig und er setzt alles daran, seinen Weg zu gehen, ohne den Wunsch einzusetzen.

Zufrieden sein:

Der alte Mann hat einen Wunsch frei, den er 40 Jahre lang nicht einsetzt. Er reflektiert seine Lage und seine Bedürfnisse und ist zufrieden. Sicherlich hatte er im Laufe der Zeit Wünsche, die er sich aber entweder selbst erfüllen konnte – oder ohne deren Erfüllung er dennoch zufrieden sein konnte.

Aufgabengruppe I

1. **Hinweis:** *Hier ist wichtig, dass du dich für die Textart entscheidest, deren Merkmale du sicher kennst und umsetzen kannst.*

Märchen:
- *Es werden häufig die Anfangsformel „Es war einmal … “ sowie die Schlussformel „… und wenn sie nicht gestorben sind, dann leben sie noch heute“ verwendet.*
- *Es werden reale Dinge mit Magie und Zauber verbunden.*
- *Oft kommen magische Reime, Verse, Sprüche oder Lieder vor.*
- *Die Erzählung spielt in einer fantastischen, erfundenen Welt ohne Orts- und Zeitangaben.*

Kurzgeschichte:
- *unvermittelter Anfang (ohne Einleitung mitten in die Handlung)*
- *offener Schluss*
- *wenig handelnde Personen, ganz normale Menschen*
- *aus dem Alltag der Figuren wird ein besonderes Erlebnis erzählt*
- *kurze erzählte Zeit*

Entwirf dann einen Schreibplan mit konkreten Gliederungspunkten. Die Form darfst du frei wählen. Denkbar sind Stichpunkte, eine Tabelle, eine Mindmap usw.
Aus dem Schreibplan folgt dann der eigentliche Text. Achte darauf, alle Punkte deines Schreibplans einzuhalten, und formuliere vollständige, nachvollziehbare Sätze. Hier gibt es viele richtige Lösungen, im Folgenden findest du jeweils eine mögliche.

Schreibplan **Märchen:**

Kennzeichen Märchen:
- Anfangsformel „Es war einmal …“, Schlussformel „ …und wenn sie nicht gestorben sind, dann leben sie noch heute.“
- Verbindung von realen Dingen mit Magie und Zauber
- Reime, Verse, Sprüche, Lieder
- fantastische, erfundene Welt, keine Orts- und Zeitangaben

Handelnde Personen:
- kleiner Prinz; armes Kind; gute Fee, als hässliche Hexe getarnt

Handlung:
- kleiner Prinz, der wunschlos unglücklich ist
- armes Kind, das besitzlos glücklich ist
- hässliche Hexe, die das Spielzeug des kleinen Prinzen will
- kleiner Prinz gibt allen Besitz ab und wird glücklich

Der unglückliche Prinz

Es war einmal ein kleiner Prinz, der lebte im Überfluss, denn seine Eltern waren sehr darauf bedacht, dass es ihm an nichts mangelte. Er besaß alles, was er sich vorstellen konnte, und kein Wunsch blieb ihm je unerfüllt. Doch leider war der kleine Prinz trotzdem nicht zufrieden.

Jeden Morgen, wenn er in seinem riesigen Zimmer aufwachte und seinen Blick über die deckenhoch angeordneten Spielsachen wandern ließ, brüllte er aus vollem Hals: „Mich langweilt es so sehr, ich brauche mehr, mehr, mehr!"

Aufgeregt und fieberhaft suchend eilten dann die Bediensteten auseinander und schickten die Boten aus, damit sie in den entlegensten Winkeln des Reiches noch Neues, Unbekanntes für den kleinen Prinzen fänden.

Während die Angestellten emsig durcheinander liefen, schlüpfte der kleine Prinz in eines seiner unzähligen Gewänder. Er freute sich an keinem.

Anschließend nahm er sein Frühstück ein. Der Koch zauberte jeden Tag alles und der Tisch bog sich unter der Last von Eiern, Waffeln, Pfannkuchen, Beeren, Schinken, Käse, Müsli und Croissants. Doch wie jeden Tag freute der kleine Prinz sich nicht, sondern saß schlecht gelaunt und ohne Appetit auf seinem Thron.

Weil er nichts mit sich anzufangen wusste, ging er hinaus und blickte in die Sonne. Er bemerkte eine dicke, laut brummende Hummel, die sich im Anflug auf die satten Blüten im Hofgarten befand. Grinsend folgte ihr der kleine Prinz. Er befahl der Hummel, sich auf eine bestimmte Blüte zu setzen, doch die Hummel ignorierte ihn. Immer weiter flog sie, trank an einer Blüte, flog wieder ein Stück und setzte sich wieder auf eine andere Blüte. Bald waren der kleine Prinz und die Hummel weit vom Hof entfernt. Jetzt bemerkte der kleine Prinz, wie warm es heute war. Der lange Weg und die

passende Überschrift

Einleitung

Anfangsformel „Es war einmal ..."

Hauptfigur: kleiner Prinz → typische Märchenfigur

Hauptteil

Handlung spielt in Fantasiewelt

keine Zeit- und Ortsangaben

Reim

Zeitform: Präteritum

kleiner Prinz bekommt alles, was man sich wünschen kann, ist trotzdem unglücklich

Beginn des Ereignisses, das Veränderung bewirkt

Hitze machten ihn durstig. Er fand einen kleinen Bach. Er beugte sich über das Wasser und stillte seinen Durst. Als er sich aufrichtete, blickte er in dunkle Augen, die in einem schmutzigen, kleinen Gesicht saßen und freundlich, aber unsicher auf ihn sahen. Das Kind war höchstens vier Jahre alt, hatte keine Schuhe, kein Gewand, nur ein paar Lumpen an. Es hatte mit einem Stock im Dreck am Bach gespielt und war neugierig auf den seltenen Besuch. Der kleine Prinz sah sich um und erkannte, dass das Kind in der schäbigen Bretterhütte wohnen musste, die etwas abseits des Baches stand.

unerwartete Wendung:

begegnet einem in Lumpen gekleideten Kind …

Das Kind zog den kleinen Prinzen ans Bachufer; dort malte es eine Krone in den Matsch. Da musste der kleine Prinz lachen. Hastig suchte er sich einen Stock und malte einen Apfelbaum in den Boden. Das Kind freute sich, zog den kleinen Prinzen einen Hügel hinauf und rannte dann lachend auf einen Baum zu. Als der kleine Prinz völlig außer Atem dort ankam, bemerkte er, dass der Baum voller reifer Äpfel hing. Gierig rupfte er sich einen Apfel und biss sofort hinein.

… Laune des kleinen Prinzen schlägt um

In diesem Moment erschien eine alte Hexe mit zerzaustem Haar und großer Nase. Ihr Anblick erschreckte den kleinen Prinzen. Die Hexe erkundigte sich beim kleinen Prinzen: „Du hast schon lange nicht mehr geplärrt. Was ist los?“ Darauf antwortete der kleine Prinz: „Ich will nicht mehr, ich langweile mich nicht sehr.“ Die Hexe blickte dem kleinen Prinzen in die Augen und sprach: „Was ist los, mein Kind? Du bist ja richtig glücklich!“

alte Hexe taucht auf → typische Märchenfigur

wörtliche Rede

Reim

Der kleine Prinz erkannte, dass die Hexe recht hatte. Er sagte: „Ich wünschte, ich könnte jeden Tag das Schloss verlassen und hier mit dem Kind spielen und den Hummeln folgen und frische Äpfel essen.“

Die Hexe schlug dem kleinen Prinzen einen Handel vor: „Gib mir dein ganzes Spielzeug, alle Fahrzeuge und alle Kleider – bis auf eines. Dann sorge ich dafür, dass du jeden Tag hierherkommen darfst.“

Handel mit der Hexe: Verbindung von realen Dingen mit Magie und Zauber

Der kleine Prinz freute sich und erwiderte: „Darauf will ich gerne eingehen. Aber verteile meine Sachen auf alle Kinder im Reich, damit jedes Kind ein bisschen glücklich wird."

Einstellung des kleinen Prinzen hat sich geändert: will nicht immer mehr haben, sondern gibt Sachen ab

Sofort verschwand die Hexe. Das Kind spielte mit dem Prinzen bis zum Abend. Da tauchten die Bediensteten des Hofes auf und brachten den kleinen Prinzen zurück in sein leeres Zimmer. Zufrieden, glücklich und unendlich müde schlief der kleine Prinz sofort ein. Und wenn er nicht gestorben ist, dann spielt er auch noch heute.

magischer Vorgang

***Schlussformel:** „Und wenn er nicht gestorben ist, dann …"*

Schreibplan **Kurzgeschichte:**

<u>Kennzeichen Kurzgeschichte</u>:
- offener Anfang, offenes Ende, besonderes Erlebnis, wenige, normale Menschen

<u>Handelnde Personen</u>:
- Mutter, kleiner Junge, alter Mann, Erzieher

<u>Handlung</u>:
- Mutter sitzt morgens gestresst in voller Straßenbahn.
- Kleiner Sohn quengelt und plärrt die ganze Zeit.
- Alter Mann faltet aus seiner Zeitung Seite für Seite Papierflieger und schätzt ein, wie weit sie wohl fliegen.
- Den besten Flieger schenkt er dem Buben.
- In der Kita wird der Junge von seinem Erzieher begrüßt. Der Junge zeigt ihm den Flieger.
- Erzieher erkennt den Flieger wieder – Falttechnik ist die Erfindung von ihm und seinem Vater – zu dem er leider keinen Kontakt mehr hat.

Das Glück liegt oft ganz nah

passende Überschrift

„Jeden Morgen dieses fürchterliche Geschrei – das ist so anstrengend!", dachte sich die junge Mutter, die wie jeden Morgen mit ihrem kleinen Sohn in der übervollen Straßenbahn saß und mit Engelszungen auf den unglücklichen Dreijährigen einredete. Sie machte ihm ein paar Vorschläge, versuchte „Ich sehe was, was du nicht

unmittelbarer Einstieg in die Handlung

Figuren: wenige, „normale", namenlose Alltagsmenschen

siehst" und sang ihm leise sein Lieblingslied vor. Nichts half, der Junge hatte wie jeden Morgen schlechte Laune und füllte die verstopfte Bahn wie jeden Morgen mit ohrenbetäubendem Geplärr.

sprachliches Mittel der Wiederholung: „wie jeden Morgen"

Der alte Mann, der ihnen gegenüber saß, las in seiner Zeitung. Plötzlich grübelte er mit übertriebener Geste, kratzte sich am Kinn und begann eine riesige Zeitungsseite zu falten. Weil er dabei immer wieder laut stöhnte und den Kopf schüttelte, bemerkte ihn auch der unglückliche kleine Junge. Der alte Man bastelte immer weiter an der Zeitungsseite herum. Bald erkannte der Dreijährige, dass der Mann versuchte, einen Flieger zu bauen – ohne Erfolg. Mittlerweile war er beim dritten Versuch angekommen. Gelegentlich entwich dem alten Mann nun ein Lächeln und ein Freudenjuchzer. Der Bub weinte nicht mehr, beobachtete den alten Mann mit offenem Mund und freute sich über dessen Grimassen. Schließlich schaffte es der alte Mann: ein ungewöhnlicher, kleiner, fester Papierflieger war entstanden. Der Bub war begeistert und klatschte dem Mann Beifall. Mit großer Geste überreichte der Alte dem Kind den Flieger: „Hier mein Kleiner, dieser Spezialflieger ist für dich. Kein Papierflieger fliegt schneller oder weiter." Der Junge freute sich sehr und steckte den Flieger voller Stolz in seinen Rucksack. Gleich darauf verließen er und seine Mutter die Bahn und stürmten zum Kindergarten.

Darstellung eines besonderen Erlebnisses im Alltag

wörtliche Rede

Zur großen Verwunderung des Erziehers kam der Junge heute Morgen freudestrahlend und sehr aufgeregt in die Gruppe gesaust. Er kannte ihn eigentlich nur schlecht gelaunt. Der Kleine öffnete den Rucksack und zeigte seinen Schatz allen Kindern, und am Ende dem Erzieher. Dieser stand wie angewurzelt und blickte auf den Papierflieger. Sofort hatte er die ungewöhnliche Falttechnik, mit der der Flieger gebaut worden war, wiedererkannt. Er selbst hatte sie – zusammen mit seinem Vater – erfunden. Noch als Teenager konnte er mit diesem Spezialflieger angeben, denn kein anderer flog so

unerwarteter Wendepunkt: Erzieher erkennt Falttechnik des Fliegers wieder

schnell, so weit und so gut. Der Gedanke an seinen Vater versetzte dem Erzieher einen Stich. Vor zwei Jahren war es zu einem schlimmen Streit zwischen ihnen gekommen und seitdem sprachen sie nicht mehr miteinander – es herrschte absolute Funkstille. „Ach Vater, wie gerne würde ich dich wiedersehen. Wie gerne würde ich dich sprechen und dir erzählen, wie es mir seit unserem großen Streit ergangen ist", dachte er sich wehmütig. „Wie konnte es geschehen, dass wir uns so verkracht haben, dass anschließend keiner den ersten Schritt machen wollte?" Im Hintergrund hörte er das laute, fröhliche Auflachen des kleinen Jungen, der den Flieger immer und immer wieder in die Luft warf und den anderen Kindern zeigte, wie weit er flog.

sprachliches Bild

Gedanken und Gefühle

Und plötzlich wusste er: Heute Abend würde er seinen Vater anrufen.

offener Schluss

2. **Hinweis:** *Du musst dich an die formalen Regeln des Briefs halten. Achte darauf, eine Anrede, eine Schlussformel, eine Unterschrift und einen geeigneten Text zu schreiben. Im Brief solltest du mindestens zwei schlüssige und vollständige Argumente (Behauptung – Begründung – Beispiel) ausformulieren und damit den alten Mann überzeugen, dir seinen dritten Wunsch abzutreten. Schreibe mindestens 120 Wörter.*

Lieber alter Mann,

Anrede

du hast ein aufregendes Leben hinter dir. Nun, im Alter, kannst du auf erfüllte und erfahrungsreiche Jahre zurückblicken.

Einleitung

Du hast alles schon erlebt und kannst dir sicher sein, jede Situation selbst meistern zu können. Mit deiner großen Lebenserfahrung kommst du gut zurecht. Deshalb brauchst du deinen letzten Wunsch doch eigentlich gar nicht mehr. Erinnerst du dich an den Tag, als dir auf hoher See der Bug einbrach und dein Segelschiff zu kentern drohte? Ich wäre ohne einen freien Wunsch mit Sicherheit in den Fluten ertrunken. Du aber konntest dich retten und hast uns alle sehr damit beeindruckt.

1. Argument
alter Mann kommt aufgrund seiner Lebenserfahrung auch ohne Wunsch zurecht

Wie du mir schon häufig gesagt hast, fehlt dir rein gar nichts zum Glücklichsein. Oft hast du mir erzählt, wie sehr es einen Menschen stärkt, selbstständige Entscheidungen zu treffen, und wie sehr es dabei hilft, einen freien Wunsch im Rücken zu haben. Heute bin ich jung und theoretisch habe ich alle Möglichkeiten, praktisch aber ist es sehr schwierig, kleine Erfolge zu erreichen. Dein Wunsch würde es mir ermöglichen, genau so gestärkt durchs Leben zu gehen, wie du es konntest.

2. Argument
alter Mann ist wunschlos glücklich, braucht den Wunsch deshalb nicht mehr

Deshalb bitte ich dich: Tritt mir deinen letzten Wunsch ab. Ich werde versuchen, ein ebenso erfülltes und glückliches Leben darauf aufzubauen wie du, und hoffentlich eines Tages ebenso zufrieden darauf zurückblicken.

Fazit

Viele Grüße
Dein XY

Grußformel
Unterschrift

3. **Hinweis:** *Hier sollst du einen Artikel für die Schülerzeitung schreiben, in dem du über das Glücklichsein informierst und dazu aufrufst, das Glück in die eigenen Hände zu nehmen. Inhaltlich helfen dir die Abbildungen (M1 bis M3) weiter. Achte darauf, klarzustellen, dass jede*r glücklich sein kann, wenn man selbstständig und eigenverantwortlich darüber nachdenkt, was einen glücklich macht, und dann zielgerichtet daraufhin wirkt, diesen Zustand zu erreichen. Adressiere deine Leser*innen direkt und verwende einen passende Sprache. Schreibe mindestens 120 Wörter.*

2022 – Dein Glücksjahr!

Überschrift

Liebe Mitschülerinnen und Mitschüler,

Anrede

zum Geburtstag wünscht man viel Glück, ebenso vor Prüfungen oder wichtigen Entscheidungen. Dabei erscheint es so, als wäre Glück ein Gut, das man zufällig und unvorhersehbar erhält – oder eben nicht.

Einleitung
Hinführung zum Thema

Ich möchte, dass ihr euch von dieser Vorstellung verabschiedet! Verschiedene Befragungen, wie die von Statista 2019 („Was es braucht zum Glück“) haben gezeigt, dass Gesundheit für die Hälfte aller Befragten ein sehr wichtiger Faktor zum Glücklichsein ist. Um seine Gesundheit zu erhalten, kann jeder Einzelne viel tun. Neben Bewegung und gesunder Ernährung gehört zum Gesundbleiben auch dazu, auf die eigenen Bedürfnisse

Hauptteil
*Appell an Leser*innen*

Bezug auf M3 – Gesundheit

zu schauen und wahrzunehmen, wenn man sich selbst überfordert, zu sehr mit Stress belastet oder zu wenige Ruhepausen gönnt. Dies ist ein Bereich, den jeder Mensch selbstverantwortlich gestalten muss.

Laut Thomas Wenzlaff wurde deutlich, dass innere Stärke und gesund zu leben glücklich macht. Außerdem wurde guten Beziehungen, sowohl in der Familie als auch in der Partnerschaft, viel Wert beigemessen. Gute Beziehungen entstehen, wenn jeder sich aktiv darum bemüht, d. h. Zeit und Energie darauf verwendet. Dazu gehören Treffen, gemeinsame Erlebnisse, geteilte Sorgen und Momente ebenso wie Gespräche über Zukunftspläne und das Beraten in unsicheren Situationen. Das kann jeder schaffen, es ist kein zufälliger Gewinn, sondern bewusst selbst geschaffen.

Bezug auf M1
– innere Stärke entwickeln
– gesund leben
– gute Beziehungen führen

Wie wir bei der Recherche erfahren haben, ist eine positive Grundeinstellung Grundlage dafür, dass wir Situationen lösungsorientiert angehen und zu einem Ergebnis kommen, das uns glücklich macht. Dazu gehört auch, dass wir uns selbst anstrengen, also durch eigene Bemühungen unsere Ziele erreichen. Also, nehmt mich beim Wort und strengt euch an – für die Dinge, die euch glücklich machen können und sollen! Denn Glück fällt nicht vom Himmel, wir können es uns aber erarbeiten. Hierfür gibt es viele weitere Beispiele. Ich möchte euch aufzeigen, dass wir alle unser Glück selbst verwirklichen können – weil wir unsere Zeit selbst einteilen und bestimmen können, wofür wir sie nutzen.

Bezug auf M2:
– positive Grundeinstellung
– durch Bemühungen seine Ziele erreichen

*erneuter Appell an Mitschüler*innen: Man soll sich für das eigene Glück anstrengen*

Also wünscht euch nicht nur viel Glück, sondern schafft es euch!

Schluss
abschließender Appell

Aufgabengruppe II

1. *Hinweis: Du musst hier darauf achten, die formalen Regeln des Leserbriefs einzuhalten (Bezug zu einem bestimmten Thema, Bestärken oder Entkräften der dargestellten Meinung, persönliche Sichtweise in kurzer Form dargestellt) und die Aspekte der Schaubilder so einarbeiten, dass du mindestens drei verschiedene Lebensbereiche aufgreifst. Dazu vergleichst du die Schaubilder und gruppierst die Punkte unter passenden Überbegriffen wie Gesundheit, Beziehungen, Anstrengung, positive Grundeinstellung u. Ä. Den Schreibplan entwickelst du anschließend daraus, indem du überlegst, in welcher Reihenfolge die Punkte sinnvoll hintereinander dargestellt werden können. So könnte eine Gliederung aussehen:*

Schreibplan:

Einleitung:
Zustimmung und eigene Erfahrung

Hauptteil:

Überbegriff	Punkte aus Schaubildern	Reihenfolge
positive Grundeinstellung	• positiv denken • positive Grundeinstellung • hoffen • Freude und Spaß am Leben	1
Gesundheit	• gesund leben • Gesundheit	2
Anstrengung	• ein guter Job • durch Anstrengung seine Ziele erreichen • dem Leben einen Sinn geben • innere Stärke entwickeln	4
gute Beziehungen	• vergeben • gute Beziehungen führen • gute Partnerschaft • intakte Familie • Kinder, Freunde	3

Schluss:
Fazit: Interviews regen zum Nachdenken über eigenes Glück an

Anrede

Sehr geehrte Damen und Herren,

Einleitung

Bezugnahme auf Interview in Zeitung

mit großem Interesse habe ich Ihr Interview mit Herrn Müller, das am 20. März zum Welttag des Glücks in Ihrer Zeitung erschienen ist, gelesen.

Nennung der eigenen Meinung

Ich stimme Herrn Müller voll und ganz zu, wenn er sagt, dass jeder für sein Glück selbst verantwortlich ist, dass jeder seines Glückes Schmied ist, wie das Sprichwort so schön sagt. Ich habe festgestellt, dass wir heutzutage, wenn uns etwas misslingt, allzu leicht die Schuld bei den Umständen, der Schwere der Situation oder den Mitmenschen suchen.

Hauptteil

1. Beispiel positive Grundeinstellung

Ganz konkret habe ich mir hierzu Gedanken gemacht. Für mich steht fest, dass der entscheidende Faktor, den es braucht, um glücklich zu sein, eine positive Grundeinstellung ist. Ich bin immer optimistisch und zuversichtlich, auch wenn die Lage im ersten Moment aussichtslos erscheint. Dadurch komme ich schnell auf Ideen und verharre nicht im Problem und in den Sorgen. Das positive Denken führt dazu, dass ich mit Leichtigkeit und der festen Überzeugung, dass alles gut wird, durchs Leben gehen kann. So habe ich viel Freude und Spaß und bestärke mich selbst.

2. Beispiel Gesundheit

Mit dieser Einstellung fällt es mir auch leicht, Dinge zur Erhaltung meiner Gesundheit ernst zu nehmen und kontinuierlich in meinen Alltag zu integrieren. Gesundheit ist ein Geschenk und zu einem gewissen Teil ganz klar Glück. Dieses Glück zu erhalten, liegt auch an jedem Einzelnen selbst. Ich sorge gut für mich und meinen Körper und achte auf gesunde Ernährung, ausreichend Bewegung ebenso wie auf regelmäßige Ruhephasen und Zeiten zum Nichtstun. So habe ich Gelegenheit, meine Gedanken zu sortieren und bewusste Entscheidungen zu treffen.

3. Beispiel gute Beziehungen

Genauso bewusst und gut, wie ich mich um mich selbst kümmere, versuche ich, mich um meine Liebsten zu kümmern. In einer guten Gemeinschaft, in der Platz für Schönes, aber auch für Sorgen und Ängste ist, kann ich mich beruhigt darauf verlassen, dass ich im Zweifel jemanden habe, dem ich mich anvertrauen kann oder der mir hilft. Umso wertvoller ist es, dass ich nicht nur ein gutes Verhältnis zu meiner Familie habe, sondern auch eine stabile und ehrliche Partnerschaft. Für meinen Partner und mich ist es sehr wichtig, dass wir uns gegenseitig Fehler oder ungünstiges Verhalten erzählen und natürlich auch vergeben.

Mitunter erkennen wir während unseres Austauschs, dass wir uns in einem Punkt oder bei einem Projekt nicht ausreichend Mühe gegeben haben. Gelegentlich versucht jeder, sich ein bisschen durchzumogeln in einem kraftraubenden oder zeitintensiven Projekt. Dann stellt man hinterher fest, dass das Ergebnis nicht zufriedenstellend ist und eben nicht glücklich macht. Deshalb sind uns Reflexionsphasen sehr wichtig, die es uns ermöglichen zu entscheiden, ob unser Zeit- und Energieaufwand ausreicht oder ob die eigenen Anstrengungen erhöht werden müssen, um zu einem Ergebnis zu gelangen, mit dem wir zufrieden sein können und das uns glücklich macht.

4. Beispiel
eigene Anstrengungen

Diese Gedanken und Überlegungen sollen beispielhaft aufzeigen, dass jeder selbst die Verantwortung dafür trägt, gut für sich zu sorgen und glücklich zu sein. Der erste Schritt zum Glücklichsein ist, denke ich, immer das ehrliche Nachdenken darüber, was einen denn persönlich glücklich macht. Anschließend sollte man daran gehen, einiges von dem, was man herausgefunden hat, dann auch nach und nach umzusetzen.

Zusammenfassung

Ich freue mich, dass Ihre Zeitung diese Interviews abgedruckt hat und so sicherlich viele Menschen zum Nachdenken über das eigene Glücklichsein angeregt werden.

Schluss
kurzes Fazit

Herzlichst, Ihre Samira

Grußformel und Unterschrift

2. *Hinweis: Es ist wichtig, dass du dich an die formalen Regeln erinnerst. Flyer sprechen in kurzen, knappen Sätzen Menschen direkt an und sind als Aufforderung formuliert. Hier kannst du Fließtext und Stichpunkte mischen und Wichtiges wiederholen. Finde eine plakative Überschrift und wende dich ganz direkt an deine Leser*innen. Dein Text sollte einen Umfang von mindestens 120 Wörtern haben.*

Glück ist kein Zufall! –
Kleine Anleitung zum Glücklichsein

plakative Überschrift

Liebe Mitschülerinnen und Mitschüler,

Anrede

jeder hat mal einen schlechten Tag, einige sogar eine richtige Pechsträhne. Doch sich deshalb unglücklich fühlen? Das muss nicht sein! Mit ein paar einfachen Tricks schafft es jeder glücklich zu sein. Hier meine Tipps für die tägliche Dosis Glück:

Hinführung zum Thema

1. **Beginne den Tag mit einem Lächeln!**
   In vielen Befragungen wird deutlich, dass eine positive Grundeinstellung der wichtigste Faktor zum Glücklichsein ist. Man sollte also immer positiv an die Dinge herangehen. Ein Lächeln im Gesicht hilft. Versuche es doch einfach mal. Wenn du dich furchtbar ärgerst, zwinge dich zu einem Lächeln. Du wirst merken, dass der Ärger rasch verfliegt und der Grund deines Ärgers meist schnell und einfach ausgeräumt werden kann.

1. Tipp
positive Grundeinstellung einnehmen

2. **Streng dich an!**
   Auf Dinge, die man selbst erreicht, und Schwierigkeiten, die man überwunden hat, kann man stolz sein. Wer sich stets bemüht, seine Ziele zu erreichen, wird handlungsfähiger und geübter darin, Herausforderungen zu bewältigen. So erlernt man den Umgang auch mit unangenehmen Situationen. Das ist sehr hilfreich und führt dazu, dass man entspannter und selbstbewusster wird. Ein Zustand, der viele Menschen glücklich macht!

2. Tipp
durch Bemühungen seine Ziele erreichen

3. **Sei spontan!**
Bei allem Planen und Überlegen ist es schön, wenn sich unerwartete Situationen und Chancen bieten. Nimm alles mit, was sich ermöglichen lässt, und weite deinen Erfahrungsschatz! Wenn dir unerwartet ein Angebot gemacht wird, egal ob zum Spontanurlaub, Bergwandern oder Stadtbummelmachen, ergreife die Gelegenheit auch bei Dingen, die du bisher noch nie gemacht und auch gar nicht in Erwägung gezogen hast. Oft stellt man erst dann fest, dass man etwas mag, kann oder lernen will, wenn man es ausprobiert!

3. Tipp spontan sein, Chancen ergreifen

Wenn du diese drei einfachen Tipps beherzigst, bist du schon sehr bald ein glücklicher Mensch – dem sicher auch nicht langweilig wird!

3. **Hinweis** *Du kannst die Geschichte genau an dem Punkt weiterschreiben, an dem der Ich-Erzähler die Frage stellt. Achte darauf, dass du Zeitform und Erzählperspektive des Ausgangstextes beibehältst. Versuche auch, die Sprache des Originaltextes zu treffen. Wie du das Ende gestaltest, bleibt dir überlassen. Wenn du magst, kannst du auch noch neue Figuren einführen. Schreibe mindestens 120 Wörter.*

Verwundert blieb ich noch einen Moment sitzen. Auf dem Weg nach Hause dachte ich weiter darüber nach, was der alte Mann gesagt – und was er eben nicht gesagt hatte. War es vielleicht ein Glück zu wissen, dass man einen Wunsch noch erfüllt bekommen könnte? Oder war es Glück, auf ein Leben zurückzublicken, das man ganz allein gemeistert hatte – ohne göttliche oder sonst eine magische Hilfe? So in Gedanken versunken ging ich durch den Park nach Hause. Plötzlich riss mich eine unangenehme, nasse Kälte aus meinen Gedanken. Ich war in eine riesige Pfütze gestiegen. Meine Schuhe, meine Socken und sogar meine Hosenbeine waren innerhalb von Sekunden nass und kalt. Ich stand da und war so verdutzt, dass ich zunächst gar nicht wusste, was ich tun sollte. Dann zog ich Socken und Schuhe aus und tapste, schlotternd wie Espenlaub, durch die Kälte nach

Anknüpfung an den Ausgangstext

Zeitform: Präteritum → bei Vorvergangenheit: Plusquamperfekt

Erzählperspektive: Ich-Erzähler

bildhafter Vergleich

Hause. Dort zog ich mich um, machte mir einen heißen Tee und streifte die dicken Wollsocken meiner Oma über. So saß ich da und mir wurde langsam wieder warm.
Und plötzlich verstand ich den alten Mann. Es war ein winziger Moment, in dem ich nass geworden, und nur ein paar Minuten, die ich frierend nach Hause gelaufen war. Aber das Aufwärmen mit meinem Lieblingstee, der herrlich duftete, und die Socken, die meine Oma liebevoll mit ihren alten Fingern für mich gestrickt hatte, bereiteten mir jetzt eine riesengroße Freude. Ich erinnerte mich daran, wie schön es bei meinen Großeltern war, wie ich es immer geliebt hatte, in ihrem riesigen Bett mit selbst gestrickten Socken einzuschlafen und morgens ein selbst gebackenes Brot dick mit Butter und Marmelade bestrichen zu frühstücken. Und da dachte ich: „Wahres Glück spürt man nur in einem Moment. Die Erinnerung daran macht einen das ganze Leben glücklich.“

Musterprüfung 2 – Sachtext

Teil A: Zuhören

Aufgabe zu Hörtext 1

Hörtext:

Frau Steiner	Hör mal zu, was ich hier gefunden habe: Das Referat muss ausgedruckt werden und der Drucker streikt. Die Gäste kommen in ein paar Stunden und der Mixer funktioniert nicht mehr. Kennen Sie das auch? Und was nun? Ein neues Gerät anschaffen? Nicht so schnell! Viel zu viele Geräte landen vorschnell auf der Müllhalde, obwohl sie gar nicht kaputt sind. Bevor Ihr Elektrogerät sein Leben auf dem Müll beendet, hat es noch eine Chance bei uns verdient. Wir sind montags bis samstags von 9:00 bis 13:00 Uhr und dienstags bis freitags von 15:00 bis 19:00 Uhr in unserer Werkstatt. In dieser Zeit werden wir mit Ihnen zusammen versuchen, Ihr Gerät zu reparieren. Bei jedem zweiten Gerät gelingt das auch. Sie bezahlen pauschal nur 5,00 Euro pro Stunde. Ein ganzer Tag bei uns kostet Sie 25,00 Euro. Dafür können Sie … • unsere Werkstatt benutzen. • das Werkzeug verwenden. • mit drei Elektrikern zusammenarbeiten. Sogar an Sonn- und Feiertagen bieten wir einen Notdienst-Service für 7,50 Euro pro Stunde an. Ersatzteile für Ihre Elektrogeräte erhalten Sie auch bei uns. Gängige Teile haben wir auf Lager, spezielle können wir rasch für Sie bestellen. Also erst mal zu uns, denn neu kaufen ist garantiert teurer.

Hinweis: *Höre genau zu und mache dir Notizen. Hier geht es darum, ganz bestimmte im Hörtext genannte Informationen zu erfassen und zu nennen. Es genügt, wenn du die Fragen mit wenigen Worten oder auch Zahlen stichpunktartig beantwortest. Deine Stichworte können natürlich auch etwas anders aussehen, als die hier aufgeführten (z. B.: „dienstags bis freitags").*

Lösung:

(1) Dienstag bis Freitag
(2) Werkstatt benutzen *oder:* Werkzeug benutzen *oder:* mit drei Elektrikern zusammenarbeiten
(3) Notdienst
(4) gängige Ersatzteile

Aufgabe zu Hörtext 2

Hörtext:

Chiara	Papa, was machst du da? Deine Hände sind ja voller Farbe.
Herr Nowak	Ich versuche den Drucker zu reparieren, aber das ist nicht so einfach, wie ich dachte.
Chiara	Manchmal hilft es auch, ihn einfach aus- und wieder einzuschalten. Oder den Stecker zu ziehen.
Herr Nowak	Was soll das bringen, Chiara?
Chiara	Bei meinem Computer funktioniert das. Ich dachte ja nur … Liegt es dann vielleicht an den Patronen?
Herr Nowak	Die Farbpatrone ist noch voll und die schwarze habe ich gerade gewechselt, wie man ja an meinen Händen sehen kann. Im Handbuch steht auch nichts, was mir weiterhilft.
Chiara	Hast du denn den Drucker schon gereinigt?
Herr Nowak	Ja, aber das hat auch nicht geholfen.
Chiara	Das Verbindungskabel hast du aber überprüft, oder?
Herr Nowak	Das war das Erste, was ich gemacht habe. Auch das Papierfach habe ich aufgefüllt.
Chiara	Es kann doch nicht sein, dass wir schon wieder einen neuen Drucker brauchen. Den hier haben wir erst seit 2 Jahren. Moment, da muss doch noch Garantie drauf sein.

Herr Nowak	Leider nicht. Das habe ich eben nachgeschaut. Die zweijährige Garantie ist seit 3 Wochen abgelaufen. Wie kann es auch anders sein.
Chiara	Ist das ärgerlich. Dann landet dieser Drucker wahrscheinlich auch wieder auf dem Müll. So viel zum Thema Müllvermeidung.
Herr Nowak	Vielleicht lässt sich das ja doch verhindern. Mal sehen, was sich da noch machen lässt.

Hinweis: *Nimm einen Stift zur Hand und versuche, schon während des ersten Zuhörens die Kreuze zu setzen. Beim zweiten Zuhören verbesserst bzw. vervollständigst du dann die Lösungen. Höre ganz genau hin und bedenke, dass die Wortwahl im Hörtext anders sein kann als in der Aufgabe (z. B. Bedienungsanleitung/Handbuch).*

Lösung:

Vorschlag	Vater	Tochter	keinem
(0) Den Drucker ein- und ausschalten	☐	☒	☐
(1) Die Patrone wechseln	☐	☒	☐
(2) Den Papierstau entfernen	☐	☐	☒
(3) Die Bedienungsanleitung zu Rate ziehen	☒	☐	☐
(4) Die Stromzufuhr kontrollieren	☐	☒	☐

Aufgabe zu Hörtext 3

Hörtext:

Techniklehrerin Frau Berg	Wisst ihr, was eine durchschnittliche Familie pro Jahr an Edelmetallen wegwirft?
Schüler im Hintergrund	Es wirft doch niemand einfach Edelmetalle weg. Ja, genau.
Techniklehrerin Frau Berg	Ihr glaubt es vielleicht nicht, aber in einer Tonne alter Handys stecken eine ganze Menge wertvoller Metalle. Allein vom Kupfer, das ihr ja als hervorragenden Wärme- und Stromleiter kennt, sind circa 92 Kilogramm darin enthalten. Aber auch vom Silber sind es zweieinhalb Kilo. Außerdem befinden sich in einer Tonne alter Handys auch einige andere teure Rohstoffe und sogar 240 g Gold.
Schüler im Hintergrund	Was, echt? Gold?
Techniklehrerin Frau Berg	Wenn man das alles zusammenrechnet, kommt man auf einen Gesamtwert von ungefähr 10.000 Euro. Ihr merkt also, dass man mit diesem Elektroschrott richtig Geld verdienen könnte. Aber leider landen 95 % der Handys in Deutschland nicht im Recycling. Ich wette, bei euch zu Hause liegen auch noch ein paar alte Handys in irgendwelchen Schubladen.
Schüler im Hintergrund	Stimmt, wir haben sicher noch zwei zu Hause. Ja, kann gut sein.
Techniklehrerin Frau Berg	Bei unserer Sammelaktion für die Projektwoche wurden schon 32 defekte Elektrogeräte gesammelt. Das ist sehr erfreulich! Ich möchte nun während der Projektwoche eine Recycling-Werkstatt anbieten. Dort werde ich euch zeigen, wo sich die recycelbaren Bestandteile verstecken. Einige davon werden wir ausbauen. Am Ende der Projektwoche, nämlich nächsten Freitag, eröffnen wir dann unsere Recycling-Ausstellung, zu der wir auch eure Eltern einladen werden. Da demonstrieren wir dann, wie wichtig es ist, Rohstoffe wiederzuverwerten. Ziel ist es, dass danach weniger Geräte im Hausmüll landen und stattdessen recycelt werden. Der Anfang ist ja schon gemacht! Danke, dass einige von euch bereits alte Geräte mitgebracht haben. Dann können wir gleich loslegen! Auf geht's …

Hinweis: Höre gut zu und mache dir während des Zuhörens Notizen. Beim zweiten Anhören kennst du den Text schon und kannst ganz gezielt auf Informationen achten, die dir in deiner Lösung noch fehlen. Du musst jeweils zwei weitere Informationen in der Tabelle ergänzen.

Lösung:

Anlass und Gründe
mögliche Stichpunkte:

- Im Elektroschrott stecken wertvolle Metalle: Kupfer, Silber und Gold
- Daneben sind auch noch weitere teure Rohstoffe in Elektroschrott enthalten
- Mit alten Handys/Elektroschrott könnte man Geld verdienen

Ablauf und Ziel
mögliche Stichpunkte:

- Am Ende der Projektwoche eine Ausstellung eröffnen
- Demonstrieren, wie wichtig es ist, Rohstoffe wiederzuverwerten
- Ziel: Mehr Geräte zu recyceln, statt sie in den Hausmüll zu werfen

Teil B: Sprachgebrauch – Sprachbetrachtung

1. ✎ ***Hinweis:** Suche zunächst Wörter der vorgegebenen Wortarten, die im jeweiligen Textzusammenhang einen Sinn ergeben. Mittels Einsetzprobe und genauem Lesen der vervollständigten Sätze prüfst du anschließend, ob das gewählte Wort auch wirklich in den entsprechenden Satz passt. Achte darauf, die Wörter in der korrekten grammatikalischen Form einzusetzen.*

Verb	San Francisco, Barcelona, Kiel – weltweit versuchen Städte, weniger Müll zu **z. B. produzieren/fabrizieren**.
Nomen	Die Initiative „Zero Waste Helden" verfolgt die Vision einer abfallfreien **z. B. Umwelt/ Umgebung/Welt/Stadt**.
unbestimmtes Zahlwort (Numerale)	**z. B. Einige/ Viele/ Mehrere/Etliche** Städte interessieren sich derzeit für dieses Projekt.
Adjektiv	Ziel ist ein **z. B. nachhaltiger/schonender/ umweltbewusster/ verantwortungsbewusster/sorgsamer** Umgang mit den Ressourcen unserer Erde.

2. ✎ ***Hinweis:** Beachte, dass du nur das Verb, also das Wort „informieren", ins Präteritum setzen musst. Bei schwachen Verben werden bei der Bildung des Präteritums ein t und die jeweilige Personalendung an den Verbstamm angehängt (informier-t-en): aus „informieren" wird „informier**ten**".*

In letzter Zeit informierten sich Städte und Gemeinden ausführlich über mögliche Umweltschutzprojekte.

3. ✎ ***Hinweis:** Entscheide für jede Lücke, in welchen Fall du die Nomen und ihre Begleiter setzen musst, und trage sie dann mit der passenden Endung ein.*

Umweltschutz ist aber nicht nur Aufgabe der Politik, sondern liegt in der Verantwortung **jedes Einzelnen**.
Im Mittelpunkt steht das Ziel, möglichst viel **anfallenden Müll** im Mehrwegsystem wiederzuverwerten oder ihn gar nicht erst entstehen zu lassen.

4. **Hinweis:** *Stelle die folgenden Fragen, um die Satzglieder zu bestimmen:*
„Wann beteiligen sich auch Schulen am „Zero-Waste"-Programm?"→ aktuell (Temporaladverbiale)
„Wen oder was leisten sie zum Beispiel durch einen reduzierten Papierverbrauch?" → ihren Beitrag (Akkusativobjekt)
Sowohl das Adverbiale als auch das Objekt musst du näher bestimmen. Die Begriffe „Adverbiale" und „Objekt" allein genügen als Antwort nicht.

a) aktuell: **Temporaladverbiale** *oder:* **Adverbiale der Zeit**
b) ihren Beitrag: **Akkusativobjekt** *oder:* **Objekt im 4. Fall**

5. **Hinweis:** *Schlage die beiden Wörter im Wörterbuch nach, wenn du dir unsicher bist. Darin findest du alle Pluralformen.*

das Unternehmen	**die Unternehmen**
der Radius	**die Radien**

Teil B: Sprachgebrauch – Rechtschreiben

1. **Hinweis:** *Wenn du die Sätze langsam liest, erkennst du die einzelnen Wörter. Es hilft, nach jedem Wort einen Schrägstrich in die Buchstabenschlange zu setzen. Anschließend schreibst du die Sätze auf und wendest die dir bekannten Rechtschreibstrategien zur Groß- und Kleinschreibung an, um die Wörter korrekt zu schreiben. Die Satzzeichen sind bereits vorgegeben, du darfst sie nur nicht übersehen. Achte auch darauf, dass dir keine Fehler beim Abschreiben und Trennen der Wörter unterlaufen und du alle i-Punkte setzt. In all diesen Fällen wird dir ansonsten pro Fehler jeweils ein halber Punkt abgezogen.*

   Jeder Einzelne kann viel bewirken, denn auch als Privatperson kann man jede Menge Müll vermeiden.

2. **Hinweis:** *Bei der Schreibung der s-Laute musst du die folgenden Regeln beachten:*
   verschweißte: Das Wort wird mit „ß" geschrieben, weil der s-Laut stimmlos ist und auf einen Doppellaut (= langer Vokal) folgt.
   bewusster: Das Wort wird mit „ss" geschrieben, weil davor ein kurzer, betonter Vokal steht.
   dass: In der ersten Lücke handelt es sich um die Konjunktion „dass", die den Nebensatz einleite; deshalb wird es mit „ss" geschrieben.
   das: In der zweiten Lücke handelt es sich um ein Demonstrativpronomen, das sich auf den vorangegangenen Satz bezieht; deshalb wird hier „das" mit einfachem „s" geschrieben.
   Zur Unterscheidung von „dass" und „das" hilft dir auch die Ersatzprobe: Wenn sich „das" durch eines der Wörter „dies/dieses", „jenes" oder „welches" ersetzen lässt, schreibt man es immer mit einfachem „s".

   Wer auf seine Umwelt achten möchte, kann dies im Alltag relativ einfach tun: Müll vermeiden, indem man auf mehrfach abgepackte und verschwei**ß**te Waren verzichtet, insgesamt bewu**ss**ter konsumiert und darauf achtet, da**ss** man nur da**s** einkauft, was auch benötigt wird.

3. **Hinweis:** *Es handelt sich hier um mehrsilbige Wörter. Versuche, sie langsam zu lesen und dabei in ihre Silben zu zerlegen. Du kannst zur Kontrolle auch im Wörterbuch nachschlagen.*
   Zu a: Beachte die Regel, dass man ck nicht trennen darf. Hier rutscht es zusammen an den Anfang der letzten Silbe.
   Zu b: Denke daran, dass man nach einzelnen Buchstaben nicht trennen darf (~~ü-ber-flüs-sig~~).

   a) Einwegverpackung: Ein-weg-ver-pa-ckung
   b) überflüssig: über-flüs-sig

4. *Hinweis: Beim ersten Wort kann dir nur die Bedeutung des Wortes weiterhelfen. Dazu musst du auf den entsprechenden Textzusammenhang achten. Erst wenn du diesen kennst, kannst du entscheiden, ob es sich um einen „Wal", einen „Wall" oder um eine „Wahl" handelt.*
Im zweiten Fall hilft dir die Suche nach einem verwandten Wort, dessen Schreibung dir bekannt ist, wie z. B. „sauber" oder „Sauberkeit".

Wal/Wall/(Wahl)

Hilfreiche Rechtschreibstrategie:
☒ Ich achte auf die Wortbedeutung.
☐ Ich bilde den Plural (Mehrzahl).
☐ Ich achte auf den Artikel (Begleiter).

seubern/(säubern)/soibern

Hilfreiche Rechtschreibstrategie:
☐ Ich trenne das Wort nach Silben.
☒ Ich suche nach einem verwandten Wort.
☐ Ich achte auf den kurz gesprochenen Vokal.

1. **Hinweis:** *Sprachliche Bilder dienen dazu, bestimmte Aussagen für den Leser oder Zuhörer besonders anschaulich zu machen. Dabei steht der wörtlichen Bedeutung immer eine übertragene gegenüber, die du erklären sollst. Hier wird dieser bildhafte Ausdruck genutzt, um auf ein gravierendes Problem aufmerksam zu machen und die Menge an Plastikmüll in den Weltmeeren zu veranschaulichen. Es gibt auf unserer Erde nur sieben Kontinente. Erkläre hier genau, was mit dem achten Kontinent gemeint ist und woraus dieser besteht.*

   Auf unserer Erde gibt es nur sieben Kontinente. Mit dem „achten Kontinent“ ist kein zusätzlicher Kontinent gemeint, sondern eine Fläche so groß wie Mitteleuropa, die nur aus Müll besteht. Diese Menge an gefährlichem Material schwimmt in den Weltmeeren und würde man allen Müll bündeln, hätte man die Fläche eines weiteren Kontinents.

2. **Hinweis:** *Welche Wörter im Text haben die gleiche Bedeutung? Wenn du ein Wort nicht kennst, schlage es im Wörterbuch nach oder überlege, ob du den Sinn aus dem Text erschließen kannst. Ordne die Fremdwörter den Begriffen zu. Denke daran, dass manche Fremdwörter im Deutschen bereits so gebräuchlich sind, dass du sie vielleicht gar nicht mehr als solche wahrnimmst.*

   a) Müllabladeplätze – Deponien (Z. 33/34)

   b) vermindert, herabgesetzt – reduziert (Z. 97)

3. **Hinweis:** *Markiere im Text die Textstellen, in denen auf die Probleme, die Plastikmüll im Meer verursacht, eingegangen wird. Schreibe anschließend vier der im Text genannten Probleme heraus. Formuliere deine Antwort in Stichpunkten und nicht in ganzen Sätzen.*

   mögliche Lösungen:

   - extreme Langlebigkeit des Plastiks *oder:* Abbau des Plastiks erst nach 500 Jahren
   - winzige Plastikkugeln (Mikroplastik) nicht filterbar
   - Giftstoffe und Weichmacher befinden sich in Kunststofferzeugnissen
   - durch Müll verletzte Meerestiere
   - durch Müll vergiftete Meerestiere (Verwechslung von Müll mit Nahrung)
   - Schädigung des Menschen durch Aufnahme von Giftstoffen bei Fischmahlzeiten
   - negative Auswirkungen auf Badetourismus
   - Gefahr für Wasserpflanzen

4. ***Hinweis:** Überlege, inwiefern sich der Mensch durch die Verschmutzung der Weltmeere selbst schadet und was dazu im Text geschrieben wird. Erkläre ausführlich und in eigenen Worten, welche Folgen die Meeresverschmutzungen zunächst auf die Tierwelt haben und im Folgenden auch auf den Menschen. Bei dieser Aufgabe ist eine Mindestanzahl von 60 Wörtern für die Lösung vorgegeben. Achte darauf, dass du diese Vorgabe erfüllst, da es ansonsten zu Punktabzug führt.*

   Mit dieser Aussage ist gemeint, dass das Plastik im Meer nicht nur den Fischen, sondern auch den Menschen schadet. Der Mensch ist dafür verantwortlich, dass Unmengen an Plastikmüll in den Meeren landen und hier giftige Stoffe hinterlassen. Zwar sterben in erster Konsequenz die Meerestiere, da sie sich im Plastikmüll verfangen, verletzen oder ihn mit Nahrung verwechseln. In der Folge nehmen wir Menschen aber beim Verzehr von Fisch und anderen Meeresfrüchten das Plastik über die Nahrung wieder auf und somit auch die entsprechenden Giftstoffe. Einige meinen vielleicht, dass nur die Tiere und Pflanzen unter dem Plastikmüll leiden, aber er hat eben auch indirekte Folgen für uns Menschen.

5. ***Hinweis:** Im Text werden mehrere Beispiele genannt, wie der Müll in den Ozean gelangt. Markiere zunächst die Textstellen mit den entsprechenden Schlüsselwörtern. Schreibe die Informationen dann heraus. Um die volle Punktzahl zu erhalten, musst du zwei Wege notieren, wie der Müll ins Meer gelangt.*

   - Der meiste Müll vom Festland stammt aus der Industrie und Landwirtschaft. Einige Betriebe leiten ihren Müll einfach direkt ins Meer hinein.
   - Teilweise wird Müll auch durch Winde in das Meer transportiert. In Großbritannien und den Niederlanden zum Beispiel wird Müll auf offenen Deponien gelagert. Bei starkem Wind wird der Müll ins Meer geblasen.

   auch möglich:

   - Während Überschwemmungen und Hochwasserkatastrophen kann es auch dazu kommen, dass Müll vom Land in die Ozeane gelangt.
   - Zudem gelangt der Müll von Touristen in die Meere, da er häufig nicht fachgerecht entsorgt wird.

6. ***Hinweis:** Suche im Text die entsprechende Textstelle und markiere die wichtigsten Informationen über „Fishing for Litter“. Überlege, welches Ziel die Initiative verfolgt.*

   Die Initiative „Fishing for Litter“ ist eine Vereinigung von deutschen Fischern an Nord- und Ostsee. Anstatt den Müllbeifang wieder ins Meer zurückzuwerfen, sammeln sie diesen und entsorgen ihn in den Häfen. Mit dieser Arbeit sammeln sie pro Jahr ca. 2 000 Tonnen Müll. Man möchte auch andere an Nord- und Ostsee gelegene Länder für diese Initiative gewinnen, um so das Ziel zu erreichen, Nord- und Ostsee so gut es geht vom Plastikmüll zu befreien.

7. **Hinweis:** *Hier ist eine klassische Inhaltsangabe gefordert. Beginnen solltest du mit einem Basissatz, der alle wichtigen Informationen wie Titel, Autor und Textsorte enthält. Verfasse danach einen Satz mit der Kernaussage des Textes. Außerdem musst du den Inhalt kurz und prägnant darstellen. Markiere in jedem Abschnitt Schlüsselwörter und fasse die wichtigsten Informationen zusammen, ohne jedoch Textstellen direkt abzuschreiben oder zu zitieren. Eine Inhaltsangabe muss immer im Präsens geschrieben sein.*

Der Zeitungsartikel „Müll – der achte Kontinent“ von Jochen Clemens macht die Leser*innen auf das weltweite Problem der Verschmutzung der Ozeane aufmerksam und zeigt Ursachen und Lösungsmöglichkeiten für dieses Problem auf.

Der Artikel geht zunächst darauf ein, was mit dem „achten Kontinent“ gemeint ist. Durch die Meeresströmungen begünstigt gelangen riesige Mengen an Müll in den Pazifischen Ozean. So hat die Meeresfläche, die von Müll bedeckt ist, inzwischen die Größe eines ganzen Kontinents erreicht. Anhand einiger Beispiele wird des Weiteren erklärt, woher der Müll stammt. Schiffsverkehr, Landwirtschaft, Industrie und Tourismus sind für die riesigen Abfallmengen im Meer verantwortlich.

Im Folgenden geht der Autor auf die gesundheitsschädlichen Auswirkungen des Plastikmülls für Menschen, Tiere und Pflanzen ein. Der im Meer schwimmende Müll ist extrem langlebig und enthält zahlreiche für Mensch und Tier giftige Stoffe.

Vorgestellt wird die Initiative „Fishing for Litter“, die versucht, zumindest in der Ost- und Nordsee einiges an Plastikmüll wieder einzusammeln und fachgerecht zu entsorgen. Der Text endet mit dem Hinweis, dass es illusorisch sei anzunehmen, man könne den gesamten Müll wieder herausfischen. Es sei aber ein erstrebenswertes Ziel, dass in Zukunft der Plastikmüll weitestgehend reduziert würde. In diesem Zusammenhang kritisiert Benjamin Bongardt vom NABU, dass Plastiktüten beim Bekleidungseinkauf kostenlos angeboten werden.

8. **Hinweis:** *Sieh dir zunächst das Säulendiagramm genau an und vergleiche den aufgeführten Plastiktütenverbrauch der einzelnen Länder. Beziehe auch die EU-Vorgabe und den EU-Durchschnitt mit ein. Formuliere* ***vier*** *wesentliche Aussagen.*

- Das Säulendiagramm zeigt den Verbrauch an Plastik-Tragetaschen pro Person und Jahr in 19 ausgewählten EU-Staaten.
- Spitzenreiter im Plastiktüten-Verbrauch ist Bulgarien, mit einem jährlichen Verbrauch von 421 Plastiktüten pro Person. Das Land überschreitet die EU-Vorgabe von 40 Tüten pro Person/Jahr damit deutlich.
- Irland hat mit 18 Tüten pro Person und Jahr den geringsten Verbrauch und liegt weit unter dem EU-Durchschnitt von 198 Stück.
- Mit 71 Tüten liegen die Deutschen zwar unter dem EU-Durchschnitt, aber immer noch weit über der EU-Vorgabe.

auch möglich:

- Nur Luxemburg und Irland liegen deutlich unter der EU-Vorgabe von 40 Tüten pro Person und Jahr.
- Fünf der ausgewählten Länder übertreffen den EU-Durchschnitt von 198 Tüten deutlich.
- Im Vergleich zu den anderen im Diagramm aufgeführten EU-Staaten weisen Bulgarien, Tschechien, Griechenland, Rumänien und Italien einen besonders hohen Plastiktütenverbrauch pro Kopf auf.

Teil D: Schreiben

Aufgabengruppe I

1. *Hinweis: Formuliere deine Schreibziele skizzenhaft in einem Schreibplan. Du kannst ein Cluster, eine Mindmap oder eine Gliederung erstellen. Gehe inhaltlich auf durch Müll verursachte Probleme ein und welche Konsequenzen sich daraus ergeben. Adressiere deine Leser*innen direkt und wirb für Müllervermeidungsstrategien. Wähle dazu eine passende Überschrift und nutze dein Wissen aus Teil C. Gliedere deinen Text in übersichtliche Abschnitte. Achte auf orthographische und grammatikalische Richtigkeit. Verwende unterschiedliche Satzanfänge und sinnvolle Überleitungen. Baue auch rhetorische Fragen oder sprachliche Bilder ein.*

Schreibplan: Mindmap

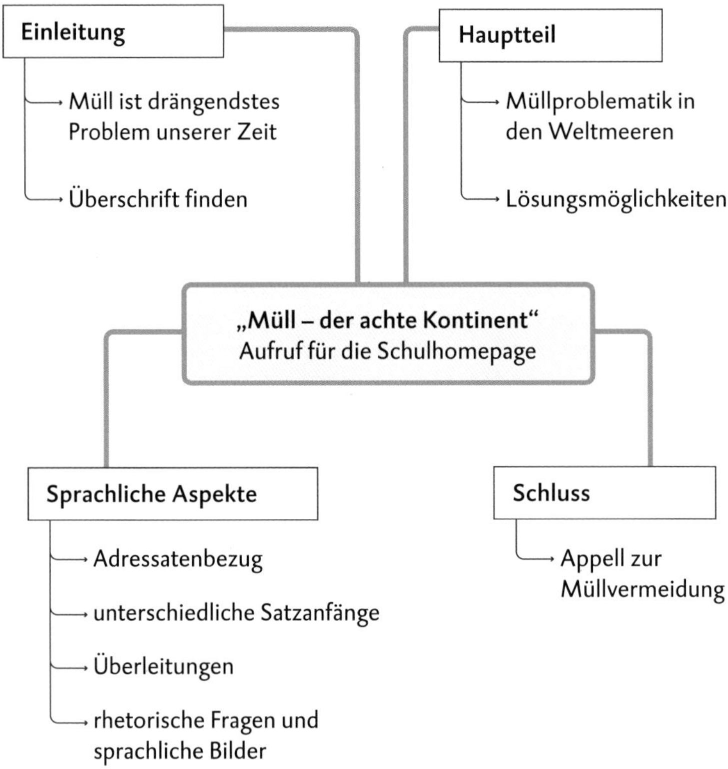

Der achte Kontinent wächst und wächst und wächst …

Interesse weckende Überschrift

Einleitung

rhetorische Frage

Der achte Kontinent? Was soll das sein?
Nimmt man den gesamten Plastikmüll im Pazifischen Ozean, kommt man auf die Fläche eines weiteren Kontinents: eines MÜLLKONTINENTS!

Hauptteil

Ausmaß des Müllproblems

Über 100 Millionen Tonnen Plastikmüll schwimmen in den Ozeanen. Das ergibt zusammengenommen einen Müllteppich von der Größe ganz Mitteleuropas. Und ca. 6,5 Millionen Tonnen Plastik kommen jedes Jahr hinzu.

Ursache Mensch:
– Industrie
– Landwirtschaft
– offene Deponien
– Privatpersonen

Die Ursache dafür sind wir Menschen. Zum einen leiten Industrie und Landwirtschaft ungereinigte Abwässer in die Flüsse, die darin enthaltenen Giftstoffe gelangen auf diesem Weg ins Meer. Zum anderen werfen wir Menschen unseren Plastikmüll oft genug einfach achtlos in die Umwelt, von wo er dann in die Flüsse gelangt und über diese bis ins Meer geschwemmt wird. Und wer denkt, dass alles Plastik, das einmal auf der Mülldeponie gelandet ist, fachgerecht recycelt wird, der irrt! Von sogenannten offenen Deponien, wie es sie in vielen Ländern noch gibt, bläst der Wind große Mengen an Plastik davon, auch dieses Plastik landet schließlich wieder in den Flüssen und Weltmeeren.

Folgen für Mensch, Pflanzen- und Tierwelt

Jetzt denkst du vielleicht: „Der Pazifik ist doch weit weg! Was geht mich das an?“ Doch es geht uns alle an, Der Müll ist längst auch schon vor unserer Haustür angekommen, nämlich in der Ost- und Nordsee. Das Müllproblem wird das Problem unserer Generation sein, denn jedes Jahr sterben unzählige Tiere an den Folgen der Verschmutzungen. Fische verwechseln winzige Plastikteile mit Futter und verhungern oft mit vollem Magen. Über die Fische gelangt das Plastik mit seinen Giftstoffen auch auf unsere Teller. Und sterben Tiere und Pflanzen, so sterben auch wir Menschen.

Was kannst du tun?

Plastikmüll vermeiden, wo immer es geht!

Tipps und Ideen zur Müllvermeidung

- Im Supermarkt sind viele Produkte unnötigerweise in Plastik verpackt. Schau nach Alternativen und unverpackten Lebensmitteln. Verzichte, wo immer möglich, auf Wegwerfverpackungen.
- Vermeide „To-go"-Produkte oder nimm deinen eigenen Mehrweg-Kaffeebecher mit.
- Plane deine Einkäufe und nimm eine eigene Tasche mit. Plastiktüten kosten Geld und schaden der Umwelt enorm.
- Kaufe Mehrwegflaschen und verzichte auf Plastik-Pfandflaschen.
- Trenne deinen Müll und hilf so, wertvolle Rohstoffe zu recyceln.

Mach mit und setze diese einfachen Tipps in deinem Alltag um. Es geht um unsere Zukunft und um unsere Gesundheit!

Schluss
Aufforderung zum Handeln

Es ist unsere Aufgabe, das Müllaufkommen drastisch zu senken.

2. ***Hinweis:*** *Verdeutliche in diesem kurzen Text deinen Standpunkt, indem du bewusst zustimmst oder widersprichst und begründe deine Meinung. Beziehe auch gerne Informationen aus dem Lesetext und dem Schaubild mit ein. Schreibe mindestens 60 Wörter.*

Plastikmüll belastet unsere Umwelt enorm. Um dem entgegenzuwirken, ist es seit einiger Zeit in Kaufhäusern verboten Plastiktüten kostenlos anzubieten. Mit dieser Regelung soll Kunststoffmüll verringert und die Umwelt geschont werden.

Hinführung zum Thema: Verbot von kostenlosen Plastiktüten

Diese Regelung halte ich für sinnvoll, denn viele Menschen überlegen seitdem, ob sie wirklich eine Plastiktüte mitnehmen oder sich lieber das Geld sparen. Wenn etwas kostenlos ist, greift man selbstverständlich leichter zu und nimmt die Tüte gedankenlos mit. Kostet eine Plastiktüte allerdings Geld, führt es eventuell dazu, dass die Menschen sich diesen Betrag sparen wollen und lieber eine Tragetasche von zu Hause mitbringen. Im besten Fall wird den Menschen darüber hinaus klar, dass

Darstellung des eigenen Standpunktes: Verbraucher wird durch kostenpflichtige Tüten zum Nachdenken angeregt

es nicht um die wenigen Cents geht, die eine Plastiktüte kostet, sondern darum, Plastikmüll zu vermeiden.

Da auch in Deutschland der Pro-Kopf-Verbrauch an Plastiktüten sehr hoch ist (79 Tüten pro Jahr), führt diese Regelung hoffentlich zu einer entsprechenden Reduzierung. Dies wiederum hätte zur Folge, dass zukünftig weniger Plastikmüll im Meer landet. *Bezug zu M 3*

3. **Hinweis:** *Überlege, wie sich das Müllproblem wohl in 30 Jahren darstellt. Haben es die Menschen geschafft, es in den Griff zu bekommen, oder nicht? Welche Konsequenzen hätte das auf die Umwelt an deinem Urlaubsort? Schreibe deinen Tagebucheintrag aus der Ich-Perspektive und beschreibe anschaulich, wie du dir die Umwelt zu diesem Zeitpunkt vorstellst. Verwende auch ein sprachliches Bild, umgangssprachliche Wendungen oder setze die Wiederholung von Wörtern gezielt ein. Du kannst bei dem Tagebucheintrag eine Anrede- und Grußformel verwenden, das ist dir selbst überlassen. Schreibe mindestens 180 Wörter*

Liebes Tagebuch, 17. August 2050 *Anrede, Datum*

endlich Sonne, Sommer, Strand und Meer! Nach diesem anstrengenden Schuljahr habe ich mir das echt verdient! Und es ist so schön hier. Das Wasser ist ganz türkisblau und der Sand strahlend hell und sauber. *Einführung in die Situation* *Ich-Perspektive*

Mama erzählt immer vom Urlaub vor 30 Jahren. Da war das Meer noch ganz verdreckt und am Strand ist man immerzu in Plastikteile getreten, ständig hat sich jemand am Fuß verletzt. Wie blöd das doch damals war! *Gedanken und Gefühle*

Zu dieser Zeit sind auch haufenweise Fische gestorben, weil sie winzige Plastikkügelchen für Futter gehalten und gefressen haben. Opa war mal beim Tauchen. Vor lauter Plastikmüll konnte er gar keine Fische sehen. Überall schwammen Plastiktüten aus dem Supermarkt herum. Sie haben sich um sein Bein gewickelt und er hatte Mühe, überhaupt etwas zu sehen. *sprachliches Bild*

Zum Glück haben die Menschen nicht so weitergemacht und eingesehen, dass sie auf die Umwelt achten müssen. Seit vielen Jahren gibt es keine Plastiktüten mehr und auch sonst hat man den ganzen Verpackungsmüll ersetzt und nimmt jetzt wiederverwertbare Materialien. Vor 30 Jahren waren „Unverpackt"-Läden noch etwas ganz Seltenes! Jetzt gibt es sie nur noch. Ich muss *Wechsel der Zeitform* immer meine eigene Verpackung zum Einkaufen mitnehmen. Aber auch sonst hat sich ja alles geändert. Heutzutage achten wir auf die Umwelt, essen weniger Fleisch und sparen Ressourcen, wo es nur geht!

Ich bin jedenfalls froh, dass ich den Strand und das Meer genießen kann. Nicht auszudenken, wenn die Menschen im Jahr 2021 nicht umgedacht hätten ... *kurzes Fazit*

Aufgabengruppe II

1. **Hinweis:** *Du sollst eine Science-Fiction-Geschichte schreiben, bei der es sich zugleich um eine Kriminalgeschichte handelt. Wenn du eine Geschichte erzählen sollst, geht es immer darum, ein Ereignis oder eine Handlung auf anschauliche und unterhaltsame Weise darzustellen.*
Halte in einem Schreibplan deine Überlegungen bezüglich Figuren, Handlungen, Komplikationen und einer möglichen Lösung deiner Geschichte fest. Thematisch sollte sich deine Geschichte mit der ungelösten Müllproblematik auseinandersetzen.
Beachte Folgendes:
   - *Lege die* ***Erzählperspektive*** *fest. Überlege also, aus wessen Sicht du erzählen willst. Du kannst in der Ich-Form schreiben oder die Er-Form (3. Person) verwenden. Wichtig ist, dass du bei der einmal gewählten Perspektive bleibst.*
   - *In der Regel schreibt man Geschichten im* ***Präteritum*** *(Vergangenheit), aber auch das Präsens ist möglich. Auch hier gilt: Bleibe bei der einmal gewählten Zeitform.*
   - *In der* ***Einleitung*** *solltest du kurz die Ausgangssituation beschreiben sowie den Handlungsort und die Figuren nennen.*
   - *Im* ***Hauptteil*** *baust du Spannung auf. Mit dem* ***Höhepunkt*** *kommt es zur Auflösung des Problems, anschließend folgt ein kurzer* ***Schluss****. Gliedere deinen Text in sinnvolle Abschnitte.*
   - *Gehe auf die* ***Gedanken und Gefühle*** *deiner Hauptfigur ein. Was denkt sie, was fühlt sie?*
   - *Indem du* ***wörtliche Rede*** *verwendest, gestaltest du deine Erzählung lebendig.*
   - *Vergiss nicht, eine* ***Überschrift*** *für deine Geschichte zu finden, die neugierig macht.*

Schreibplan:

Hauptteil
- Kommissar ermittelt
- Laboruntersuchungen
- Entsorgungsfirma „Cocoschka“
- Gespräch zwischen Mitarbeitern führt zur Aufklärung

Einleitung/ Ausgangssituation
- Schildkröte Fridolin verschluckt Plastik und stirbt

Erzähltext

Schluss
- gerechte Strafe für die Umweltsünder

Todesfalle Plastikmüll

passende Überschrift

Einleitung

Darstellung der Ausgangssituation

Ort und Zeit der Handlung

Zeitform: Präteritum

Es war das Jahr 2050. Im tiefen, blauen Meer schwamm die Schildkröte Fridolin mit ihren Freunden zwischen den Korallen hin und her. Hungrig entdeckte Friedolin einen Schwarm Quallen und stürzte sich auf sie. Genüsslich fraß er sich satt. Doch plötzlich spürte er etwas Seltsames im Hals. Blut strömte aus einer Wunde und färbte das Wasser rot. Die Schildkrötenfreunde wichen erschrocken zurück, sie konnten nichts mehr für ihn tun. Leblos sank Fridolin zu Boden.

Hauptteil

Figuren

Drei Wochen später:

Sommerferien – Jonas und seine Eltern waren endlich an ihrem Urlaubsort angekommen und Jonas wollte natürlich als Erstes zum Strand, um eine Sandburg zu bauen. Emsig buddelte er im feinkörnigen, von den Sandrobotern frisch gereinigten Sand. Je tiefer er grub, desto feuchter und schwerer wurde der Sand. Plötzlich stieß er auf etwas Hartes – was konnte das sein? Eine Schatzkiste vielleicht? Voller Aufregung schippte Jonas Schaufel um Schaufel Sand aus dem Loch heraus. Dann erschrak er fürchterlich, er machte eine grausige Entdeckung: Vor ihm lag eine tote Meeresschildkröte, wahrscheinlich angespült aus dem Meer. Aus ihren Nasenlöchern ragte etwas heraus, das man nicht richtig erkennen konnte. Weinend lief Jonas zu seinem Vater: „Sieh mal Papa, was ich gefunden habe! Diese tote Schildkröte. Es steckt etwas in ihrer Nase!“ Jonas’ Vater, Kommissar Maier von der Sonderabteilung Müllkriminalität, hatte sofort einen Verdacht. Nicht nur in der Nase, auch im Maul der Schildkröte entdeckte der Polizist Stücke von Plastikmüll. Sofort sicherte er die Beweisstücke und schickte die tote Schildkröte per Schnelldrohne zur weiteren Untersuchung in das zuständige Labor. Liebevoll tröstete er Jonas: „Ich verspreche dir, dass wir diejenigen finden, die für den Tod der Schildkröte verantwortlich sind!“.

Science-Fiction: technische Neuerung der Zukunft

Spannungsaufbau

Gedanken und Gefühle der Hauptfigur

wörtliche Rede

Vater ist Kommissar bei Sonderabteilung Müllkriminalität

Science-Fiction: technische Neuerung der Zukunft

wörtliche Rede

Im Labor fanden die zuständigen Beamten eine Menge Plastik in Maul und Magen der Schildkröte. Auf einem größeren Stück entdeckten sie bei genauerer Untersuchung mit der Nano-Lupe sogar einen Schriftzug: „Entsorgungsfirma Cocoschka". Noch am selben Tag machte sich Kommissar Maier mit seinem Team auf den Weg zu dieser Firma. Unauffällig näherten sie sich dem Firmengebäude und belauschten ein Gespräch zwischen zwei Männern, die dort standen. „Klaus, wir müssen damit aufhören, den ganzen Müll ins Meer zu schmeißen! Diese neue Ladung hier enthält besonders viele Giftstoffe. Denk doch an die Tiere und Pflanzen! Außerdem habe ich neulich Stranddrohnen über der Bucht kreisen sehen, die werden uns noch auf die Schliche kommen! Sein Kollege erwiderte muffig: „Ach, die Tiere interessieren mich kein bisschen. Mittlerweile kannst du doch alle Tiere durch Roboter ersetzen. Wozu brauchen wir denn noch echte? Weißt du eigentlich, wie teuer es ist, das Plastik fachgerecht zu entsorgen? Da könnten wir uns keinen Porsche mehr leisten." Los, kipp das Zeug ins Meer!

Spannungsaufbau

Science-Fiction: technische Neuerung der Zukunft

Steigerung der Spannung

sprachliches Bild

Science-Fiction

Die Beamten hatten genug gehört. Sie nahmen die beiden Männer fest. Unter Tränen gestand der eine der Mitarbeiter, dass sie jahrelang Plastikmüll ins Meer geworfen hatten, anstatt es wie vorgesehen zu recyceln.

Höhepunkt: Festsetzung der Kriminellen, Lösung des Falls

Ein Richter verurteilte die beiden zu einer hohen Geldstrafe und hundert Arbeitsstunden, die sie beim Müllsammeln am Strand ableisten mussten.

Strafe für Umweltsünder

Zufrieden kehrte Kommissar Maier zurück zu Jonas und berichtete ihm von seinem Erfolg. Gemeinsam genossen sie den restlichen Urlaub am Meer.

Schluss

2. *Hinweis: Anhand von zwei Beispielen sollst du erläutern, was du ganz persönlich für den Umweltschutz tun kannst. Beginne deinen Text mit einer kurzen Einleitung. Überlege, wie du in deinem Alltag die Umwelt schützen kannst. Erkläre genau, was du tun und was du damit erreichen kannst. Achte darauf, vollständige Argumente zu formulieren (Behauptung, Begründung, Beispiel). Beende deinen Text mit einem kurzen Fazit. Schreibe mindestens 120 Wörter.*

Einleitung
Umweltschutz betrifft jeden Einzelnen

Umweltschutz geht uns alle an! Auch, wenn wir die Müllberge im Pazifischen Ozean nicht sehen, so haben sie doch Auswirkungen auf unser jetziges und zukünftiges Leben. Über unsere Nahrung nehmen wir die Plastikteile wieder auf und schaden uns selbst. Müllvermeidung sollte eines unserer wichtigsten Ziele sein, aber es gibt noch mehr Dinge, die wir tun können, um nachfolgende Generationen zu schützen.

Hauptteil
1. Beispiel natürliche Ressourcen sparen, z. B. Wasser

Natürliche Ressourcen sparen ist einfach umzusetzen im Alltag und schont die Umwelt langfristig.
Wassersparen ist wichtig, denn ein großes Umweltproblem unserer Zeit ist die Wasserknappheit. Duschen anstatt baden spart enorm viel Wasser. Zusätzlich sollte man möglichst kurz duschen oder sogar beim Einseifen das Wasser abdrehen. Wer einen Garten hat, kann zum Bewässern Regenwasser in einer Tonne auffangen und so direkt viel Wasser sparen. Besonders wassersparsam ist es aber auch, wenn man weniger Rindfleisch isst. Denn ein Rind verbraucht während seiner kurzen Lebenszeit enorm viel Wasser.

2. Beispiel regionale Lebensmittel kaufen

Umweltschutz lässt sich auch über die Ernährung umsetzen. Bei der Wahl der Lebensmittel ist es einfach, auf regionale und saisonale Produkte zu achten. Regional hergestellte Produkte haben einen kurzen Transportweg und sparen auf diese Weise viel CO2 ein. Äpfel zum Beispiel können auch in Deutschland angebaut werden und müssen nicht von Neuseeland importiert werden; ein CO2-Ausstoß, der sich vermeiden lässt.

Fazit
viele kleine Umweltschutzmaßnahmen haben große Wirkung

Viele kleine Veränderungen, die aber in der Summe eine große Wirkung haben, lassen sich bequem in unseren Alltag einbauen und problemlos umsetzen.

3. *__Hinweis:__ Beginne deine E-Mail mit einer Anrede, gefolgt von einer Einleitung, welche zu deinem Thema hinführt. Im Hauptteil stellst du dann dein Wissen zum Thema Müllentsorgung und Recycling vor. Hier musst du auch eigenes Wissen zum Thema Mülltrennung mit einbringen. Du kannst dich, wo möglich, auch auf den Lesetext und die dazugehörige Statistik beziehen. Beende deine E-Mail mit einer passenden Abschiedsformel. Schreibe mindestens 120 Wörter.*

Liebe Elena, — *Anrede*

diese Woche beginnt unser gemeinsames Projekt zum Thema „Müllverwertung". Wie macht ihr das in Frankreich? Schick mir doch ein paar Informationen, dann kann ich sie in der Schule vorstellen. — ***Einleitung*** *Hinführung zum Thema*

Ich erkläre dir heute schon mal, wie wir das hier in Deutschland so machen. — *Überleitung*

Bei mir zu Hause gibt es viele Mülleimer ☺. Wir trennen unseren Müll nach Plastik, Glas, Papier, Bio- und Restmüll. Für das alles gibt es jeweils einen eigenen Behälter. Papier- und Plastikmüll sowie das Altglas bringen wir am Samstagvormittag immer zu den Containern. Diese Rohstoffe werden nämlich in großen Sammel-Containern, die an verschiedenen Stellen in der Umgebung aufgestellt sind, zusammengetragen. Von dort werden sie dann zum Recycling abgeholt. — ***Hauptteil*** *Informationen zur Mülltrennung in Deutschland*

Der Plastikmüll wird zuvor zu Hause in gelben Säcken gesammelt. Da muss man aber genau aufpassen, was man reinschmeißt. Es dürfen nur bestimmte Verpackungen in den gelben Sack, z. B. Plastikfolien, Joghurtbecher, Milchkartons, aber auch Konserven und Getränkedosen. Was alles hineindarf, ist auf den Säcken vorne aufgedruckt. Es dürfen zum Beispiel keine Essensreste mit hinein. Die kommen nämlich in den Biomüll. Der wird auch extra abgeholt und wiederverwertet. — *Informationen zum Recycling von Plastikmüll … und Biomüll*

Die übrigen Abfälle gehören in den Restmüll – das ist aber nicht mehr sehr viel. — *Restmüll*

In Deutschland gibt es inzwischen auch ganz viele Produkte, die aus altem Material entstehen. In Supermärkten gibt es beispielsweise Einkaufstaschen oder Shampooflaschen aus recyceltem Plastik. — *neue Produkte aus recyceltem Material*

Ich bin gespannt, ob ihr in Frankreich auch so ein System habt, und freue mich, bald von dir zu hören. **Schlusssatz**

Viele Grüße
Deine Laura

Abschiedsformel, Unterschrift

Qualifizierender Abschluss der Mittelschule Bayern 2020
Deutsch – Lösungen

Teil A: Sprachbetrachtung

1. ***Hinweis:***
   a) Das Wort „Kommunikation" ist wörtlich benannt. In Klammern finden sich direkt angefügt die näheren Erläuterungen, wie üblich in abgekürzter Form zunächst die Sprachherkunft. Beachte, dass die Angabe der Abkürzung „lat." nicht ausreicht.
   b) An gleicher Stelle siehst du auch die passende Endung für die Pluralbildung, also „-en", und erhältst damit das gesuchte Wort „(die) Kommunikationen".
   c) Der Infinitiv, die Grundform des Verbs, endet auf „-en". Außerdem ist das Verb natürlich kleingeschrieben. Anhand dieser Anhaltspunkte kannst du die Infinitivform schnell finden.
   d) Das Adjektiv „kommunikativ" beschreibt hier eine Person genauer. Es kann somit als Attribut vor dem Nomen „Mensch" stehen oder adverbial vor dem Verb „zuzugehen".

   a) aus dem Lateinischen, Latein, lateinisch
   b) (die) Kommunikationen
   c) kommunizieren
   d) „Ein kommunikativer Mensch hat wenig Probleme auf seine Mitmenschen zuzugehen."
   oder:
   „Ein Mensch hat wenig Probleme auf seine Mitmenschen kommunikativ zuzugehen."

2. ***Hinweis:***
   a) Die Handlung läuft in der Gegenwart ab. Das erkennst du an der Zeitform des Verbs („stellt … dar").
   b) Um den Satz ins Futur zu setzen, musst du die Zeitform des Verbs verändern. Das Futur I bildet man mit der entsprechenden Form des Verbs „werden" und dem Infinitiv (Grundform) des Vollverbs.

   a) Präsens (auch: Gegenwart)
   b) „Die digitale Kommunikation wird einen wichtigen Bestandteil unseres Lebens darstellen."

3. ***Hinweis:*** *Orientiere dich an passenden Fragewörtern zu den vorgegebenen adverbialen Bestimmungen. Es gibt bei beiden Sätzen eine Vielzahl an möglichen Lösungen.*
   a) Hier lautet die passende Frage „Wo werden Einkaufslisten und Notizen heutzutage gespeichert?". Du musst hier auf jeden Fall ein Substantiv einsetzen (z. B. auf dem Handy, auf dem Tablet, in der Cloud). Wenn du das beachtest, läufst du nicht Gefahr, aus Versehen ein Adverbiale der Art und Weise zu verwenden.

b) *Adverbiale der Art und Weise liefern in diesem Satz eine Antwort auf die Frage „Wie/Auf welche Weise kann man seinen Alltag mit dem Smartphone organisieren?"*

a) Einkaufslisten und Notizen werden heutzutage eher <u>auf dem Smartphone</u> gespeichert, als auf einen Zettel geschrieben.
b) Mit dem Smartphone kann man seinen Alltag <u>einfach</u> organisieren.

4. ***Hinweis:***
<u>Satz 1</u>: Beim ersten Satz handelt es sich um einen einfachen Aussagesatz. Lass dich von den Kommas, die in der Aufzählung enthalten sind, nicht irreführen. Sie leiten keinen Nebensatz ein, sondern sind Teil des Hauptsatzes.
<u>Satz 2</u>: Der zweite Satz besteht aus einem Haupt- und einem Nebensatz. Dieser wird mit der Konjunktion „wenn" eingeleitet. Du erkennst den Nebensatz zudem daran, dass das Prädikat am Ende des Satzes steht.
<u>Satz 3</u>: Im dritten Satz werden zwei einfache Hauptsätze durch die Konjunktion „denn" miteinander verbunden.

	Satzgefüge	Satzreihe	weder/noch
Der Austausch unter Gesprächspartnern findet heutzutage durch E-Mails, Chats, Kurznachrichten und Sprachmitteilungen statt.	☐	☐	☒
Die neuen Medien beeinflussen unsere Kommunikation offenbar auch dann, wenn wir gerade nicht online sind.	☒	☐	☐
Die Bedeutung der Körpersprache bei Gesprächen nimmt ab, denn sie ist oftmals nicht mehr Bestandteil der Interaktion.	☐	☒	☐

5. ***Hinweis:*** *Die jeweiligen Fragewörter zu den vorgegebenen Fällen helfen dir bei der richtigen Zuordnung:*
*<u>Genitiv</u>: „**Wessen** Smartphone ermöglicht Jugendlichen eine vielfältige Kommunikation?"*
*<u>Dativ</u>: „**Wem** ermöglicht das neue Smartphone eine vielfältige Kommunikation?"*
*<u>Akkusativ</u>: „**Wen oder was** ermöglicht das neue Smartphone eines bekannten Herstellers?"*

Genitiv: eines bekannten Herstellers
Dativ: Jugendlichen
Akkusativ: eine vielfältige Kommunikation

Teil B: Rechtschreiben

1. *Hinweis:* *Lies dir den Text genau durch und suche die falsch geschriebenen Wörter. Korrigiere diese dann mithilfe der gelernten Rechtschreibstrategien. Wenn du dir bei der Schreibung einzelner Wörter unsicher bist, schlage sie auch im Wörterbuch noch einmal nach.*
   - *Zusa**mm**enleben: Durch Silbentrennung kannst du die richtige Schreibweise erkennen: Du hörst den Konsonanten „m" am Ende der einen und am Anfang der folgenden Silbe. Deshalb muss er verdoppelt werden.*
   - *Bez**ie**hung: In diesem Wort wird der Vokal „i" lang gesprochen, folglich gilt hier die Schreibung mit „ie" als Regelfall. In vielen Fremdwörtern bleibt das lange „i" dagegen ohne Dehnungszeichen.*
   - *verm**ut**lich: Auf einen langen Vokal folgt in der Regel ein einfacher Konsonant. Ein Dehnungs-h als „stummes h" findet sich fast nur vor den Konsonanten l, m, n oder r, wie z. B. in den Wörtern „Ruhm" oder „Kahn".*
   - ***d**enkbar: Bei diesem Wort handelt es sich um ein Adjektiv, das folglich kleingeschrieben werden muss.*

   - Zusa**mm**enleben
   - Bez**ie**hung
   - verm**ut**lich
   - **d**enkbar

2. *Hinweis:* *Sieh dir die Wörter genau an und sprich sie für dich selbst ein paar Mal deutlich aus. Dann wählst du unter den vorgegebenen Rechtschreibstrategien die jeweils passende.*
   (1) Verwandte Wörter (z. B. Empfang, empfangen) helfen dir in diesem Fall dabei, die richtige Schreibung herauszufinden.
   (2) Wenn du bei dem Wort „klug" eine Langform durch Steigerung bildest, wird beim deutlichen Sprechen die Schreibweise mit „g" gut hörbar.
   (3) „-ion" ist eine typische Nomenendung. Das Wort „Reaktion" ist demnach ein Nomen und wird somit großgeschrieben.

(0)	(1)	(2)	(3)
C	**B**	**D**	**A**

3. *Hinweis:* *Wenn du die Buchstabenschlange langsam liest, erkennst du rasch die einzelnen Wörter. Setze nach jedem Wort einen Schrägstrich. Um herauszufinden, welche der Wörter du neben dem Satzanfang großschreiben musst, wendest du die entsprechenden Rechtschreibstrategien zur Groß- und Kleinschreibung an. Da es sich um einen einfachen Aussagesatz ohne Aufzählungen handelt, findet sich außer dem Punkt am Ende kein weiteres Satzzeichen.*
   Achte darauf, dass dir keine Abschreib- und Trennungsfehler unterlaufen und du alle i-Punkte setzt. In all diesen Fällen wird dir ansonsten pro Fehler jeweils ein halber Punkt abgezogen.

   Statt mit einer handgeschriebenen Karte werden heutzutage Urlaubsgrüße und Geburtstagsglückwünsche häufig über soziale Medien übermittelt.

4. *__Hinweis:__ Es handelt sich um mehrsilbige Wörter, die nach Sprechsilben getrennt werden. Die richtigen Trennungsstellen findest du durch langsames, deutliches Sprechen. Beachte auch, dass die Buchstabenverbindungen „ch" und „sch" nicht getrennt werden. Zur Kontrolle kannst du natürlich auch im Wörterbuch nachschlagen.*

a) Selbst - ge - sprä - che
b) zwi - schen - mensch - lich

5. *__Hinweis:__ Lies dir zunächst alle Sätze einmal langsam durch, um einen ersten Überblick zu bekommen. Suche dann nach den fehlerhaften Wörtern und wende die dir bekannten Lösungsstrategien an.*

- *Satz 1: Das Wort „ihre" wird kleingeschrieben, da es sich um ein persönliches Fürwort und nicht um ein höfliches Anredepronomen handelt.*
- *Satz 3: „Gestik" schreibt man mit „e". Die korrekte Schreibung findet sich in den drei anderen Sätzen. Erinnere dich aber auch an verwandte Wörter wie „Geste" oder „gestikulieren". Schlage das Wort notfalls im Wörterbuch nach.*
- *Satz 4: Das Wort „Körperhaltung" wird zusammengeschrieben, da es sich um ein zusammengesetztes Nomen handelt.*

☐	Menschen kommunizieren Ihre Gefühle auch durch Ihre Körperhaltung und Gestik.
☒	Menschen kommunizieren ihre Gefühle auch durch ihre Körperhaltung und Gestik.
☐	Menschen kommunizieren ihre Gefühle auch durch ihre Körperhaltung und Gästik.
☐	Menschen kommunizieren ihre Gefühle auch durch ihre Körper Haltung und Gestik.

6. *__Hinweis:__ Bei der Schreibung von s-Lauten musst du mehrere Vorgaben beachten:*

- *Weise: Das Wort wird mit „s" geschrieben, weil ein lang gesprochener Vokal (bzw. ein Doppellaut) vorausgeht und der s-Laut weich gesprochen wird.*
- *wissenschaftlich: Nach einem kurzen, betonten Vokal folgt „ss".*
- *erwiesen: Hier folgt ein weich gesprochenes „s" auf einen langen Vokal. Deshalb wird ein einfaches „s" geschrieben.*
- *stoßen: Folgt auf einen langen Vokal ein scharf gesprochener s-Laut, wird „ß" geschrieben.*

Wir kommunizieren täglich auf die eine oder andere Wei**s**e.
Es ist wi**ss**enschaftlich erwie**s**en, dass wir ohne klare Gesprächsregeln schnell an Grenzen der Verständigung sto**ß**en.

Teil C: Schriftlicher Sprachgebrauch

Text 1

1. **Hinweis:** *Lies den Text aufmerksam durch, um den Inhalt in nur wenigen Sätzen wiedergeben zu können. Beginne die Inhaltsangabe mit einem einleitenden Satz, in dem du Autor, Titel und Textsorte nennst und sagst, worum es im gesamten Text geht. Gehe dann möglichst abschnittsweise vor und achte darauf, wann jeweils ein neuer Gedanke bzw. Sinnabschnitt beginnt. Wenn du einen guten Überblick über den Text bekommen und die entsprechenden Schlüsselstellen markiert hast, kannst du sie anschließend zusammenfassen. Um nicht in unwesentliche Einzelheiten abzudriften, solltest du immer wieder größere Textabschnitte wiederholend lesen. Schreibe im Präsens.*

   In der Kurzgeschichte „Ein Roboter mit Launen" von Hoshi Shinichi gewährt der Autor einen Blick auf die Urlaubserlebnisse des Herrn N., der zum ersten Mal mit seinem neu erstandenen Roboter verreist.
   Um einen entspannten Urlaub auf einer abgelegenen Insel verbringen zu können, kauft Herr N. bei einem Wissenschaftler einen Roboter, der ihn dort unterstützen soll. Anfangs erfüllt dieser die unterschiedlichsten Aufgaben ganz hervorragend und zur vollsten Zufriedenheit seines Erwerbers. Nach einigen Tagen funktioniert er aber nicht mehr einwandfrei, die Pannen häufen sich. So muss Herr N. zum Beispiel einmal regelrecht vor seinem Roboter fliehen, weil dieser ihn verfolgt. Das alles ist sehr zum Ärger des Herrn N., sodass es mit der Urlaubsruhe vorbei ist. Nach seiner Rückkehr beschwert sich Herr N. deshalb sofort bei dem Wissenschaftler. Von ihm erfährt er allerdings, dass die Fehlfunktionen alle bewusst geplant waren, um zu verhindern, dass Herr N. aufgrund von mangelnder Bewegung dick oder wegen fehlender geistiger Anstrengungen denkfaul wird. Die Antwort stellt Herrn N. offensichtlich nicht zufrieden und lässt ihn eher nachdenklich zurück.

2. **Hinweis:** *Konzentriere dich jetzt ausschließlich auf die Tätigkeiten, die der Roboter für Herrn N. erledigt. Markiere entsprechende Stellen im Text. Anschließend schreibst du vier der genannten Tätigkeiten stichpunktartig auf. Beachte, dass du Punktabzug bekommst, wenn du ganze Sätze ausformulierst. Nennst du mehr als vier Antworten, werden nur die ersten vier bewertet.*

   - Getränk bringen
   - kochen
   - Mahlzeit servieren
   - Geschirr spülen

Auch möglich:

- Zimmer aufräumen
- alte Uhr reparieren
- Geschichten erzählen
- Fenster putzen

3. ***Hinweis:** Rufe dir die Merkmale einer Kurzgeschichte ins Gedächtnis. Suche dir anschließend zwei davon aus, die du jeweils anhand eines Beispiels aus dem vorliegenden Text sicher belegen kannst. Im Folgenden werden dir mehrere Lösungen für die wichtigsten Merkmale präsentiert, du musst aber nur zwei davon ausformulieren.*

- **wenige namenlose Figuren**
  Der Wissenschaftler und Herr N. werden namentlich nicht benannt und zusammen mit dem Roboter sind sie auch die einzigen „Figuren" in der Geschichte. Es treten in der Kurzgeschichte also wenige, nicht näher beschriebene Akteure auf.
- **unmittelbarer Beginn**
  Es gibt keine Hinführung zum Verkaufsgespräch. Der Leser begleitet gleich zu Beginn der Geschichte den Wissenschaftler und Herrn N. bei ihren Verhandlungen zum Kauf des Roboters.

Auch möglich:

- **unbestimmter Ort**
  Die gesamte Handlung findet an unbestimmten Orten statt. Weder die Stadt noch die Insel werden genauer benannt.
- **offener Schluss**
  Am Ende der Geschichte bleiben viele Fragen offen: Wie kommt die Erklärung des Wissenschaftlers bei Herrn N. an? Gibt er sich damit zufrieden oder fordert er sein Geld zurück? Behält Herr N. den Roboter?

4. ***Hinweis:** Schon beim ersten Durchlesen des Textes dürften dir die beim Roboter vorprogrammierten Pannen aufgefallen sein, die für Herrn N. unangenehme Folgen haben. Suche diese Stellen noch einmal und schreibe sie so auf, dass deutlich wird, welche Folgen die einzelnen Pannen jeweils für Herrn N. haben.*

- Nach ein paar Tagen bewegt sich der Roboter plötzlich nicht mehr. Das hat zur Folge, dass Herr N. sich nicht mehr bedienen lassen kann und auch sein Essen selbst kochen muss.

- Dann passiert es, dass der Roboter plötzlich davonläuft. Herr N. muss ihm hinterherlaufen und sich überlegen, wie er ihn aufhalten kann. Erst durch eine Fallgrube kann Herr N. den Roboter schließlich stoppen und einfangen.
- Schließlich verfolgt der Roboter seinen Besitzer sogar und schwingt dabei drohend die Arme. Nur durch die Flucht auf einen Baum kann sich Herr N. retten.

5. **Hinweis:** *Nach dem Gespräch mit dem Wissenschaftler bezüglich der Fehlfunktionen des erstandenen Roboters kommt Herr N. ins Grübeln. Schreibe einen inneren Monolog, formuliere also aus der Sicht von Herrn N., was ihm zu den Erklärungsversuchen des Wissenschaftlers durch den Kopf geht. Das gelingt dir besonders gut, wenn du in seine Rolle schlüpfst und seine Gedanken, Zweifel und Gefühle ausdrückst. Dabei bietet dir die offene Schreibform eine gute Möglichkeit, deine Überlegungen frei zu formulieren. Dennoch solltest du dich inhaltlich am Text orientieren. Du kannst bei einem inneren Monolog mit unvollständigen Sätzen, Ausrufen, Wortwiederholungen und umgangssprachlichen Wörtern arbeiten. Das alles ist hier erlaubt, um die Gedanken und Gefühle der Person möglichst überzeugend wiederzugeben. Schreibe im Präsens und in der Ich-Form.*

Diese Erklärung überrascht mich jetzt aber schon. Und sie ärgert mich auch ein wenig. Das ganze Jahr über arbeite ich ohne Unterbrechung. Deshalb wollte ich keinen Abenteuerurlaub, sondern mich einfach mal richtig erholen und bedienen lassen. Für viel Geld habe ich mir von dem Roboter echte Hilfe und Entlastung versprochen. Bekommen habe ich aber ein technisches Monster, das mich sogar bedroht hat! Hmm … Ich denke, ich werde mein Geld zurückverlangen!
Oder ist das alles vielleicht doch mein Fehler? Vielleicht hätte ich mich vorher genauer darüber informieren müssen, was der Roboter wirklich tut. Der Gedanke des Wissenschaftlers ist ja nicht grundsätzlich falsch: Jemanden auf Trab zu halten, der ansonsten eher faul ist … Das ist ja eigentlich ganz gut. Und geschadet hat mir die Bewegung sicherlich nicht!
Allerdings könnte ich mir da eine andere Art von Roboter vorstellen. Einen, der mich bei allen langweiligen und zeitraubenden Arbeiten entlastet und mir dadurch Freiräume verschafft, in denen ich mich sportlich betätigen kann. Ein persönlicher Coach – ja, das wäre toll! Ein Roboter, der mich beim Sport motiviert und mir tolle Übungen zeigt! Das wär's! Das Gleiche kann er dann auch für die geistige Fitness tun. So würde man sicher kein Fett

ansetzen oder mental abbauen. Ich glaube, ich werde meinen Roboter einfach umbauen lassen, sodass er meine Ansprüche voll erfüllt und ich trotzdem fit bleibe!

6. **Hinweis:** *Lies dir die Tagebuchaufzeichnungen aus Material M 1 aufmerksam durch. Die Eigenschaften des Roboters aus der Kurzgeschichte sind dir mittlerweile bestens bekannt. Vergleiche sie mit denen des im Tagebuch beschriebenen „Kollegen". Dir werden mehrere Gemeinsamkeiten und Unterschiede dieser Hightech-Geräte auffallen. Jeweils eine Gemeinsamkeit und einen Unterschied formulierst du in zusammenhängenden Sätzen aus.*

Gemeinsamkeit:

Die in den Texten beschriebenen Roboter haben zwar unterschiedliche Funktionen, sie erleichtern aber beide den Alltag des Menschen. Bei der Automontage werden dem Fabrikarbeiter monotone und körperlich belastende Arbeiten von seinem neuen Helfer abgenommen, bei Herrn N. sind es die unliebsamen täglichen Hausarbeiten, die Zeit und Energie rauben. Trotz seiner ungewöhnlichen Sondermaßnahmen soll der Roboter von Herrn N. letztlich etwas Gutes tun. Beide Maschinen unterstützen mit ihrer Arbeit also den Menschen.

Auch möglich:

Die Gefühlswelt des Herrn N. wird durch seinen Roboter stark strapaziert. Die anfängliche Freude über die vielen tollen Dienste, die er leistet, schlägt rasch in Ärger und Angst um, als die Maschine ihre Sonderfunktionen einsetzt und Herr N. sogar vor ihr flüchten muss. Der Fabrikarbeiter aus Text M 1 ist nach anfänglicher Skepsis ebenfalls begeistert von der Arbeit seines neuen „Kollegen". Doch auch bei ihm schlägt dieses Gefühl dann in Enttäuschung und Angst um. In beiden Fällen werden durch die Roboter Gefühle hervorgerufen, die man eigentlich nur vom Umgang mit Menschen kennt.

Unterschied:

Der Roboter auf der Insel wird im privaten Bereich eingesetzt. Er sorgt durch die vorprogrammierten Pannen dafür, dass Herr N. seinen Urlaub nicht genießen kann und er auf Trab gehalten wird, damit er gesund bleibt. Robbi kommt dagegen im Berufsleben zum Einsatz. Er erfüllt seine Aufgaben absolut pflichtbewusst und korrekt und kann seine immer gleich ablaufenden Arbeitsschritte nicht ausführen, wenn er auf einen Fehler stößt, den der menschliche Kollege gemacht hat. Mensch und Roboter handeln in den beiden Texten in zwei verschiedenen Lebensbereichen.

Auch möglich:
Die Roboter unterscheiden sich in beiden Texten durch die Art ihrer Konstruktion. Robbi ist ein riesiger maschineller Arm, der so gar nicht an einen Menschen erinnert. Er ist ausschließlich dafür konstruiert, Bauteile für die Autos anzureichen, und kann sich auch nicht von seinem Standort wegbewegen; er ist dort fest verankert. Herr N. besitzt dagegen einen Roboter, der durch seine Bauweise einem Menschen ähnelt, auch gehen und sogar laufen kann. Er erledigt unterschiedliche Tätigkeiten des Alltags und ist zusätzlich mit Funktionen für Sonderaufgaben ausgestattet.

7. **Hinweis:** *Löse dich jetzt von den vorliegenden Texten und gehe mit der Beschreibung eines eigenen Roboters auf deine persönlichen Vorstellungen ein. Denke aber auch daran, dass du diese begründen und mit deiner realen Lebenswelt verknüpfen solltest. Es ist deshalb hilfreich, wenn du auf verschiedene Lebensbereiche blickst und überlegst, wo der Einsatz dieses persönlichen Helfers sinnvoll und möglich ist. Beschreibe einige Beispiele und begründe sie nachvollziehbar.*

Einen persönlichen Roboter als Helfer zu haben, der nach meinen Bedürfnissen und Wünschen konstruiert und programmiert wurde, ist ein reizvoller Gedanke. Da muss natürlich schon vorher genau überlegt sein, wo er mich am sinnvollsten unterstützen kann. Einige denkbare Möglichkeiten wären für mich z. B. folgende:
Nach dem Schulabschluss geht es bei mir in die Berufsausbildung. Ich mache eine Ausbildung zum Zimmerer. Nach den absolvierten Praktika und der Berufsberatung weiß ich natürlich, was auf mich zukommt und wo meine Schwächen liegen. Und genau da könnte mein Roboter unterstützend eingreifen, indem er mir weiterhilft, wenn es mal beim Lernen haken sollte. Als „Privatlehrer" zu Hause könnte er mich ideal auf Prüfungen an der Berufsschule vorbereiten.
Auch im Haushalt fällt Arbeit an, die ich nicht mehr alleine machen müsste, wenn ich einen Roboter hätte: Ordnung halten, Reinigungsarbeiten übernehmen, aber auch mal den Rasen mähen, im Winter Schnee schippen und Holz für den Ofen aufschichten, wenn es geliefert wird. Diese Arbeiten habe ich bisher oft übernommen. Mein Roboterfreund würde mir da Zeit verschaffen, die ich dringend brauche, wenn ich in der Berufsschule und im Betrieb bin.
Eine prima Hilfe wäre er sicher auch, wenn es um meine körperliche Fitness geht. Ich bin oft sportlich mit dem Rad unterwegs, schwimme leidenschaftlich gerne und laufe viel. Das Wasser möchte ich ihm nicht zumuten, aber

beim Laufen und Radfahren hätte ich einen optimalen Partner, der Strecken, Zeiten und Bewegungsabläufe korrigieren und optimieren könnte, sozusagen als persönlicher Coach. Meine Freunde, die mich oft begleiten, könnten auch davon profitieren.

Als persönlichen Helfer kann ich mir einen Roboter in diesen oder ähnlichen Funktionen gut vorstellen, aber auch mit Maß und Ziel, damit ich nicht von ihm abhängig werde. Keinesfalls möchte ich mit einer Maschine meine Probleme besprechen. Dafür gibt es meine echten Freunde.

8. ✎ ***Hinweis:** Du sollst zu der Aussage Stellung nehmen, dass der persönliche Kontakt zu einem Menschen durch einen Roboter nicht ersetzt werden kann. Zunächst musst du dir klar darüber werden, welche Position du einnimmst. Stimmst du der Aussage zu oder vertrittst du eine andere Meinung? Aus den Erfahrungen, die du z. B. in der Familie und im Umgang mit Freunden gemacht hast, kannst du sicher zahlreiche Ereignisse für eine zielgerichtete Argumentation finden. Sie helfen dir dabei, aufzuzeigen, welche Faktoren bei persönlichen Kontakten bedeutsam und für das menschliche Miteinander unentbehrlich sind. Sammle zunächst deine Gedanken in einer kurzen Stoffsammlung. Anschließend wählst du zwei Situationen aus, die dich persönlich besonders betreffen oder vielleicht auch besonders aktuell sind. Mit einer passenden Einleitung führst du zum Thema hin. Im Hauptteil erläuterst und begründest du dann ausführlich an den ausgewählten Beispielen deine Meinung. Eine abschließende Gesamtbewertung rundet deine Ausführung ab.*

Einleitung
Kann ein Roboter den persönlichen Kontakt zu einem Menschen ersetzen?

Es ist erstaunlich, was hinsichtlich der Konstruktion von Robotern heutzutage möglich ist. Eine enorme Vielfalt dieser Maschinen übernimmt tagtäglich unterschiedlichste Arbeiten in der gesamten Wirtschaft und findet auch Einsatzmöglichkeiten in vielen Bereichen des täglichen Lebens. Interessant wird es, wenn diese Geräte ein menschenähnliches Aussehen erhalten. Rasch stellt sich dann die Frage, ob Roboter auch den persönlichen Kontakt zu einem Menschen übernehmen können.

Überleitung
Eigene Meinung: Menschliche Kontakte können nicht durch Maschinen ersetzt werden

Ich bin der Meinung, dass die persönlichen Kontakte zu den Mitmenschen, der Umgang und das Gespräch mit ihnen, keinesfalls durch Roboter, also durch Maschinen, ersetzt werden können. Anhand zweier Beispiele aus meinem Leben möchte ich das deutlich machen.

Hauptteil
1. Beispiel: Austausch von Erinnerungen und Gefühlen im Gespräch

Vor einigen Wochen hatte mein Opa eine schwere Operation. Mittlerweile ist er wieder zu Hause, aber er kann das Haus noch nicht verlassen. Es ist ihm zunehmend langweilig und meine Oma macht sich noch immer große Sorgen um ihn. Ich nehme mir die Zeit, um meine Großeltern oft zu besuchen. Hier geht es nicht nur um ein paar helfende Handgriffe, sondern um gute Gespräche und menschliche Nähe. Da werden jetzt viele lustige Erlebnisse wach, die über all die Jahre zurückreichen, und ich merke immer ganz schnell, wie beide ihre Sorgen in dieser gemeinsam verbrachten Zeit vergessen können. Ein Roboter könnte diese Art des Zusammenseins nicht leisten. Er kann keine Emotionen zeigen und sicherlich auch nicht mit meinen Großeltern in Erinnerungen schwelgen – schließlich hat er keine gemeinsame Vergangenheit mit ihnen.

2. Beispiel: Trost und Hilfe von echten Freunden

Ein weiteres Beispiel für die dringende Notwendigkeit menschlicher Kontakte zeigt sich durch meine familiäre Situation. Mein Vater hätte vor einigen Wochen aufgrund der Corona-Krise fast seine Arbeit verloren, meine kleineren Geschwister forderten die ganze Familie, weil es mit dem Homeschooling erst nicht so gut lief, und dann verlangte Mutter von mir auch noch, mich zu Hause mehr einzubringen. Es kam zu einem heftigen Streit, die Stimmung war auf dem Tiefpunkt. Gott sei Dank habe ich aber einen prima Freundeskreis. Bei meinen Freunden konnte ich mich aussprechen und meine Wut abbauen. Sie haben mich verstanden, mir aber auch klargemacht, dass ich nicht überreagieren darf, weil eigentlich keiner Schuld an der Situation hat. Dieser Trost und die Hilfe, die sie mir gegeben haben, waren viel wert. Meine Freunde unterstützen mich, wenn ich Hilfe brauche. Sie kennen mich und meine Eigenheiten und wissen genau, was sie sagen müssen, wenn es mir schlecht geht. Das alles sind Dinge, die ein Roboter nicht leisten kann. Letztlich ist er nur eine gefühllose Maschine.

Schluss

Bekräftigung der eigenen Meinung

Bei den geschilderten Problemen könnte mir kein Roboter helfen. Die intelligenten Maschinen werden in Zukunft sicher noch erstaunliche Dinge leisten und uns in vielen Bereichen des täglichen Lebens unterstützen. Aber sie sind keine menschlichen Wesen, sondern Maschinen ohne Gefühle. Man muss sich das stets wieder vor Augen führen, vor allem, wenn sie in der Zukunft noch menschenähnlicher aussehen und vielleicht sogar in der Lage sind zu lächeln, freundlich zu sein oder gar Tränen zu vergießen. Menschliche Kontakte werden Roboter trotz allem nicht ersetzen können.

D-2020-12

Text 2

1. *Hinweis: Um vier wesentliche Aussagen des Textes zu finden, gliederst du ihn am besten in Sinneinheiten. Lies den Text dazu aufmerksam durch und markiere die Stellen, an denen jeweils ein neuer Gedanke beginnt. Orientiere dich dabei auch an den bestehenden Abschnitten im Text. Wenn du einen guten Überblick über die verschiedenen Inhaltsbereiche bzw. Aussagen bekommen hast, formulierst du vier Kernaussagen.*

   - Mit Elektronik aufgerüstete smarte Kleidung wird immer beliebter.
   - Smarte Kleidung ist deshalb möglich, weil die verbaute Hardware zunehmend kleiner und damit für den Betrachter fast unsichtbar wird.
   - In zahlreichen Lebensbereichen bietet die Verbindung von Mode und nahezu unsichtbarer Elektronik mittlerweile einen großen Mehrwert für die Träger der Kleidung.
   - Das völlige Verschwindenlassen der Technik in der Kleidung stellt für die Entwickler allerdings noch eine echte Herausforderung dar, sodass kleine Zusatzgeräte bisher unverzichtbar sind.

   Auch möglich:

   - Smarte Textilien sind vor allem in den Bereichen Sport und Medizin beliebt.
   - Gewonnene Daten werden an das Smartphone gesendet.
   - Die Verbindung von Mode und Technik ermöglicht eine Vielzahl von Funktionen.

2. *Hinweis: Lies den Text aufmerksam durch, um die passenden Wörter zu finden. Markiere dabei am besten erst einmal alle Fremdwörter, die dir ins Auge stechen. Vielleicht ergeben sich jetzt schon die ersten geeigneten Kombinationen. Denke auch daran, dass Fremdwörter durch den häufigen Gebrauch oft gar nicht mehr als solche wahrgenommen werden. Wenn du unsicher bist oder die Bedeutung eines Wortes nicht kennst, kann dir dein Wörterbuch eine Hilfe sein.*

   a) dienen, wirksam sein → fungieren (Z. 4)
   b) Vereinigung, Verschmelzung → Fusion (Z. 23)
   c) eingliedern, einbeziehen → integrieren (Z. 84)
   d) beweglich, biegsam, anpassungsfähig → flexibel (Z. 104)

3. *Hinweis: Suche die zitierte Stelle im Text und lies den gesamten Abschnitt bis Zeile 20 noch einmal. Erkläre dann mit eigenen Worten, wie sich Computer im Laufe der letzten Jahrzehnte verändert haben. Du kannst auch kurz darauf eingehen, welche Vorteile sich daraus ergeben.*

Mit Staunen erleben wir, wie Computer und die gesamte elektronische Hardware an sich immer kleiner und teilweise fast unsichtbar werden. Vergleicht man die PCs der 1990er-Jahre mit denen, die wir heutzutage nutzen, wird schnell deutlich, was Normann meinte: Viele unserer Alltagsartikel, wie Uhren, Brillen oder Kleidung, beinhalten inzwischen Technologien, die so gut verbaut sind, dass wir sie auf den ersten Blick gar nicht mehr wahrnehmen. Im Vergleich zu den Computern, die noch vor einigen Jahren genutzt wurden, sind die Geräte heute verschwindend klein. Häufig erkennt man erst bei genauem Hinsehen, dass ein Gegenstand mit Technik ausgestattet ist.

4. **Hinweis:** *Im Text findest du mehrere Aussagen zu den Herausforderungen bei der Entwicklung von Smart Clothes. Wenn du ihn abschnittsweise aufmerksam durchliest, kannst du diese Stellen gut finden und markieren. Schreibe zwei davon als Zitate mit den dazugehörigen Zeilenangaben heraus.*

- „Noch sind die Entwickler allerdings nicht so weit, dass sie die Technik wirklich vollständig in ihren Textilien verschwinden lassen können." (Z. 79–82)
- „Die Kleidung soll trotz Elektronik robust und dehnbar sein und Waschgänge unversehrt überleben." (Z. 87–89)

Auch möglich:

- „Außerdem muss sie irgendwie mit Energie versorgt werden." (Z. 89–91)
- „Alle derzeit verfügbaren smarten Klamotten brauchen deshalb noch kleine Zusatzgeräte, die per Magnet, Druckknopf, Klett- oder Reißverschluss an- und abgesteckt werden." (Z. 92–96)

5. **Hinweis:** *Im Text finden sich zahlreiche Beispiele für Funktionen intelligenter Textilien in den Bereichen Freizeit und Medizin. Suche für jeden Bereich zwei Beispiele heraus. Lies den Text dazu noch einmal, markiere entsprechende Stellen und schreibe die Funktionen dann stichpunktartig auf. Beachte, dass du Punktabzug bekommst, wenn du ganze Sätze formulierst.*

Bereich Freizeit:

- beheizbare Kleidung, die auf Temperaturwechsel reagiert
- Vibrationen, die beim Yoga zur richtigen Körperhaltung verhelfen

Auch möglich:

- selbstreinigende Kleidung
- Kleidung, die Streckenlänge und Puls beim Joggen erfasst
- Kleidung überträgt Werte aufs Handy

Bereich Medizin:

- Messung von Herzschlag und Sauerstoffgehalt im Blut
- Registrieren von Fußentzündungen bei Diabetikern

Auch möglich:

- Aufzeichnung von Vitalwerten
- Information über Fortschritte der Wundheilung

6. ***Hinweis:*** *Lies die Aufgabenstellung mehrmals genau durch, damit sich dir der Begriff „gläserner Mensch“ erschließt. Gehe in deiner Antwort kurz auf den Ausdruck ein und stelle anschließend einen Zusammenhang zum Text her. Folgende Frage kann dir dabei helfen: Inwiefern trägt smarte Kleidung dazu bei, dass wir mehr und mehr zu „gläsernen“ Menschen werden?*
Um passende Antworten für die zweite Teilaufgabe zu finden, ist es sinnvoll, dass du dich in verschiedene Alltagssituationen hineinversetzt. Du bewegst dich also nun vom Text weg und suchst je zwei Vor- und Nachteile des „gläsernen Menschen“.

a) In der Regel geben wir Menschen wenig von uns preis, wenn es nicht unbedingt sein muss. Viele sind eher misstrauisch und vorsichtig, gerade wenn es um persönliche Informationen geht. Wenn wir uns im Internet bewegen, liefern wir jedoch ständig Daten, ohne dass wir viel darüber nachdenken. So ermöglicht es z. B. die im Text beschriebene intelligente Kleidung, persönliche Gesundheitsdaten (wie Puls oder Vitalwerte) über das Internet ans Handy zu übermitteln. Dabei besteht die Gefahr, dass diese Daten abgegriffen und gespeichert werden, was uns zunehmend zu „gläsernen“ Menschen macht.

b) **Vorteile:**

- Für Ärzte kann es hilfreich sein, medizinische Daten ihrer Patienten zuverlässig über das Netz abzurufen und auszuwerten, um damit die weiteren Behandlungsschritte ohne große Zeitverzögerung einleiten zu können. Der Patient spart sich dadurch den Weg zum Arzt und muss nicht lange im Wartezimmer sitzen.
- Ausgestattet mit elektronischer Software, haben Menschen in Notsituationen Vorteile. In unbekanntem Gelände kann man sie z. B. nach einem Unfall oder einer Verletzung rasch orten und ihnen ohne großen Zeitverlust gezielt Hilfe zukommen lassen.

Auch möglich:

- Vermisste Personen können per Ortung rascher gefunden werden.
- Wichtiges Informationsmaterial wird passgenauer zur Verfügung gestellt.

Nachteile:

- Benutzt man den PC oder das Handy, gibt man automatisch persönliche Informationen preis, egal ob freiwillig oder unfreiwillig. Mehr oder minder seriöse Organisationen und Firmen verwenden diese für sie wertvollen Informationen für individualisierte Werbung. So kann gezielt das Kaufverhalten von Nutzern beeinflusst werden.
- Durch Datendiebstahl können persönliche Informationen ins Netz gelangen und in falsche Hände geraten. Durch die Verletzung der Privatsphäre kann dies für den Geschädigten nicht nur peinlich werden, sondern ihm auch schweren Schaden zufügen.

Auch möglich:

- Die Manipulation von Menschen wird zur ständigen Gefahr.
- Eine permanente, auch willkürliche Ortung und Überwachung wird möglich.
- Datenschutz ist nicht mehr zuverlässig gewährleistet.

7. **Hinweis:** *Karikaturen übertreiben einen Sachverhalt ganz bewusst, verzerren und überzeichnen ihn, um so auf Probleme, Vorurteile oder Fehler aufmerksam zu machen. M 2 befasst sich mit dem Thema „intelligente Technik". Sieh dir die Zeichnung genau an und beschreibe zunächst kurz, was dargestellt wird. Gehe dabei auch auf den Text in der Karikatur ein. Anschließend beschreibst du, was der Verfasser hier kritisiert, welches Problem er anspricht und was er letztlich damit aussagen will.*

Im Bild ist ein Teilbereich einer Küche zu sehen, in der eine Frau mit in der Hüfte abgestützten Armen steht. Auf dem Küchentisch, der Arbeitsplatte und dem Kühlschrank sind zahlreiche elektrische Geräte verteilt. WLAN-Symbole signalisieren, dass alle aktiv und mit dem Netz verbunden sind. Dies gilt auch für den Kühlschrank selbst und eine Webcam, die das Geschehen im Raum filmt. Die Frau macht den Geräten den Vorwurf, unberechtigterweise 20 Pizzen bestellt zu haben. Sie spricht also mit ihnen wie mit Familienmitgliedern, um den „Übeltäter" auszumachen.
Mit der Karikatur kritisiert der Zeichner, dass wir uns auch im Alltag mehr und mehr auf elektronische Geräte verlassen und zum Teil sogar von ihnen abhängig sind. Er deutet zudem an, dass wir nicht immer mitbekommen, was die elektronischen Hilfsmittel wirklich alles tun. Das zeigt sich in der Karikatur durch die wütende Reaktion der Frau, die von der ungewollten Pizzabestellung ihrer Geräte alles andere als begeistert ist. Zudem bergen viele technische Geräte durch ihre Vernetzung das Risiko, sensible Daten zu speichern und weiterzugeben.

8. **Hinweis:** *Wie man seine Privatsphäre im Internet schützen kann, weißt du sicher aus eigener Erfahrung im Umgang mit PC und Smartphone. Mache dir die zahlreichen Warnhinweise, die man häufig sieht, und die damit verbundenen Möglichkeiten der Absicherung noch einmal bewusst, notiere sie in Stichpunkten und greife dann vier davon auf. Diese formulierst du so aus, dass sie der Leser/die Leserin als Aufforderung empfindet und sich persönlich angesprochen fühlt. Es bietet sich dabei an, die Leser*innen immer wieder direkt anzusprechen.*

Wenn man sich im Internet bewegt, liefert man nahezu immer Daten ins Netz – bewusst oder unbewusst. Angefangen von der IP-Adresse, über Adressdaten bis hin zu ganz persönlichen Informationen, die man z. B. an seine Freunde schickt. Damit wir nicht zunehmend „gläsern" werden, ist es enorm wichtig, seine Privatsphäre im Internet zu schützen:

- Poste niemals persönliche Fotos und Nachrichten, die dir irgendwie schaden könnten, wenn sie im Netz abgegriffen werden. Das könnte nicht nur peinlich werden, sondern unter Umständen auch rechtliche Folgen haben, wenn z. B. Inhalte oder Texte gegen Gesetze verstoßen. Bedenke immer: Das Netz vergisst nie!
- Schütze deine Accounts mit Passwörtern! Wichtig ist, dass du dabei die Vorschläge für sichere Verschlüsselungen beachtest. Geburtstage und Namen von Freundinnen und Freunden sind von Profis z. B. schnell geknackt und daher ungeeignet. Denke auch daran, die Passwörter häufig zu ändern und für jeden Kanal ein anderes Kennwort zu wählen.
- Software und Virenschutz müssen grundsätzlich immer aktuell gehalten werden. Hier solltest du dich auf bewährte Produkte verlassen. Wenn du dich nicht so gut auskennst, kann ein Fachmann die Beratung und Installation übernehmen. In diese Sicherheit sollte man investieren, wenn man nicht riskieren will, dass man wertvolle Daten verliert oder einen Virus bekommt.
- Viele von uns bewegen sich in den sozialen Netzwerken. Da ist es besonders wichtig, die Privatsphäre-Einstellungen gewissenhaft und überlegt vorzunehmen. Nur ausgewählte Personen sollten das vollständige Profil und die persönlichen Daten einsehen können. Die Verwendung eines anonymen Nicknamens, z. B. des Zweitnamens, kann ebenfalls sinnvoll sein.

Grundsätzlich sollte man sein Online-Verhalten immer hinterfragen und prüfen, ob alles, was man im Internet tut, auch sicher ist.

9. *Hinweis:* *Es wird von dir eine Stellungnahme gefordert, das heißt, dass du deine eigene Meinung zu der genannten Aussage begründet darlegen musst. Du kannst entweder Pro- und Kontraargumente aufführen und abschließend deutlich machen, wie du persönlich zu der Aussage stehst. Oder aber du entscheidest dich von vornherein für eine Seite und führst nur dazu stichhaltige Argumente aus. Lege zunächst eine Stoffsammlung an, in der du deine Ideen und Gedanken sammelst. Greife dazu auf Beiträge in den Medien zurück, die zu diesem Thema passen, und beziehe auch deine eigenen Erfahrungen und Gespräche in der Familie oder im Freundeskreis mit ein. Um Ordnung in die Gedanken zu bringen und der Gefahr zu begegnen, dass du wichtige Punkte vergisst, kannst du für dich auf der Basis deiner Notizen eine kurze Gliederung erstellen. Beim Ausformulieren solltest du darauf achten, dass jedes Argument aus einer Behauptung, einer Begründung und einem Beispiel besteht. Zusammenfassend ziehst du schließlich ein Fazit und stellst deine Position noch einmal deutlich heraus.*

Einleitung
Hinführung zum Thema: Moderne Technik ist unverzichtbar in unserer Gesellschaft

Meist ist es uns gar nicht mehr richtig bewusst, wie oft wir moderne Technik im Alltag verwenden. Häufig nehmen wir sie nicht mehr wahr, der Umgang mit ihr ist selbstverständlich geworden und wir können uns ihren Einflüssen kaum mehr entziehen. Dass es ohne sie gar nicht mehr geht, merken wir meist erst dann, wenn uns bestimmte Geräte aufgrund von Störungen vorübergehend nicht zur Verfügung stehen.

Überleitung
Moderne Technik – ein Blick auf die Licht- und Schattenseiten

Moderne Technik hat unser Leben also zweifelsohne verändert. Es bleibt jedoch die Frage offen, ob sie das Leben insgesamt aufregender und leichter macht oder ob die Risiken im Zusammenhang mit modernen Technologien überwiegen. Das möchte ich im Folgenden genauer beleuchten.

Hauptteil
Pro-Argumente
Unterstützung im Alltag und in der Arbeitswelt

Gerade im privaten Bereich und der Arbeitswelt kann man sich elektronische Geräte gar nicht mehr wegdenken. Praktisch in allen Lebensbereichen übernehmen sie Aufgaben, die den Menschen entlasten. Sie nehmen ihm schwere, monotone und gefährliche Tätigkeiten, etwa in der Industrie, ab oder führen besonders knifflige Vorgänge präzise und fehlerfrei aus. Technik ist oft nicht nur aufregend, sondern in erster Linie eine echte Hilfe, die den Menschen Zeit und Energie spart.

Vereinfachung der Kommunikation

Auch die gesamte Kommunikation unter uns Menschen ist durch die moderne Elektronik wesentlich leichter und spannender geworden, wobei sie immer neue Möglichkeiten bietet. Über das Smartphone ist man jederzeit erreichbar und das Bearbeiten von E-Mails oder die Entgegennahme von Anrufen ist problemlos auch unterwegs möglich. Und auch soziale Netzwerke sind zu neuen Kommunikationsräumen geworden. Bereitet man sich beispielsweise gerade auf einen Urlaub in einem noch unbekannten Land vor, findet man mit wenigen Klicks eine Facebook-Gruppe, die Spezialisten zu diesem Thema vereint. So kann man sich viel Zeit bei der mühsamen Recherche sparen und direkt mit Fachleuten in Kontakt treten.

Unser technisierter Alltag bringt aber auch Probleme mit sich und manchmal bezahlen wir die vielen Vorteile mit einem hohen Preis.

Kontra-Argumente
Abhängigkeit durch moderne Technik

So machen wir uns beispielsweise in nahezu allen Lebensbereichen von digitalen Medien abhängig. Modernste digitale Technik bestimmt unseren privaten und beruflichen Alltag. Man will zu jeder Zeit möglichst gut erreichbar sein, setzt den sekundenschnellen Zugriff auf unendliche Datenmengen als ganz selbstverständlich voraus und erwartet, dass alle Maschinen immer höchst zuverlässig ihren Dienst tun. Ist das einmal nicht der Fall oder gehen Daten verloren, ist von persönlicher Ratlosigkeit bis hin zu echten wirtschaftlichen Katastrophen alles an negativen Folgen zu beobachten. Die Abhängigkeit von moderner Technik ist also gewaltig.

Überforderung durch moderne Technik

Die moderne Technik fordert uns zudem ohne Unterlass. Die Einstellung, dass wir online permanent erreichbar und aktiv sein müssen, erzeugt Druck. Den digitalen Medien liefern wir uns meist kritiklos aus, wir lassen uns ständig berieseln und sind selbst immer in Aktion. Vom ersten Weckruf über das Smartphone bis zur letzten Videobotschaft vor dem Einschlafen bestimmen sie unser Leben. Die technischen Möglichkeiten sind faszinierend und man möchte immer up-to-date sein. Doch sie können auch zu Überforderung führen und uns schaden, etwa wenn wir Freundschaften fast ausschließlich virtuell pflegen und uns immer weniger auf reale Begegnungen und Erlebnisse einlassen.

Wertende Stellungnahme

Zusammenfassend lässt sich sagen, dass die moderne Technik in unserem Leben unentbehrlich geworden ist. Sie macht den Alltag leichter und aufregender, aber wir müssen dafür sorgen, dass sie uns nicht „beherrscht". Wir sollten uns stets im Klaren darüber sein, wie wir sie mit Blick auf unsere Lebensumstände und Bedürfnisse sinnvoll nutzen können und in welchen Bereichen wir vielleicht auch bewusst auf sie verzichten wollen. Ich bin der Meinung, dass die moderne Technik einen enormen Mehrwert für uns hat, wenn es uns gelingt, auch mal gezielt Abstand zur digitalen Welt zu halten, und wenn wir die Gefahren, die damit einhergehen, immer im Blick haben.

Qualifizierender Abschluss der Mittelschule Bayern 2022
Deutsch – Lösungen

Teil A: Zuhören

Aufgabe zu Hörtext 1

Hörtext:

Lehrer	So, heute sind noch Leon, Maxim und Ela mit ihren Kurzberichten aus dem Betriebspraktikum dran. Erzählt doch mal, wie es euch gefallen hat.
Ela	Ich bin total begeistert! Ich habe die Kinder im Kindergarten richtig ins Herz geschlossen.
Leon	Na ja, es war ganz ok. Ich war ja im Supermarkt und fand es am Anfang nicht so spannend, weil ich fast die ganze Zeit nur Regale einräumen und den Pfandflaschenautomaten leeren musste.
Maxim	Ist ja witzig, Leon, bei mir war es fast genauso.
Lehrer	Ja? Wo hast du denn dein Praktikum absolviert, Maxim?
Maxim	Ich war beim Friseur. Weil der ein Bekannter meiner Tante ist, dachte ich, das wird ganz locker. Aber am Anfang hat mir der Chef erst mal einen „Spezialkehrer" in die Hand gedrückt und gesagt: „Sauberkeit ist bei uns enorm wichtig, Junge." Ich hab tagelang nur Haare aufgekehrt.
Ela	Tagelang? Übertreib nicht.
Maxim	Ok, Ela, vielleicht nicht gerade Tage, aber trotzdem lang. Und die Kollegen haben sich ständig bei der Arbeit gestört gefühlt.
Leon	Bei mir kamen anfangs auch ein paar unangenehme Sprüche von Kunden, die meinten, ich wäre zu langsam.
Ela	Also, das war bei mir anders. Alle haben sich gefreut, dass ich da bin und sie unterstütze. Ist ja aber auch ein ganz anderer Bereich gewesen als bei euch. Mir war aber gar nicht so klar, dass man als Kinderpflegerin oder Erzieherin noch viel mehr Fähigkeiten braucht als nur Verantwortungsbewusstsein und Einfühlungsvermögen.

Leon	Was denn zum Beispiel?
Ela	Man muss wertschätzend kommunizieren können im Team und mit den Eltern, man muss genau beobachten, was die Kinder machen und wie sie sich entwickeln, und man muss Konflikte aushalten und klären können. Und auch sehr viel dokumentieren. Das habe ich bei einem Entwicklungsgespräch gemerkt, bei dem ich dabei sein durfte. War ziemlich interessant.
Leon	Für mich war es dann schon auch noch ganz interessant. Am Anfang hatte die Marktleiterin einige Termine, aber dann hat sie mich zum Mittagessen eingeladen. Da haben wir uns dann über all die Tätigkeiten unterhalten, die man als Einzelhandelskaufmann ausübt. Und auch über die Möglichkeiten der beruflichen Weiter- und Fortbildung hat die Marktleiterin mich informiert. Man kann sogar selbst zum Ausbilder werden.
Maxim	Ich dachte ja, ich würde die ganze Zeit nur Haare aufkehren. Aber dann kam ein berühmter Fußballer in den Laden, und als der Chef mich als neuen Praktikanten vorgestellt hat, wollte er von MIR eine Stylingberatung. Ich war ganz durcheinander, aber der Chef hat mir durch passende Fragen geholfen und was soll ich sagen, das Ergebnis ist richtig gut geworden! Ich habe viel über das Friseurhandwerk gelernt. Da ist wirklich lebenslanges Lernen und Leidenschaft für den Beruf angesagt.
Lehrer	Ihr habt ja einiges erlebt in euren Praktika. Und was bleibt euch besonders in Erinnerung?
Ela	All die tollen Bilder und Bastelarbeiten, die mir die Kinder zum Abschied geschenkt haben. Und dass ich für später schon einen Ausbildungsplatz angeboten bekommen habe.
Leon	Ich fand am besten, dass die Chefin meinen Einsatz anerkannt hat, als ich für einen kranken Kollegen eingesprungen bin. Zur Belohnung durfte ich dann am letzten Tag beim Lieferservice mitfahren. Da hab ich viel Lob von den Kunden bekommen.
Maxim	Und ich habe noch einen Profi-Haarschnitt vom Chef höchstpersönlich bekommen. Hat sich gelohnt.
Lehrer	Vielen Dank, Maxim, Ela und Leon. Jetzt haben alle kurz über ihre Praktika berichtet und jeder von euch hat etwas Besonderes zu erzählen gehabt. Das finde ich prima! Vielleicht hat ja jemand schon den Traumberuf gefunden …

Hinweis: *Wie auch bei den beiden folgenden Hörtexten geht es hier grundsätzlich darum, ganz bestimmte Informationen zu erfassen, die dir helfen, die Aufgaben zu lösen. Beim ersten Hören notierst du dir nach Möglichkeit schon die passenden Stichwörter. Es genügen wenige Worte oder auch Zahlen. Achte dabei auf die durch die Nummerierung vorgegebene Reihenfolge, in der die Informationen genannt werden. Beim zweiten Mal konzentrierst du dich dann verstärkt auf die Stellen, die für die Beantwortung der Fragen wichtig sind, und kannst deine Einträge gegebenenfalls vervollständigen bzw. verbessern.*

Lösung:

(2) Fähigkeiten

(3) Entwicklungsgespräch

(4) Einzelhandelskaufmann

(5) Weiterbildung / Fortbildung (eine Antwort ist ausreichend)

(8) Lieferservice

(1) Friseur

(6) Stylingberatung

(7) lebenslanges Lernen/Leidenschaft/Sauberkeit (eine Antwort ist ausreichend)

Aufgabe zu Hörtext 2

Hörtext:

Autorin	**Kapitel 1: Wie ich zu meinem Buch kam** Als ich begann, mich mit dem Thema Wertschätzung, Respekt und Achtsamkeit im Alltag zu beschäftigen, stieß ich auf folgende Geschichte: Im Sommer 2015 fand in Berlin das europäische Straßenkunst-Festival statt. Am Alexanderplatz hat ein Künstler für seine Kunstaktion über 50 kleine, unbemalte Leinwände aufgestellt. Er sprang von Leinwand zu Leinwand und malte jeweils einige Pinselstriche darauf. So ging es viele Male im Kreis herum. Dabei sprach er immer wieder in ein Mikrofon: „Liebe Freunde der Kunst – wer etwas in meinen Bildern erkennt und fünf Minuten darüber mit mir spricht, bekommt das Bild für nur zehn Euro mit nach Hause! Ich spende das Geld dem Berliner Verein für Nachbarschaftshilfe!“. Während der ersten drei Stunden waren bereits über 200 Menschen vorbeigekommen. Viele Leute lachten nur kopfschüttelnd und blieben gar nicht erst stehen. Andere betrachteten die Bilder und gaben Kommentare wie „wild“, „grelle Farben“, „viel zu modern“ oder auch „Ein bisschen sehr klein für zehn Euro!“ von sich. Nur drei Menschen fanden großen Gefallen an den Bildern, hatten fünf Minuten Zeit für ein Gespräch mit dem Künstler und investierten gerne zehn Euro für eines der Gemälde. Manche Leute fanden die Idee einfach lustig und warfen dem Maler ein paar Cent in den aufgestellten Hut. Als der Künstler seine Aktion beendete, zählte er insgesamt 38 Euro und 62 Cent. Am nächsten Tag war ein Foto des Künstlers auf der Titelseite der Tageszeitung abgebildet, unter dem stand: „Berühmter zeitgenössischer Künstler malt kleine Schätze für das Berliner Publikum. Der derzeit wohl bekannteste europäische Pop-Art-Künstler besucht inkognito das Berliner Straßenkunst-Festival und spendet die Einnahmen seiner Kunstaktion an einen Berliner Verein. Seine Werke gehören weltweit zu den teuersten Kunstobjekten eines lebenden Künstlers.“

Kaum hatte ich diese Geschichte zu Ende gelesen, wurde mir klar, dass genau hier der Knackpunkt liegt: Zu oft wird Wertschätzung mit materiellem Wert gleichgesetzt. Hätte der Künstler sich zu erkennen gegeben, hätten die Festivalbesucher wahrscheinlich jeden Preis für ein Original bezahlt und sich um ein Gespräch mit ihm gerissen. Den Werken eines vermeintlich unbekannten Straßenkünstlers wird hingegen wenig Aufmerksamkeit geschenkt, weil sie nicht für viel Geld am Kunstmarkt verkauft werden können. Und für einen Gedankenaustausch oder eine angeregte Diskussion ist kaum Interesse vorhanden.

Ach, dachte ich mir, würden wir uns doch einfach mal mehr Zeit füreinander nehmen, ein Wort der Anerkennung oder des Lobes für unsere Mitmenschen übrig haben und auf die kleinen Dinge im Alltag achten. Wir würden alle so viel dabei gewinnen – für uns selbst und für die Gesellschaft.

Und so hatte ich einen wunderbaren Anfang für mein Buch gefunden.

Hinweis: *Achte beim ersten Hören des Textes darauf, wann es um die in der Aufgabe gestellten Fragen geht, und notiere schon stichwortartig die dazu passende Antwort. Entsprechend der Reihenfolge der Fragen folgen im Text auch die Antworten. Das erleichtert dir die Arbeit. Beim zweiten Zuhören sind dir die jeweiligen Stellen schon bekannt, sodass du sehr konzentriert deine bisherige Lösung verbessern bzw. vervollständigen kannst. Nach dem zweiten Abspielen des Hörtextes hast du noch ein wenig Zeit, um deine Antworten fertigzustellen. Bei der dritten Frage gibt es mehrere Lösungsmöglichkeiten.*

Lösung:

(1) 5 Minuten Gesprächszeit und 10 €

(2) drei

(3) berühmter Pop-Art-Künstler malt inkognito in Berlin / Künstler spendet Einnahmen aus Kunstaktion / Werke des Künstlers gehören weltweit zu den teuersten Objekten (eine Antwort ist ausreichend)

(4) mit materiellem Wert

Aufgabe zu Hörtext 3

Hörtext:

Schülersprecher	Vielen Dank, Frau Genter, dass Sie sich die Zeit genommen haben, um ein paar Fragen für die Schülerzeitung zu beantworten.
Autorin	Das mache ich gerne. Besonders weil ich hoffe, dass euer Artikel in der Schülerzeitung viele Leserinnen und Leser erreicht.
Schülersprecher	Sie haben uns einige sehr interessante und unterhaltsame Stellen aus Ihrem Buch „Augenhöhe, Herzenstiefe" vorgelesen. Können Sie uns kurz zusammenfassen, worum es in Ihrem Buch geht?
Autorin	Ich widme mich in meinem Buch der Frage, wie wir in der Gesellschaft und im persönlichen Leben Wohlbefinden und Zufriedenheit erreichen können.
Schülersprecher	Wie kamen Sie denn dazu, über dieses Thema ein Buch zu schreiben?
Autorin	Das war ein langer Prozess, ich habe mich schon immer für philosophische Themen interessiert. Ganz konkret hat mich die Biografie des großen Nelson Mandela dazu inspiriert. Mandela, der ehemalige Präsident Südafrikas, hat es trotz eines schwierigen Lebens geschafft zu vergeben, dankbar zu sein und das Gute im Menschen zu sehen.
Schülersprecher	Dafür ist der Titel Ihres Buches aber etwas ungewöhnlich.
Autorin	Das stimmt. Ich wollte einen Titel, der zum Nachdenken anregt. Im Grunde jedoch fasst er in seiner Bedeutung genau zusammen, worum es geht: Wir müssen unseren Mitmenschen auf Augenhöhe begegnen und mit ganzem Herzen dabei sein. So können wir, vereinfacht gesagt, durch Wertschätzung, Respekt und Achtsamkeit glücklich und zufrieden durchs Leben gehen.
Schülersprecher	Das klingt jetzt aber etwas abstrakt. Haben Sie vielleicht noch konkretere Tipps, wie wir das erreichen können?

Autorin	Sicher. Der erste Schritt ist der schwierigste: Man muss an seinem eigenen Selbstwertgefühl arbeiten, um andere wertschätzen zu können. Nur wer sich selber akzeptiert, kann andere wertschätzen. Das fällt uns oft nicht gerade leicht.
Schülersprecher	Man braucht also sozusagen ein gesundes Selbstwertgefühl?
Autorin	Ganz genau. Erst dann kann man die Bedürfnisse anderer ernstnehmen, sich wertschätzend verhalten und vor allem auch wertschätzend kommunizieren.
Schülersprecher	Wertschätzend heißt also nichts anderes, als dass ich mein Gegenüber als wertvollen Menschen anerkenne und achte.
Autorin	Absolut richtig. Und dazu gehören auch der Respekt gegenüber anderen Kulturen und Meinungen, ernst gemeinte Hilfe und vor allem Dankbarkeit. Nichts drückt Wertschätzung besser aus – ob in Schule, Praktikum oder Alltag.
Schülersprecher	Dann sagen wir jetzt vielen Dank für das Gespräch, Frau Genter, und übergeben für weitere Fragen an das Publikum …

Hinweis: *Den vier Hauptgedanken in der Mindmap sind schon Informationen aus dem Hörtext zugeordnet. Wenn du ihn konzentriert anhörst, werden dir die dazugehörigen fehlenden Aussagen rasch auffallen. Mache dir Notizen dazu. Beim zweiten Anhören weißt du schon, wann die Antworten genannt werden, und kannst sie nun verbessern bzw. ergänzen. Nach dem zweiten Vortrag hast du wieder ein wenig Zeit, um deine Antworten, falls nötig, zu überarbeiten. Sollten deine Formulierungen vom Text abweichen, werden sie trotzdem akzeptiert, solange sie inhaltlich zutreffen. Bei einer Frage gibt es wieder mehrere Lösungsmöglichkeiten, wobei aber eine Antwort ausreichend ist.*

Lösung:

(1) Wohlbefinden und Zufriedenheit erreichen

(2) Biografie von Nelson Mandela

(3) mit ganzem Herzen dabei sein

(4) Bedürfnisse anderer Menschen ernst nehmen / sich wertschätzend verhalten (eine Antwort ist ausreichend)

Teil B: Sprachgebrauch – Sprachbetrachtung

1. ***Hinweis:***
   a) Kennzeichne zuerst die einzelnen Satzglieder. Du kannst dafür die dir bekannten Fragen stellen („Wer oder was?" für das Subjekt, „Was tut das Subjekt?" für das Prädikat, „Wem?" für das Dativobjekt, „Wen oder was?" für das Akkusativobjekt etc.). So kannst du das Dativobjekt („Wem?") isolieren und an den Anfang stellen. Achte auf die Großschreibung am Satzanfang. Mit dem Prädikat an zweiter Stelle und den restlichen Bausteinen in Folge ist der Satz wieder vollständig. Lies ihn noch einmal durch, damit alles stimmig ist.
   b) Adverbiale des Ortes (Lokaladverbiale) lassen sich durch die Fragen „Wo?", „Wohin?" oder „Woher?" rasch aufspüren. Setze dein Kreuz vor den Satz, bei dem das unterstrichene Satzglied als Antwort auf eine dieser Fragen passt. Die beiden verbleibenden Sätze scheiden aus. Bei diesen ist ein Adverbial der Zeit („Wann?", „Seit wann?", „Wie lange?") bzw. ein Adverbial der Art und Weise („Wie?", „Auf welche Weise?") unterstrichen.

   a) Den Kunden schenkt die Verkäuferin stets ihre volle Aufmerksamkeit.

   b) ☐ Die Verkäuferin schenkt den Kunden <u>auch kurz vor Feierabend</u> stets ihre volle Aufmerksamkeit.

   ☒ Die Verkäuferin schenkt den Kunden <u>in der Bäckerei</u> stets ihre volle Aufmerksamkeit.

   ☐ Die Verkäuferin schenkt den Kunden stets <u>sehr deutlich</u> ihre volle Aufmerksamkeit.

2. ***Hinweis:*** *Lies den Satz zunächst mehrmals und überlege dabei, was er eigentlich aussagen will. Wenn du dir bei der Bedeutung des Fremdwortes unsicher bist oder es gar nicht kennst, kann dir dein rechtschriftliches Wörterbuch eine Hilfe sein. Schließlich überprüfst du die Stimmigkeit des Satzes, indem du das Synonym einsetzt und ihn erneut liest.*

   a) ☐ einzigartige
   ☐ bestimmte
   ☒ wesentliche

   b) ☒ Leitlinie
   ☐ Vorgehensweise
   ☐ Einteilung

3. *__Hinweis:__ Bei dieser Aufgabe suchst du zunächst Wörter der vorgegebenen Wortarten, die im jeweiligen Textzusammenhang einen Sinn ergeben. Mittels Einsetzprobe und genauem Lesen der einzelnen vervollständigten Sätze kannst du dann nachprüfen, ob sich das gewählte Wort stimmig einfügt. Dabei musst du die Wörter in die korrekte rechtschriftliche und grammatikalische Form bringen:*
   - *Adjektiv: Kleinschreibung, Adjektiv-Endung beachten*
   - *Nomen: Großschreibung, Pluralbildung beachten.*

   Adjektiv, z. B.: beruflichen, öffentlichen, gesellschaftlichen, sozialen

   Nomen, z. B.: Worte, Gesten, Komplimente, Bemerkungen, Sätze

4. *__Hinweis:__ Überlege, in welchem Zusammenhang dir die Begriffe im Alltag und im Unterricht begegnen. Solltest du unsicher sein, findest du die gesuchten Wortformen auch in deinem Wörterbuch, indem du bei „Azubi" und „Automobil" nachsiehst.*

Langform des Wortes	Kurzform (Reduktion)
Auszubildende*r	Azubi
Automobil	**Auto**

5. *__Hinweis:__ Mach dir bewusst, dass mit der indirekten Rede eine fremde Aussage, im vorliegenden Satz die des Taxifahrers, sinngemäß wiedergegeben wird. Wenn du den Satz nun in die direkte Rede setzt, gibst du unverändert wieder, was er tatsächlich gesagt hat. Damit taucht auch der Konjunktiv nicht mehr auf. Achte auf den Begleitsatz, der vor, hinter, aber auch inmitten der direkten Rede stehen kann. Keinesfalls darfst du die notwendigen Satzzeichen vergessen, weil dir ansonsten Punkte abgezogen werden.*

   Der Taxifahrer meint: „Ein gutes Trinkgeld ist eine wichtige Anerkennung meiner Arbeit."

   oder:

   „Ein gutes Trinkgeld ist eine wichtige Anerkennung meiner Arbeit", meint der Taxifahrer.

   oder:

   „Ein gutes Trinkgeld", meint der Taxifahrer, „ist eine wichtige Anerkennung meiner Arbeit."

Teil B: Sprachgebrauch – Rechtschreiben

1. **Hinweis:** *Lies dir den Text Wort für Wort durch. Vertraue zunächst auf deine Rechtschreiberfahrung und kennzeichne die Wörter, die dir fehlerhaft erscheinen, mit Bleistift. Wende nun die gelernten Rechtschreibstrategien an und korrigiere diese Wörter. Wenn du dir bei der Schreibung unsicher bist, schlage sie auch im Wörterbuch noch einmal nach.*
   - *als Ganzes: Hier wird das ursprüngliche Adjektiv „ganz", ein unbestimmtes Zahladjektiv, als Nomen verwendet und damit muss es großgeschrieben werden.*
   - *beeinflussen: Nach dem kurzen Vokal „u" folgt hier ein scharf gesprochenes, stimmloses „s", das dann in der Schreibung verdoppelt werden muss.*

   - **G**anzes
   - beeinflu**ss**en

2. **Hinweis:** *Wenn du die Buchstabenschlange langsam liest, erkennst du die einzelnen Wörter. Es hilft, wenn du nach jedem Wort einen Schrägstrich setzt. Um herauszufinden, welche Wörter du zusätzlich zum Satzanfang großschreiben musst, wendest du die entsprechenden Rechtschreibstrategien zur Groß- und Kleinschreibung an. Nach der Infinitivgruppe kannst du ein Komma setzen, musst du aber nicht. Achte darauf, dass dir keine Abschreib- und Trennungsfehler unterlaufen und du alle i-Punkte und das notwendige Satzzeichen sorgfältig setzt. In all diesen Fällen wird dir ansonsten pro Fehler jeweils ein halber Punkt abgezogen.*

   Aufeinander zu achten und anerkennend miteinander umzugehen(,) erleichtert das menschliche Zusammenleben.

3. **Hinweis:** *Sieh dir die beiden Wörter zunächst genau an und sprich sie für dich auch ein paar Mal deutlich aus. Wenn du anschließend das erste Wort zum Verb verlängerst, wird beim deutlichen Sprechen die Schreibweise mit „b" als Wortendung gut hörbar. Ordne also die zweitgenannte Rechtschreibstrategie zu.*
   Beim zweiten Wort geht es um den s-Laut. Durch deutliches Sprechen erkennst du, dass vor dem stimmlosen s-Laut ein lang gesprochener Vokal steht. Wie du weißt, hat das immer die Schreibweise mit „ß" zur Folge. Die Artikelprobe und die Wortherkunft sind da nicht hilfreich, die erstgenannte Rechtschreibstrategie ist also zutreffend.
   Beachte, dass du pro Wort nicht mehr als eine Strategie zuordnest, da du ansonsten Punktabzug bekommst.

   - Wertschätzung ist mehr als ein Lo**b** an eine Mitarbeiterin oder einen Mitarbeiter.

     Hilfreiche Rechtschreibstrategie:

     ☐ Ich trenne das Wort nach Silben.
     ☒ Ich verlängere das Wort.
     ☐ Ich achte auf die Wortendung.

- Unternehmen, die ihrem Team ein hohes Ma<u>**ß**</u> an Wertschätzung entgegenbringen, profitieren selbst davon.

  Hilfreiche Rechtschreibstrategie:

  - [x] Ich achte auf den langgesprochenen Vokal.
  - [ ] Ich mache die Artikelprobe.
  - [ ] Ich beachte die Wortherkunft.

4. ***Hinweis:***

(a) Bei beiden Wörtern handelt es sich um Pronomen, aber nur in der höflichen Anrede werden diese großgeschrieben. Das ist hier nicht der Fall, es gilt also die Kleinschreibung.

(b) Hilfreich kann es sein, wenn du nach den Satzgliedern fragst. So erkennst du, dass es sich bei dem gesuchten Wort um ein Dativobjekt handelt. Es geht hier um eine Person und damit liegt ein Nomen vor, das großgeschrieben werden muss. Die Artikelprobe und das vorgestellte Pronomen „deinem" als Begleiter sind weitere Hilfen.

Durch Wertschätzung kannst du Menschen in deiner Umgebung aufzeigen, wie bedeutsam (a) <u>*Sie*</u>/ <u>*sie*</u> sind. Das ist insbesondere dann wichtig, wenn sie selbst den Blick dafür verloren haben. Durch deine Wertschätzung schenkst du deinem (b) <u>*gegenüber*</u>/ <u>*Gegenüber*</u> einen Schatz, der sich für immer in der Seele abspeichert.

Begründung für (a): Es handelt sich um ein Pronomen und nicht um die höfliche Anrede.

Begründung für (b): Es handelt sich in diesem Fall um die Person, die einem gegenübersteht.
Auch möglich: Die Artikelprobe zeigt, dass es sich hier um eine Nominalisierung handelt (<u>dem</u> Gegenüber).
Auch möglich: Das Signalwort „deinem" zeigt, dass es sich hier um eine Nominalisierung handelt.

Teil C: Lesen

1. **Hinweis:** *Achte schon beim ersten Durchlesen darauf, welche Personen im Text vorkommen. Wenn du darüber nachdenkst, welche Rollen oder Aufgaben man ihnen zuschreiben kann, dürfte dir auch rasch bewusst werden, wer für wen etwas leistet.*

   In der Geschichte kümmert sich eine Kellnerin in einem Biergarten neben vielen anderen Gästen auch um einen Jungen. Sie nimmt von allen die Bestellungen entgegen, bringt ihnen das Gewünschte und sorgt dafür, dass sie sich wohlfühlen. Das Wort Bedienung, das im Text ebenfalls vorkommt, beschreibt ihre Tätigkeit ganz treffend. Letztlich ist sie es also, die dem Jungen und allen anderen Gästen dient, ihnen etwas Gutes tut und dafür sorgt, dass ihre Wünsche erfüllt werden.

2. **Hinweis:** *Lies dir die benannte Stelle aufmerksam durch und schlüpfe für einen Moment in die Rolle der Kellnerin. Wie läuft der Umgang mit Gästen üblicherweise ab, wenn diese bestellen und bezahlen wollen? Und wie hättest du, im Vergleich zu dem Jungen, als Gast gehandelt? So kannst du wahrscheinlich den zitierten Gedanken der Bedienung nachvollziehen und erklären.*

   In der vorliegenden Geschichte hat die Kellnerin mächtig damit zu tun, alle Bestellungen und Wünsche der Gäste in einem brechend vollen Biergarten abzuarbeiten. Da erfreut es sie ganz und gar nicht, dass der Junge vor seiner Bestellung in aller Ruhe sein Geld zählt, um zu überprüfen, ob es für seine Wünsche überhaupt reicht. Sie wird dadurch von der Arbeit abgehalten und erwartet keine große Bestellung. Vermutlich geht sie davon aus, dass ein Gast ihren Stress verstehen und sich möglichst kurz fassen müsste. Mit der Äußerung „Ich dachte, das sei ein Scherz" drückt die Kellnerin die Empörung und Ungeduld aus, die sie in der Situation mit dem Jungen empfindet.

3. **Hinweis:** *Lies den Text mit Blick auf die Aufgabenstellung durch und markiere alle passenden Stellen. Wie wird das Verhalten des Jungen beschrieben? Was tut er? Wie wirkt er auf dich? Drei gefundene Aussagen notierst du dann stichpunktartig. Solltest du mehr aufschreiben, werden nur die ersten drei bewertet.*

   Textbeispiele dafür, dass sich der Junge wohlfühlt:

   - leuchtende Augen
   - strahlendes Lächeln
   - genießt seine Limo

   auch möglich:

   - wippt mit den Beinen

- stolz, allein im Biergarten zu sitzen
- freut sich
- gibt Trinkgeld

4. ***Hinweis:*** *Du hast den Text bereits mehrmals gelesen, sodass dir bestimmt schon aufgefallen ist, dass die Kellnerin den Jungen im Verlauf seines Aufenthalts im Biergarten zunehmend anders wahrnimmt als beim ersten Kontakt. Lies die Geschichte noch einmal aufmerksam unter genau diesem Aspekt und konzentriere dich speziell auf den Anfang und den Schluss der Geschichte. Den unterschiedlichen Blick der Kellnerin auf den Jungen, ihr verändertes Fühlen und Handeln kannst du dann in Worte fassen und anhand je einer passenden Textstelle belegen.*

   Zu Beginn der Geschichte strapaziert der Bestellvorgang des Jungen die Nerven der Kellnerin stark, weil er sie aufhält und sie vermutet, dass sie bei ihm nicht viel verdienen kann. Das kommt z. B. an folgender Textstelle gut zum Ausdruck:
   - Sie ist ungeduldig. (Z. 31)

   auch möglich:
   - Sie ist ungehalten. (Z. 34 f.)
   - Sie geht wortlos weiter. (Z. 45 f.)

   Nachdem der Junge verschwunden ist und auf dem Tisch sein gesamtes Guthaben lag, verändert sich die Sichtweise der Kellnerin schließlich ins Gegenteil. Sie erkennt, dass der Junge sein Geld so genau gezählt hatte, um ihr Trinkgeld geben zu können. Ihr wird bewusst, dass sie es also mit einem lieben und aufgeweckten Jungen zu tun hatte, der schon bei der Bestellung genau wusste, was er tat. Sie ist davon ganz gerührt und es ist ihr unangenehm, dass sie so ungeduldig mit dem Jungen war. Diese Sichtweise kommt z. B. an folgender Stelle besonders gut zum Ausdruck:
   - Tränen schießen ihr in die Augen. (Z. 68 f.)

   auch möglich:
   - Sie schämt sich. (Z. 79)
   - Sie spendiert ihm beim nächsten Besuch eine ganze Limomaß. (Z. 92 f.)

5. ***Hinweis:*** *Lies dir die Zitate genau durch. Wenn du dir dazu jeweils ein eigenes Beispiel überlegst, kannst du den Unterschied zwischen den einzelnen Aussagen besser erfassen. Im Vergleich mit dem Inhalt des Textes müsstest du das passende Zitat der Textaussage zuordnen können.*

Der Junge im Biergarten hat so bestellt, dass er auch noch Trinkgeld für die Bedienung zur Verfügung hatte. Er verzichtete freiwillig auf die Limomaß und wählte das kleinere Getränk, um etwas geben zu können. Dafür bekam er bei seinem späteren Besuch mit den Großeltern von der Kellnerin eine Limomaß spendiert.

Dazu passt Zitat b) „Tut einer etwas freiwillig für andere, dann probt er die alte Weisheit: ‚Wer gibt, dem wird gegeben.'" von Richard von Weizsäcker. Es ist damit gemeint, dass man oft etwas zurückbekommt, wenn man selbst großzügig ist und anderen etwas gibt.

6. **Hinweis:** *Du musst den Text sehr aufmerksam lesen, um den Inhalt in nur wenigen Sätzen kurz und prägnant wiedergeben zu können. Markiere Schlüsselstellen und fasse die wichtigsten Handlungsschritte zusammen, ohne direkt abzuschreiben oder zu zitieren. Beachte auch die Textaussage: Gehe hierfür auf die veränderte Sichtweise der Kellnerin auf den Jungen ein, die du schon in vorherigen Aufgaben betrachtet hast. Schreibe im Präsens.*

In der Geschichte „Ehre die Menschen, die dir dienen" von Christian Bischoff können die Leser*innen an der Begegnung einer Kellnerin mit einem jungen Gast teilhaben.

An einem Sommerabend setzt sich ein kleiner Junge in einem gut besuchten Biergarten an den letzten freien Tisch. Er wird von der Kellnerin umgehend bedient, strapaziert aber deren Nerven, weil er bei der Bestellung in aller Ruhe mehrmals seine wenigen Münzen zählt. Damit hindert er sie daran, sich um die anderen, nach ihrer Vermutung besser zahlenden Gäste kümmern zu können. Das bestellte Getränk genießt der Junge dann sichtlich und sein Verhalten lässt erkennen, dass ihm die Situation gefällt und er rundherum glücklich ist. Nachdem der Junge schließlich verschwunden ist, findet die Bedienung auf seinem Platz das Geld für die bestellte Limonade und zu ihrem Erstaunen auch Trinkgeld. Dieses konnte der Junge nur geben, weil er bei seiner Bestellung ganz bewusst auf eine große, teurere Limonade verzichtet hat. Die Kellnerin erkennt, dass sie mit Blick auf das „große" Geld die kleinen Dinge des Lebens vergessen hat und nicht so freundlich zu dem Jungen gewesen ist, wie er es verdient hätte. Betroffen und beschämt macht sie es beim nächsten Besuch des Jungen durch eine spendierte Limomaß wieder gut.

7. *__Hinweis:__ Zunächst setzt du dich mit dem Schaubild M 2, einem Balkendiagramm, auseinander. Schreibe als Erstes den Titel des Schaubilds und Angaben zur Erhebung in ein bis zwei einleitenden Sätzen auf. Bevor du dann deine Erkenntnisse formulierst, siehst du dir die einzelnen Aussagen genau an. Was ist den Jugendlichen besonders wichtig? Was ist eher nachrangig für sie? Nenne den wichtigsten und den unwichtigsten Wert der Jugendlichen und führe beispielhaft noch weitere Werte auf, die auf den Rängen dazwischen liegen. Einzelne in der Statistik aufgezeigten Werte der Jugend sind auch im Text enthalten. Wenn du ihn noch einmal aufmerksam liest und dabei besonders das Verhalten des Jungen im Auge behältst, findest du die entsprechenden Übereinstimmungen.*

Die Statistik der Shell-Studie aus dem Jahr 2015 gibt die Ergebnisse einer Umfrage unter 2 558 Jugendlichen im Alter von 12 bis 25 Jahren zum Thema „Werte der Jugend" wieder. Die Befragten sollten angeben, was für sie persönlich besonders wichtig ist. Im abgebildeten Balkendiagramm werden die Ergebnisse inhaltlich benannt und zahlenmäßig mit absteigender Wichtigkeit dargestellt. Fast alle Jugendlichen möchten vor allem gute Freunde haben. Dies nennen 89 von je 100 Befragten, dicht gefolgt vom Wunsch, einen vertrauenswürdigen Partner zu haben, mit 85 Stimmen. Das Streben nach Sicherheit liegt mit 51 Nennungen an letzter Stelle. Dazwischen gruppieren sich mit absteigenden Umfragewerten Ideale wie „eigenverantwortlich leben und handeln", „unabhängig von anderen sein", „das Leben in vollen Zügen genießen" und „fleißig und ehrgeizig sein".

Blickt man auf die Situation des Jungen im Text, spiegelt sich sein Verhalten in der Statistik in einigen Punkten wider. Die Kellnerin wundert sich, warum ein „kleiner Junge" ohne Eltern und Freunde im Biergarten erscheint. Aber man kann annehmen, dass auch er sein Leben „in vollen Zügen genießt". Dass er alleine erschienen ist und auch selbst bezahlt, bedeutet zumindest für diese Momentaufnahme, dass er „eigenverantwortlich leben und handeln" und „unabhängig von anderen sein" möchte.

Aufgabengruppe I

1. *✎ **Hinweis:** Dein Aufruf für die Homepage soll deine Mitschülerinnen und Mitschüler dazu motivieren, ihr Verhalten positiv zu verändern. Du appellierst an sie, deinem Ziel (ein respektvolles, harmonisches Miteinander) zu folgen und deine Vorschläge bei der Umsetzung zu berücksichtigen. Dazu informierst du sie über die aktuelle Situation an deiner Schule und unterbreitest geeignete Vorschläge für ein respektvolles Miteinander, die zum Mitmachen anregen. Wertvolle Informationen dazu liefert dir auch das Schaubild M 4, ein exemplarisches Schulleitbild als Grundlage des sozialen Miteinanders an jeder Schule. Stell dir vor, du würdest selbst einen solchen Aufruf in die Hand bekommen. Was würde dich ansprechen und überzeugen, ihm zu folgen? Formuliere deine Schreibziele vorab skizzenhaft in einem Schreibplan, z. B. in einem Cluster, einer Mindmap oder einer Gliederung. Sprich deine Leserinnen und Leser direkt an, wähle eine passende Überschrift und berücksichtige alle dir bekannten Vorgaben zur Gestaltung eines Aufrufs.*

Schreibplan **Mindmap:**

Formale Merkmale
- ansprechende Überschrift
- direkte Ansprache der Mitschüler*innen
- Anliegen verdeutlichen
- Handlungsvorschläge anbieten
- zum Mitmachen auffordern

Einleitung
- aktuelle Situation an der Schule
- rücksichtsloses Verhalten
- rauer Umgangston
- Streit, auch körperlich
- Toleranz, Freundlichkeit und Fairness fehlen

Schule als Wohlfühlort:
Aufruf für die Schulhomepage

Hauptteil
Neuorientierung an Schulleitbild mit dem Ziel: Schule als Wohlfühlort
- aufeinander achtgeben (Hilfsbereitschaft, Achtsamkeit, Vertrauen)
- Gesprächskultur verbessern (respektvoll, wertschätzend)
- Gewalt keinen Raum geben, z. B. durch Streitschlichtungs-AG

Schluss
Appell: gemeinsame Verantwortung

Unsere Schule als Wohlfühlort – eine Aufgabe für uns alle

plakative ***Überschrift***

Liebe Mitschülerinnen und Mitschüler,

Anrede

vor wenigen Jahren haben wir in einer Feierstunde unser Schulleitbild präsentiert und uns darauf eingeschworen, dass wir unser Verhalten danach ausrichten und unser Schulklima positiv gestalten wollen. Unser Ziel war, dass sich alle wohlfühlen. Wo ist das Versprechen geblieben? Die Beschwerden über rücksichtsloses Verhalten und den rauen Umgangston häufen sich. Es wird kaum zusammen gelacht, dafür gerempelt, gestoßen und beleidigt. Schimpfwörter fliegen hin und her, das faire Verhalten im Sport ist Mangelware und gegenseitiges Helfen kennen viele schon gar nicht mehr. Toleranz, Freundlichkeit und Fairness sind immer mehr auf dem Rückzug. Statt einem empathischen Miteinander herrscht an unserer Schule ein aggressives Gegeneinander.

Einleitung
aktuelle Situation an der Schule

Es ist also höchste Zeit, dass wir uns wieder auf die Puzzleteile in unserem Schulleitbild besinnen. Unsere gemeinsame Überzeugung ist doch, dass jeder Mensch wertvoll ist. Also lasst uns danach handeln und uns wieder auf unsere Werte besinnen: Achtsamkeit, Vertrauen, Respekt und Toleranz!

Hauptteil
*Appell an die Mitschüler*innen*

Wie können wir das erreichen? Ich möchte ein paar Anregungen geben:

Handlungsvorschläge

1. **Gebt aufeinander acht!**
   Schärft wieder euren Blick für die Probleme und Nöte, die wir alle mit uns herumschleppen. Haltet Augen und Ohren offen. Sprecht miteinander und nicht übereinander. Fragt öfter einmal „Wie geht es dir?“ oder „Kann ich dir helfen?“ So zeigt ihr anderen, dass sie nicht allein sind, sondern jemand da ist, der ihnen zur Seite steht, wenn es mal dick kommt. Umgekehrt wird dann auch für euch jemand da sein,

1. achtsames Miteinander

wenn ihr Probleme oder Sorgen habt. Denn wenn wir alle hilfsbereit und empathisch handeln, schaffen wir ein achtsames und vertrauensvolles Klima, in dem jede einzelne Schülerin und jeder einzelne Schüler sich wohlfühlt.

2. **Sprecht wertschätzend miteinander!**
   Für ein friedliches Schulklima und die gemeinsame Arbeit im Unterricht ist es enorm wichtig, dass wir wertschätzend miteinander reden können. Lasst uns andere Meinungen also aufmerksam und wohlwollend anhören und erst einmal akzeptieren, statt sie sofort abzuwürgen oder gar zu verspotten. Wir haben Gesprächsregeln gelernt, die zum Ziel haben, dass wir alle mitreden können und gehört werden. Manchmal ist es zwar schwer, ruhig und sachlich zu bleiben. Lautstärke, Angriffslust, Beleidigungen und Beschimpfungen führen aber rasch zum Streit – und damit ist niemand zufrieden. Denn meist kommt es so zu keiner Lösung. Äußert eure Standpunkte stattdessen respektvoll und in Ich-Botschaften, also aus eurer persönlichen Sicht. Nehmt dabei ruhig eure Gefühle mit rein. Dann verstehen euch die anderen besser und es kann schnell ein Kompromiss gefunden werden. Probiert das bei der nächsten Gelegenheit gleich mal wieder aus!

2. Gesprächskultur verbessern

3. **Gebt Gewalt keinen Raum!**
   Die verbesserte Gesprächskultur wird hoffentlich schon dazu beitragen, dass es zu weniger körperlichen Auseinandersetzungen kommt. Da diese sich in der letzten Zeit aber häufen, ist es sinnvoll, dass wir zusätzlich ein Hilfsangebot zur Vermeidung von Gewalt starten: eine Streitschlichtungs-AG. Macht mit und lasst euch zur Streitschlichterin oder zum Streitschlichter ausbilden! Keine Angst, das wird kein Paukunterricht. Ihr lernt dort an alltagsnahen Beispielen und durch praktische Übungen Tipps

3. Gewalt vorbeugen

und Tricks kennen, die das Zusammenleben und den Umgang mit anderen Menschen ohne Gewalt gelingen lassen. So könnt ihr dabei helfen, Konflikte zu entschärfen und handgreiflichen Streits ein Ende zu setzen. Und noch ein Vorteil: Was ihr in der Streitschlichtungs-AG trainiert, könnt ihr auch außerhalb der Schule anwenden. Habt ihr Interesse bekommen? Dann meldet euch an!

Schluss
Aufforderung zum Handeln

Ich hoffe, meine Vorschläge konnten euch überzeugen, euren Teil zu einem respektvollen, harmonischen Miteinander beizutragen. Letztendlich profitieren wir alle davon und gleichzeitig haben wir alle die Verantwortung, dass es klappt. Also lasst uns alle an einem Strang ziehen, damit unsere Schule wieder zu einem Wohlfühlort wird! (578 Wörter)

2. **Hinweis:** *Zum Thema „Wohlfühlorte" sollst du einen eigenen Beitrag schreiben, also den Ort, an dem du dich besonders wohlfühlst, für die Leser*innen erfahrbar machen. Du verfasst einen erzählenden Text. Diese Schreibform bietet dir die Möglichkeit, deine Gedanken frei zu formulieren. Es ist keine Diskussion oder Gegenrede damit verbunden. Deine Aussagen dürfen offen und auch sehr persönlich sein. Es ist hilfreich, wenn du dir vorab Stichwörter notierst, die beschreiben, weshalb dieser Ort für dich etwas Kostbares ist. Warum zieht er dich besonders an? Was unterscheidet ihn von anderen Orten? Bist du dort eher alleine oder in Gesellschaft mit anderen? Stelle dir auch vor, wie das Beschriebene auf die Leser*innen wirkt und welche Gefühle es in ihnen auslöst. Schreibe in der Ich-Form und wähle das Präsens.*

Überschrift

Mein ganz persönlicher Wohlfühlort

Einleitung
Wohlfühlort nennen

Das Gartenhaus bei meiner Freundin, mein Lieblingssee am Ortsrand, ein kleines Café in der Nähe – ich habe viele Lieblingsorte. Einer aber ist mein Favorit: unser „Chill-Raum".

Hauptteil
Wohlfühlort beschreiben

Das ist ein kleiner verglaster Anbau an unserem Haus mit Blick auf die Stadt. Dort stehen ein kleiner Tisch, ein großes Sofa zum Herumliegen und ein Sitzsack, in dem man gemütlich versinkt. Außerdem gibt es eine Musikanlage und ein Regal mit Büchern. Man kann hier sitzen, reden, lesen, träumen oder gar nichts tun – und das klappt wunderbar.

Lärm und Stress bleiben draußen, meine Gefühle dürfen mit rein. Dadurch kann ich zur Ruhe kommen, meine Gedanken ordnen und mich entspannen. Unser schwarzlockiger Hirtenhund Samson breitet sich dann immer als „Vorleger“ zu meinen Füßen aus. Ich schiebe meine Zehen unter seinen warmen Körper und wir fühlen uns gut, auch wenn er im Gegensatz zu mir einer Aufgabe nachgeht – aufpassen, dass ich wirklich chille.

Begründung der Wirkung des Raums

Das und die Nähe zu meinen Lieben ist Geborgenheit für mich, die ich nirgendwo besser finde als hier, in meinem „Chill-Raum“. (168 Wörter)

Schluss
abschließender Gedanke

3. ***Hinweis:*** *Stelle die Ausgangssituation kurz dar und gehe dabei auf die Problematik ein (Junge ohne Eltern im Biergarten). Lies dir das beigefügte Jugendschutzgesetz genau durch und vergleiche die dort genannten Situationen mit der Lage im Biergarten. Schreibe dann den Absatz heraus, der sich auf die vorliegende Problematik bezieht, und begründe, warum dieser Absatz hier passt. Formuliere dann noch eine Schlussfolgerung: Können die anderen Gäste beruhigt sein oder ist der Biergartenbesuch des Jungen nicht erlaubt?*

Ein kleiner Junge alleine in einem Biergarten wirft verständlicherweise Fragen auf: Wo sind die Eltern? Wie sieht das rechtlich aus? Darf der Junge überhaupt alleine im Biergarten sein?

Einleitung
Aufzeigen der Problematik

Dies klärt das Jugendschutzgesetz. Dort ist zu lesen, dass der Aufenthalt von Kindern und Jugendlichen unter 16 Jahren in Gaststätten dann ohne Begleitperson erlaubt ist, wenn sie in der Zeit zwischen 5 Uhr und 23 Uhr eine Mahlzeit oder ein Getränk einnehmen.

Hauptteil
rechtliche Lage (M 3)

Die Bedingungen treffen hier zu. Der Junge trinkt eine Limo innerhalb der erlaubten Uhrzeit und befindet sich in einer Gaststätte.

Vergleich mit der Situation im Biergarten

Die Gäste am Nebentisch können also beruhigt sein. (98 Wörter)

Schluss
Schlussfolgerung

Aufgabengruppe II

1. **Hinweis:** *In einem Artikel für die Abschlusszeitung deiner Klasse sollst du Stellung zu einer häufig vertretenen Ansicht in deinem Freundeskreis zur Berufswahl nehmen. Überlege, ob du auch der Meinung bist, dass ausschließlich die Höhe des Verdienstes die Wahl deines Berufes bestimmen sollte, oder ob du eher die Position vertrittst, dass andere oder weitere Faktoren bedeutender für dich sind. Deine Entscheidung begründest du dann mit drei stichhaltigen Argumenten, die du ausführlich und nachvollziehbar ausführst. Greife dabei unbedingt auch auf die Informationen aus dem Schaubild M 2 zurück. Gehe zudem gedanklich verschiedene Lebensbereiche durch, stets mit Blick auf das Thema. Deine bisherigen Überlegungen zur Berufswahl, Erfahrungen in der Familie, Gespräche mit Freundinnen und Freunden und Informationen aus den Medien und sozialen Netzwerken können dir ebenfalls Argumente liefern. Formuliere deine Schreibziele vorab skizzenhaft in einem Schreibplan, z. B. in einem Cluster, einer Mindmap oder einer Gliederung. Notiere hier schon stichpunktartig Behauptung, Begründung und Beispiel für jedes Argument. Beginne deinen Text mit einer Einleitung, ordne deine Argumente nach zunehmender Wichtigkeit und schließe mit einer persönlichen Stellungnahme ab. Schreibe im Präsens, gliedere deinen Text durch Absätze und formuliere Überleitungen zwischen deinen Argumenten.*

Schreibplan: **Gliederung**

Einleitung:
Ist es bei der Berufswahl am wichtigsten, viel Geld zu verdienen?

Hauptteil:
Mein Standpunkt: Geld allein macht nicht glücklich.

1. Arbeitsumfeld
   - nette Kolleginnen und Kollegen
   - Möglichkeit, Freundschaften zu schließen
   - Arbeitsstätte als Wohlfühlort
2. Freiheiten für Privatleben
   - geregelte Arbeitszeiten (z. B. nicht zu viele Überstunden)
   - ausreichend Freizeit (z. B. für Freundeskreis, Familie, Hobbys)
   - Flexibilität (z. B. zur Wahrnehmung von privaten Verpflichtungen)
3. Eignung und Interesse für den Beruf
   - persönliche Fähigkeiten (z. B. Kreativität, logisches Denken, körperliche Voraussetzungen)
   - formale Bedingungen (z. B. Kosten der Ausbildung, Abschlussnote)
   - Ausleben der persönlichen Interessen

Schluss:
Das Gesamtpaket ist ausschlaggebend. Gute Leistung im Traumberuf kann auch zu besserer Bezahlung führen.

Berufswahl – Freiheit und Grenzen

Überschrift

Einleitung

Thema Berufswahl aufgreifen, Standpunkt im Freundeskreis nennen

Im Rahmen der Berufsorientierung überlegen wir alle, wie es für uns weitergeht. Die unterschiedlichen Ausbildungswege und Vorstellungen über den Traumberuf werden eifrig diskutiert. Dabei vertreten nicht gerade wenige in meinem Freundeskreis die Ansicht, dass viel Geld zu verdienen das Wichtigste bei der Wahl des zukünftigen Berufes sein sollte.

Nennung der eigenen Meinung

Ich schließe mich da aber nicht an, denn Geld allein macht nicht glücklich. Denkt bitte mit mir an unseren Berufswahlunterricht zurück. Dort haben uns unzählige wertvolle Erkundungen, Vorträge und Projekte gezeigt, dass wir beim Blick auf unsere zukünftigen Berufe mehr beachten sollten als nur den Verdienst. Drei Gedanken möchte ich dazu aufgreifen.

Hauptteil

1. Argument: nettes Arbeitsumfeld

Bei der Wahl meines Berufs sollte damit ein Umfeld verbunden sein, in dem ich mich menschlich wohlfühle. Ich möchte mit aufgeschlossenen Arbeitskolleginnen und Arbeitskollegen zusammenarbeiten, die sich gegenseitig helfen und mit denen man sich vertrauensvoll austauschen kann. Meine Arbeitsstelle sollte mit guten Gefühlen verknüpft sein. Schließlich verbringt man dort sehr viel Zeit. Wer weiß, vielleicht finde ich dort sogar neue Freundinnen und Freunde. Das wäre natürlich ideal und die Arbeit würde dann umso mehr Spaß machen.

2. Argument: Freiheiten für Privatleben

Ich möchte mich auch nicht in einen Beruf gezwängt sehen, der mir zwar viel Geld bietet, aber wenig Freiheiten lässt. Es ist mir wichtig, dass ich geregelte Arbeitszeiten habe und Überstunden die Ausnahme sind. Arbeit ist nicht alles im Leben und ich möchte auch noch genug Zeit haben, um meine Freundinnen und Freunde zu sehen und Hobbys nachzugehen. Außerdem sollte mir mein Beruf die Möglichkeit lassen, mich um private Verpflichtungen zu kümmern. Schließlich müssen wir alle mal zu ärztlichen Vorsorgeuntersuchen.

Aber an oberster Stelle steht bei der Berufswahl doch, ob ich den Beruf überhaupt erlernen und ausüben kann und möchte. Dabei spielen persönliche Fähigkeiten und Interessen genauso eine Rolle wie die Kosten für die Ausbildung oder die Abschlussnote. Die Ausbildung muss leistbar sein und ich möchte, dass mir mein Beruf die Möglichkeit bietet, meine Interessen auszuleben und meine Fähigkeiten weiterzuentwickeln. Ich möchte mich entfalten können und so die Zukunft ein wenig mitgestalten. Letztendlich ist das auch ein Mehrwert für die Firma: Wer in seiner Aufgabe aufgeht, ist leistungsfähiger und engagierter. Ein Beruf, der mir das nicht bietet, wäre auf Dauer sicher eine Belastung. Ich bin z. B. ein sehr kreativer Mensch. Bei einer Tätigkeit in einer Bank hätte ich keinen Spaß, auch wenn sie noch so gut bezahlt wäre.

3. Argument: Eignung und Interesse für den Beruf

Vor allem auf das Geld zu schauen, mag auf den ersten Blick also reizvoll sein, aber längerfristig gedacht brauche ich eine Tätigkeit, bei der ich mich wohlfühle, die mir genug Freiheiten für mein Privatleben lässt und die mich vor allem erfüllt. Den Verdienst werde ich selbstverständlich trotzdem auch im Auge behalten, damit ich nicht unterbezahlt werde. Unsere Arbeit und unser Engagement haben ihren Preis und gute Leistungen sollten belohnt werden. Vielleicht bringt dann auch der Traumberuf irgendwann das große Geld. (465 Wörter)

Wertende Stellungnahme und Schlussgedanke
Gesamtpaket ausschlaggebend

2. ***Hinweis:*** *Beim Verfassen dieser Karte an eine Person, die du besonders schätzt, handelt es sich um ein persönliches Schreiben. Du sprichst damit jemanden an, den du nicht nur sympathisch findest, sondern auch bewunderst. Es kann dir helfen, wenn du dir vorab stichpunktartig ein paar Gedanken notierst. Nenne konkrete Gründe dafür, warum du gerade die gewählte Person besonders wertschätzt und was das Besondere an ihr ist. Bringe deine Gedanken und Gefühle so zum Ausdruck, dass sich der Adressat oder die Adressatin wirklich angesprochen fühlt und deine Wertschätzung nachvollziehen und tatsächlich spüren kann. Denke an die Anrede am Anfang und die Grußformel am Schluss und schreibe in der Ich-Form.*

Ismaning, den 03. Juli 2022 — *Ort und Datum*

Lieber Herr Sander, — *Anrede*

an unserem „Tag der Wertschätzung" sollten wir einer Person an unserer Schule schreiben, die wir besonders schätzen, und da fiel meine Wahl sofort auf Sie. — *Anlass der Karte*

Als Hausmeister haben Sie so viel zu tun und sollen ständig für alle da sein. Trotzdem nehmen Sie sich für jede einzelne Person Zeit. Als ich einmal meinen Haustürschlüssel nicht mehr finden konnte, haben Sie mir beim Suchen geholfen. Für die Pausen legen Sie mir immer etwas Obst zurück, das ich als Allergiker vertrage. Und vor allem hören Sie zu, wenn man mal ein Problem hat. Das alles schätze ich an Ihnen. — *Gründe für die Wertschätzung*

Vielen Dank dafür, dass Sie mir im Schulalltag dadurch Sicherheit und ein gutes Gefühl geben! — *Schlussgedanke*

Viele Grüße — *Grußformel, Unterschrift*

Markus Böhne aus der 9a (123 Wörter)

3. **Hinweis** *Der Text für den Flyer deiner Klasse soll einerseits über die Problematik des Umgangs mit Lebensmitteln informieren und andererseits dazu motivieren, sie gebührend zu achten und bewusster mit ihnen umzugehen. Du musst dein Anliegen also überzeugend begründen. Suche dir dafür Beispiele, die tatsächlich umsetzbar sind. Die Informationen aus dem Schaubild M 5 stehen dir als Grundlage zur Verfügung. Stell dir am besten vor, dass du selbst einen solchen Flyer in die Hand bekommst. Was könnte dich ansprechen und überzeugen, aktiv mit anzupacken? Beachte, dass Flyer in kurzen, knappen Sätzen und auffordernd formuliert sind. Sprich deine Mitschüler*innen direkt an. Fließtext und Stichwortsätze kannst du mischen und Wichtiges einprägsam wiederholen. Suche dir überzeugende Beispiele, die tatsächlich umsetzbar sind.*

Schluss mit dem Wegwerf-Wahnsinn! — *plakative* ***Überschrift***

Mangelnde Wertschätzung von Lebensmitteln und deren Vernichtung ist beschämend angesichts der Not in vielen Ländern. Auch in unserer Schule sehen wir achtlos weggeworfene Pausenbrote. Lasst uns das ändern! — ***Einleitung*** *Ausgangslage*

Ihr fragt euch, wie? Hier sind ein paar Tipps für euch:

Hauptteil
Beispiele für Handlungsmöglichkeiten

1. **Weniger ist mehr!**
   Nehmt nur so viel mit, wie ihr braucht. Um das abschätzen zu können, schaut doch mal eine Woche lang, was ihr alles esst. Plant dann mit euren Eltern bewusst die Lebensmitteleinkäufe.
2. **Nicht einfach weg damit!**
   Sollte doch mal etwas übrigbleiben, könnt ihr das auch am Abend oder am nächsten Tag noch essen. Reste lassen sich oft prima aufbereiten.
3. **Unschön heißt nicht ungenießbar!**
   Obst und Gemüse wird am häufigsten entsorgt, ist aber meist noch lange essbar. Eine Druckstelle am Apfel oder braune Flecken auf der Banane bedeuten nicht, dass sie verdorben sind.

Schluss
Appell zum Mitmachen

Lasst euch darauf ein, macht mit und denkt daran: Nicht allen geht es so gut wie uns! (153 Wörter)

Qualifizierender Abschluss der Mittelschule Bayern 2023
Deutsch – Lösungen

Um dir die Lösungen zur Prüfung 2023 schnellstmöglich zur Verfügung stellen zu können, bringen wir sie in digitaler Form heraus.

Sobald die Original-Prüfungsaufgaben 2023 zur Veröffentlichung freigegeben sind, können die dazugehörigen Lösungen als PDF auf der Plattform *MyStark* heruntergeladen werden (Zugangscode vgl. Umschlaginnenseite).

Aktuelle Prüfung

www.stark-verlag.de/mystark

Offizielle Musterprüfung für den neuen Quali
Englisch – Lösungen

A Hör- und Hörsehverstehen

Allgemeiner Hinweis: *In der Prüfung werden die Hörtexte jeweils zweimal vorgespielt. In den Pausen vor und nach den Texten hast du Zeit, um die Aufgaben durchzulesen bzw. die Lösungen einzutragen. Du darfst dabei ein gedrucktes Wörterbuch verwenden – denke aber an die knappe Arbeitszeit. Beachte, dass ab dem Quali 2022 auch im Hörverstehen bei Rechtschreibfehlern Punkte abgezogen werden.*

Aufgabe 1

Flight Captain: Good afternoon, ladies and gentlemen. This is captain Tom McBrain speaking.
I'd like to inform you that the arrival of our flight, BS389 in Gibraltar will be delayed by about 15 minutes because of the bad weather we had half an hour after our departure from London Heathrow. So, our time of arrival will be about four forty-five pm.
That was the bad news I had to tell you, and now the good news.
As you might already know, Gibraltar Airport is not the easiest airport at which to land. There are often strong cross-winds which the pilot has to deal with. In the past, some aircraft have had to travel on to Malaga, but today we're lucky. There's hardly any wind. The weather is calm and dry, so we expect a smooth landing.
At the moment, the temperature in Gibraltar is 21 degrees Celsius, which is 69.8 degrees Fahrenheit. We will start our descent soon and will be landing shortly. If you take a look outside on the right of our aircraft as we approach for landing, you might be able to see the famous Monkey Rock and another frequently visited sight in Gibraltar, the Europa Point Lighthouse, which is the southernmost lighthouse in Europe.
Ladies and gentlemen, please return to your seats now, fasten your seat belts and make sure that the tables in front of you are in an upright position …

Hinweis: *Für jede vollständig richtige Lösung bekommst du hier einen Punkt. Du musst nicht in ganzen Sätzen antworten.*

1. (at) 4:45 (pm) / four forty-five (pm / in the afternoon)
   Hinweis: *Z. 5 f.*

2. (strong) cross-winds
   Hinweis: *Z. 9*
3. (there's) hardly any wind/calm and dry weather
   Hinweis: *Z. 11f.*
4. 21 degrees Celsius / 21 °C / 69.8 degrees Fahrenheit / 69.8 °F
   Hinweis: *Z. 13f.*
5. (on the) right (side)
   Hinweis: *Z. 15ff.*

Aufgabe 2

Taxi driver: Good afternoon, Madam, where can I take you to?

Mother: Hello, Europe Street, please. We've booked a room in the Monkey Rock Hotel.

Susan: Does it take a long time to get there?

Taxi driver: No, Miss, it's only about five kilometres. I guess fifteen minutes or so.

Mike: Fifty minutes? I didn't know traffic in Gibraltar was that slow.

Mother: Mike, take off those headphones, so that you can understand what people are saying.

Taxi driver: There are two routes. Would you prefer the eastern or the western one?

Mike & Susan: What's the difference?

Taxi driver: The western route is the more historical route, where you'll be able to see some historical buildings Gibraltar has to offer, whereas on the eastern route you can see more landscape, some of Gibraltar's best beaches and the best-known sight, the Rock of Gibraltar.

Mike & Susan: Ah, Mum, not history again. Let's take the eastern route.

Mother: Yes, that sounds interesting. Is this the rock where those famous Gibraltar monkeys live?

Taxi driver: That's right, madam, but the rock also offers a breathtaking view over the port and the sea. I'd recommend a guided tour to visit the rock. You'll learn something about the history of Gibraltar and, if the weather conditions are good, it will be possible to get a view across the Strait of Gibraltar to Africa.

Susan: Oh Mum, we must do that, please.

Mike: Yeah, cool, we'll be able to get close to Africa, wow.

Mother: Anything else you would say is a must on this route?

Taxi driver: Well, there are some popular beaches. Catalan Bay, for example, has a nice beach, small hotels and some restaurants and pubs. All in all, I would say a quieter place for a holiday. Sandy Bay has become a popular beach again since 2014.

Mike: Why do you say it has become a popular beach again?

Taxi driver: Some years ago, there was a strong Atlantic storm. The waves were high and powerful. And most of the sand of Sandy Beach was washed away. Then the authorities wanted to make the bay sandy again. More than 50,000 tons of sand were imported from the western Sahara and wave-breakers were built to prevent the sand from being washed away again.

Mother: Hmm … that's interesting.

Susan: Yeah, that's good to know, too. I like a place where I can relax on a nice beach and go swimming.

Taxi driver: Well, the best place in my opinion would be Sandy Bay. OK, we'll be soon arriving at your hotel. It's just around the next corner on the left hand side after the traffic lights …

Hinweis: *Für jede richtige Lösung erhältst du einen Punkt. Streichst du mehr Wörter bei einer Teilaufgabe durch, bekommst du keinen Punkt.*

1. It's only about ~~fifty~~ kilometres away.
   Hinweis: *Z. 5*
2. The western ~~road~~ is more historical.
   Hinweis: *Z. 11*
3. The ~~port~~ offers a breathtaking view.
   Hinweis: *Z. 18*
4. You'll learn something about the ~~environment~~ of Gibraltar.
   Hinweis: *Z. 19 f.*
5. Since 2014 Sandy Bay has become a ~~private~~ beach again.
   Hinweis: *Z. 27*
6. A strong storm washed away ~~some~~ of the sand of Sandy Bay.
   Hinweis: *Z. 31*

Aufgabe 3

Tour Guide: Welcome on board the "Queen of Gibraltar". I'm Rufo López, your guide on our three-hour whale-watching trip.
Whales are absolutely wonderful creatures, big and elegant. They're amongst the most interesting animals on our earth. If we're lucky we'll be able to see dolphins as well as killer whales, which you might know as orcas. So put on your life vests and let's get out to sea to meet the whales.
Ladies and gentlemen, our captain has switched off the engine and we're just drifting with the ocean current. If you look to the right you can see a group of dolphins accompanying our boat. Dolphins can be between 1.7 and 2.3 metres long, weigh up to 135 kilograms, swim very fast, about 65 km/h, and live 35 to 40 years.

Susan: Wow, look, Mike, it looks as if they're a whole family.

Tour Guide: Look to the left now. There is a whale, about a kilometre away. Through the binoculars it looks like a huge orca. Maybe we'll get the chance to see it at closer range.

Mother: Oh, I like orcas. They're so graceful and grand. They always look so peaceful...

Tour Guide: Orcas grow up to a length of 10 metres and can be really heavy, between 1.6 and 9 tons. They live longer than dolphins. Female orcas can even live to be 80 years old.

Mother: I remember a TV series when I was a little girl with a very intelligent dolphin named Flipper.

Tour Guide: Oh yes, dolphins are very intelligent and have very good hearing. They produce lots of different sounds like clicks and whistles to communicate. They even have names for each other; but orcas are clever as well.
The orcas, also called killer whales, here in the Strait of Gibraltar have developed a special hunting technique which really annoys fishermen around here. Orcas like tuna very much and if a fisherman has got one on the hook of his fishing line and is trying to pull it out of the water, the orca waits patiently until the tuna is only 20 metres below the surface and then bites off the body of the fish and eats it. What the poor fisherman finally reels onto his boat is only the head of the tuna with the hook in its mouth.

Mike: Ah, they really are clever creatures!

Tour Guide: Now we'll restart the engine and move on to another place where we usually have a good chance of meeting some pilot whales who are migrating through this area at this time of the year...

Hinweis: *Um die Tabelle richtig zu vervollständigen musst du genau darauf hören, ob gerade von den Orcas oder den Delfinen die Rede ist. Es gibt auf jede komplett richtige Antwort einen Punkt.*

1. 65
   Hinweis: *Z. 10*
2. 80
   Hinweis: *Z. 19 f.*
3. hear
   Hinweis: *Z. 23*
4. sounds
   Hinweis: *Z. 23 f.*
5. names
   Hinweis: *Z. 24 f.*
6. hunting
   Hinweis: *Z. 26 f.*
7. hook of a fisherman's fishing line / fishing lines / fishermen
   Hinweis: *Z. 28 ff.*

B Sprachgebrauch

Allgemeiner Hinweis: *In diesem Prüfungsteil liegt der Schwerpunkt auf Wortschatz und Grammatik. Bei Rechtschreibfehlern werden dir Punkte abgezogen (Ausnahmen gelten bei anerkannter Rechtschreibstörung). Ein zweisprachiges gedrucktes Wörterbuch ist erlaubt.*

Aufgabe 1

Hinweis: *Hier musst du ohne Vorgaben das jeweils passende Wort einsetzen. Lies dir den Text mit den Lücken erst einmal ganz durch, damit du verstehst, um was es inhaltlich geht. In den Lückensätzen kannst du durch den Textzusammenhang oder bestimmte Wörter erkennen, welches Wort du einsetzen musst.*

1. *Steht im* if-*Satz das Verb im Präsens, wird im Hauptsatz das „will-future" verwendet.*
2. *much/a lot/far more = „<u>viel</u> mehr"*
3. *Hier muss das „present perfect" verwendet werden, da es sich um einen Zeitraum von 1713 (Signalwort „since" = „seit") bis heute handelt.*

4. *„one of the UK's 14 overseas territories" = „eines von Großbritanniens 14 Überseeterritorien"*
5. *Steigerung: „not more than" = „nicht mehr als"*
6. *Possessivbegleiter: „the territory has its own flag" = „das Territorium hat seine eigene Flagge"*
7. *„public holiday" = „gesetzlicher Feiertag"*
8. *„dress in red and white" = „sich in Rot und Weiß kleiden"*
9. *„drive/travel on the right-hand side" = „auf der rechten Seite fahren"*

If you ask people (0) about Gibraltar, most of them (1) **will** tell you about the monkeys. But this bit of land near the southern tip of Spain offers (2) **much / a lot / far** more than a big rock with monkeys on it.
Gibraltar (3) **has been** part of the United Kingdom since 1713. It is (4) **one** of the UK's 14 overseas territories. Although the land itself is not more (5) **than** 6.7 square kilometres in area, it is strategically important and the British are determined not to give it back to Spain.
The territory has (6) **its** own flag and the National Day, September 10, is a public (7) **holiday** in Gibraltar. On this day the inhabitants all dress (8) **in** red and white, which are their national colours. English is the official language of this crown colony but Spanish and a local dialect are spoken as well.
In Gibraltar, unlike most other UK overseas territories, all the cars, buses and bikes (9) **drive/travel** on the right-hand side of the road. All in all, Gibraltar is a melting pot of many cultures.

Aufgabe 2

Hinweis: *Bei dieser Aufgabe sollst du das vorgegebene Wort so verändern, dass es in den Satz passt. Meist musst du die Wortart (Nomen, Verb, Adjektiv etc.) ändern bzw. ein anderes Wort aus der Wortfamilie nehmen. Dies kannst du durch den Satzzusammenhang herausfinden. Beachte dabei z. B. bei Verben auch die richtige Zeitform.*

1. *decided: Verb im „simple past"*
2. *flight (Nomen): „einen Flug buchen"*
3. *Im Zusammenhang mit „mass" passt hier nur „tourism" = „Massentourismus"*
4. *attraction (Nomen) = „Attraktion/Sehenswürdigkeit"*
5. *location (Nomen) = „Ort"*
6. *surprised (Adjektiv): „wir waren überrascht"*
7. *Hier geht es um die Personen, die die Musik machen = „musicians"*

8. *In diesem Fall gibt es zwei Möglichkeiten: die Musiker*innen sind Studierende (Nomen: „students") oder sie üben fleißig (Adverb: „studiously practising")*
9. *bored (Adjektiv): „wir waren nicht gelangweilt" / „uns war nicht langweilig"*

Last November my family and I wanted to escape the rainy (0) British winter. So we (1) **decided** to go on a short trip south and booked a (2) **flight** from Manchester to Gibraltar. As we don't like mass (3) **tourism** we did not visit the Monkey Rock, the most famous (4) **attraction**. Instead we went to the Botanic Gardens, a place I would recommend to everyone. The gardens and plant houses make it a wonderful (5) **location** which can be hired for special events like marriages and receptions. While walking around we were really (6) **surprised** to see (7) **musicians** playing in the middle of a beautiful arrangement of plants. They were (8) **students / studiously** practising for their next concert in the Botanic Gardens. All in all, Gibraltar is not really that different from Britain. In our opinion it is quite interesting. We were not (9) **bored** at all. Our break was short, but it was very enjoyable.

C Leseverstehen

Allgemeiner Hinweis: *In diesem Prüfungsteil wird dein Leseverständnis geprüft, indem du Aufgaben zum allgemeinen und detaillierten Verständnis bearbeitest. Es ist dabei sinnvoll, vorher bereits den Umgang mit dem Wörterbuch zu üben, sodass du nicht so viel Zeit zum Nachschlagen brauchst. Versuche auch, Wörter aus dem Textzusammenhang zu erschließen.*
Verschaffe dir beim ersten Lesen einen Überblick, worum es im Text geht. Beim zweiten Lesen solltest du den Inhalt möglichst genau verstehen. Markiere dabei diejenigen Stellen im Text, auf die sich die jeweilige Aufgabe bezieht.

Aufgabe 1

Hinweis: *Hier musst die vorgegebenen Überschriften (1–8) den einzelnen Textabschnitten (A–F) zuordnen. Zwei Überschriften passen dabei nicht.*

A	B	C	D	E	F
1	2	4	8	6	5

Aufgabe 2

Hinweis: *Für jede vollständig richtige Lösung bekommst du hier einen Punkt. Du musst nicht in ganzen Sätzen antworten.*

1. (the) (Moorish) Castle
   Hinweis: *Z. 12*
2. (by) cable car
   Hinweis: *Z. 18*
3. (migrating) birds
   Hinweis: *Z. 20 f.*
4. (too much) human interaction
   Hinweis: *Z. 30*
5. (the) Shard (in London)/London's tallest skyscraper
   Hinweis: *Z. 41 f.*
6. (the weight of) five (Asian) elephants/340 people
   Hinweis: *Z. 44*

Aufgabe 3

Hinweis: *Lies dir noch einmal die Abschnitte D und E durch und bringe die Ereignisse in die Reihenfolge, in der sie geschehen sind. Dass einige Affen nach Spanien gegeben wurden, kommt im Text nicht vor.*

The monkeys lived only in Africa.	**1**
Some monkeys were sent on to Spain.	–
Today's monkey population is doing fine.	6
The number of monkeys grew fast.	5
A politician decided to bring more monkeys in.	3
The monkeys received royal attention.	**4**
The monkeys arrived in Gibraltar.	2

Aufgabe 4

Hinweis: *Gehe die einzelnen Aussagen durch und vergleiche sie mit dem Text (inkl. der Grafik zum Skywalk). Sie sind in chronologischer Reihenfolge angeordnet, sodass du ungefähr weißt, wo du im Text suchen musst, um herauszufinden, ob eine Aussage stimmt.*

(1) c

Hinweis: *Z. 14f.*

(2) e

Hinweis: *Z. 17*

(3) i

Hinweis: *Grafik Seite 5: "resists wind speeds up to 150 km/h"*

D Sprachmittlung

Allgemeiner Hinweis: *Bei der Sprachmittlung kommt es darauf an, dass du – in diesem Fall – einem englischen Text wesentliche Aspekte entnimmst und auf Deutsch wiedergibst. Dabei musst du nicht direkt übersetzen. In der folgenden Aufgabe sind sowohl die Form („Beitrag für die Schülerzeitung") sowie vier Anweisungen, welche Punkte du in deinen Text aufnehmen sollst, vorgegeben. In der Beispiellösung sind diese Punkte für dich jeweils noch einmal in Klammern angegeben. Lies dir die Punkte in der Aufgabenstellung gut durch, damit du weißt, auf was du achten musst, und damit du nichts übersiehst, auf was du eingehen sollst.*

Beispiellösung:

(Ursprung der Legende:)

Ende des 18. Jahrhunderts unternahmen die Franzosen und Spanier einen Überraschungsangriff auf das von den Briten kontrollierte Gibraltar. Dieser Angriff löste unter den Affen Unruhe aus und sie machten großen Lärm. Dadurch waren die Briten gewarnt und konnten den Angriff abwehren.

(Verhalten der Affen im Kontakt mit Menschen:)

Die Affen können aggressiv sein und es kann passieren, dass sie Menschen auf den Rücken springen oder an ihnen hochklettern. Sie stehlen auch gerne Taschen oder Essen.

(Verhaltenstipps für Personen, die den Affenfelsen besuchen; davon zwei Aspekte:)

Man sollte sich möglichst auf offenen Flächen aufhalten, und wenn es eng wird (z. B. auf Treppen oder in einem Tunnel) etwas zurückweichen, um den Affen mehr Platz zu lassen. Auch sollte man nicht in die Hocke gehen. Wichtig ist, dass man die Affen nicht füttert, sonst droht eine hohe Geldstrafe.

(Folgen des Kontakts mit den Menschen für die Affen; davon zwei Aspekte:)

Das Füttern schädigt die Gesundheit der Affen und auch deren soziale Ordnung. Durch das Füttern werden sie außerdem abhängig von den Menschen.

E Text- und Medienkompetenzen

Hinweis: *Im Bereich „Text- und Medienkompetenzen" bekommst du einen Text auf Englisch vorgelegt, in diesem Fall eine Unterhaltung in einem Chat, in der es um einen Rucksack geht, der von einem Affen gestohlen wurde. Dabei musst du Informationen aus diesem Chat in ein anderes englisches Textformat übertragen, hier ein Suchplakat für den Rucksack. Es reichen dabei Stichpunkte. Beachte, dass die Reihenfolge, in der die Informationen in den Texten vorkommen, nicht unbedingt gleich ist. Bei 4–6 kannst du die Informationen in der Reihenfolge angeben, wie sie im Text vorkommen, aber du kannst sie auch beliebig anordnen.*

Beispiellösung:

(1) Backpack missing/gone/stolen /
Help! A monkey has stolen my backpack! /
Help needed!

(2) right after breakfast / in the morning

(3) middle station of the cable car

(4) black

(5) broken zip

(6) silver key ring with an "R" on it

(7) what / what's in it / what's inside it / content(s)

(8) hotel room key

(9) bank card

F Schreiben

Allgemeiner Hinweis: *Lies dir beide Aufgabenstellungen erst einmal gut durch und entscheide dich dann entweder für die E-Mail oder für die Bildergeschichte. Berücksichtige die Vorgaben, die in der Aufgabenstellung enthalten sind. Achte auf einen klaren Satzbau, abwechslungsreichen Wortschatz sowie die Rechtschreibung. Verwende das Wörterbuch, und prüfe immer wieder, ob dein Text sprachlich richtig und inhaltlich schlüssig und verständlich ist. Du erhältst sowohl für den Inhalt als auch für die sprachliche Gestaltung Punkte. Halte dich an den vorgeschriebenen Umfang, schreibe leserlich und achte auf eine saubere äußere Form. Die folgenden Texte sind Lösungsbeispiele.*

Correspondence: E-Mail

Hinweis: *In der Aufgabenstellung wird zunächst die Schreibsituation erklärt. Anschließend wird aufgezählt, welche Inhalte deine E-Mail enthalten muss. Dabei ist wichtig, dass du alle Vorgaben in deiner E-Mail umsetzt.*
Verfasse nun deinen Text. Deine E-Mail geht an Dani, deine spanische Austauschpartnerin, d. h., du kannst dich auch etwas umgangssprachlicher ausdrücken und z. B. Kurzformen verwenden (z. B. „I'm"). Versuche aber, in ganzen Sätzen zu schreiben und diese mit Konjunktionen (Bindewörtern) zu verbinden. Unbekannte Wörter kannst du im Wörterbuch nachschlagen.
Lies deine E-Mail am Ende noch einmal durch und überprüfe, ob dein Text leserlich und verständlich ist, ob er den geforderten Umfang hat und ob du alle Punkte in deinem Text übernommen hast. Hake auf dem Angabenblatt die Inhalte ab, die du übernommen hast. Eine genaue Anleitung zum Schreiben einer E-Mail findest du übrigens im Kompetenzbereich „Schreiben" im Trainingsteil des Aufgabenbandes.

Beispiellösung:

Dear Dani,

My name is Andrea and I'm looking forward to staying with you in Marbella. I'm 15 years old and I'm in class 9a at your partner school in Regensburg.
I'm curious to know what school is like in Spain. What are the school hours? Are there any special rules I should know?
Maybe you could tell me something about my stay with your family. Am I going to have my own room and do you have a good internet connection?
Perhaps you already have some ideas about what we could do in our free time – like going to some cool events, for example.
I also wanted to tell you that I'm a vegetarian, which I hope is OK for your family.
One final question: As Gibraltar is not too far away from Marbella, would it be possible to go there?

Take care and kind regards to your family!

Andrea *(151 words)*

Creative Writing: Picture story

Hinweis: *In der Aufgabenstellung werden dir die Überschrift und der Beginn der Geschichte vorgegeben. Schreibe sie ab und setze die Geschichte passend fort. Sieh dir die Bilder genau an – auch die Sprech- und Gedankenblasen, die dir Hinweise auf die Handlung geben und die du in deinen Text einbauen kannst.*

Verfasse nun deine Geschichte in der Vergangenheitsform „simple past" (Last Monday …). Schreibe in ganzen Sätzen und versuche, diese mit Konjunktionen (Bindewörtern) zu verbinden. Um die Geschichte auszuschmücken, kannst du z. B. die wörtliche Rede, Adjektive sowie Orts- und Zeitangaben verwenden. Überprüfe zum Schluss, ob deine Geschichte dem geforderten Umfang entspricht und auch dann verständlich ist, wenn man die Bilder nicht kennt. Eine genaue Anleitung zum Schreiben einer Bildergeschichte findest du im Kompetenzbereich „Schreiben" im Trainingsteil des Aufgabenbandes. Der folgende Text ist eine Beispiellösung.

Happy Ending

Last Monday morning, during the first lesson, Keith had trouble concentrating, because his seat was right behind Nicole's, with whom he was so in love. He was staring at the back of her head and her beautiful dark hair, while Nicole was busily doing the test.

After the lesson, when he was walking down the hallway, Keith saw Nicole and her friend standing in front of a poster which said that there were tickets for *Swan Lake* on sale, and he heard Nicole telling her friend that she was happy she had got a ticket for the ballet. Suddenly Keith had an idea!

He went to the box office immediately and bought a ticket for *Swan Lake* too.

On the night of the ballet, Keith was very lucky to sit only a few seats away from Nicole. When she saw Keith, she was surprised but also happy to see him.

During the break, they met in the foyer and talked a lot – and not only about the ballet …

A few days later, Keith swapped seats with a classmate so that he could sit right next to Nicole and hold hands with her. Nicole liked that, too …

(191 words)

Notenschlüssel

Notenstufen	1	2	3	4	5	6
Punkte	92–78	77,5–63	62,5–47	46,5–31	30,5–16	15,5–0

Qualifizierender Abschluss der Mittelschule Bayern 2021
Englisch – Lösungen

A Listening Comprehension

Allgemeiner Hinweis: *Jeder Hörtext wird nacheinander zweimal abgespielt. Der Hörtext enthält zu Beginn sowie am Ende Pausen, um die zugehörigen Aufgaben zu lesen oder Lösungen zu korrigieren. Versuche während des Hörens schon möglichst viele Lösungen einzutragen.*

Aufgabe 1

Steve: Well, Sarah, tomorrow I'll show you my school. You'll be allowed to come to my lessons and meet all my friends. Later we'll go to my youth club. I usually meet some friends there to play darts.

Sarah: Aaaah, darts, I don't know about that. I've never been good at it. But what about the weekend? Can we go and see something special on Saturday?

Steve: Well, we could go to the cinema, or maybe the science museum. And there's the zoo of course, but we went there last time you were here, didn't we?

Sarah: Yes, we did. I liked it, but I thought we could visit somewhere special in the area maybe? Maybe a castle or something like that.

Steve: I'd love to take you to a football match, but Birmingham City are playing away from home this weekend. But what about going on a hiking tour in the Peak District?

Sarah: I know you're crazy about sports. But can't we do something I like, too?

Steve: You mean something like shopping? We do have a big shopping centre in South Birmingham. And after that we could go for a coffee.

Sarah: Ahh, wait a minute. Isn't there a famous chocolate factory around here? I read something about it in my guidebook.

Steve: Oh, you mean *Morrison's Chocolate World*? Yeah, we could go there. But it'll be a whole-day trip. It takes about an hour by bus to get there.

Sarah: Well, is it worth it?

Steve: Oh, yes. You can buy tickets on the company's website for about 25 pounds per person.

Sarah: Phew, well, that sounds a bit expensive.

Steve: Well, not really, everything is included: the bus ticket, a tour around the factory, and even a workshop. There you can create your own kind of chocolate.

Sarah: Well, that sounds good, and I hope we get to try lots of their products. I love *Morrison's* chocolate!

Steve: OK then, let's … let's go there on Saturday. But then you'll have to come hiking with me on Sunday.

Sarah: Oh, do I have to?

Steve: It'll do us good after all that chocolate …

Hinweis: *Du erhältst für jede richtige Lösung einen Punkt. Beantworte die Fragen kurz und knapp. Stichwörter in der jeweiligen Frage geben dir Hinweise, auf welche Stellen im Hörtext du besonders achten sollst. Die Antworten kommen im Hörtext in chronologischer Reihenfolge vor.*

1. football
   Hinweis: *Z. 10*
2. in South Birmingham
   Hinweis: *Z. 14 f.*
3. (about) one/an hour
   Hinweis: *Z. 19*
4. on the company's website/on the company's homepage/online/on the internet
   Hinweis: *Z. 21*
5. (your) own (kind of) chocolate
   Hinweis: *Z. 25*
6. (go) hiking / hike
   Hinweis: *Z. 28 f.*

Aufgabe 2

Guide: Welcome to *Morrison's Chocolate World*. I'm Cathy and it's my pleasure to show you round the factory.

First, some facts about its history. Did you know that our company dates back to the year 1842? In that year, John Morrison opened a grocer's shop in Main Street Birmingham. Among other things he sold drinking chocolate, which he prepared himself.

The Morrison factory was founded in 1856, when Mr. Morrison bought a building in Crooked Street. This building is still the centre of our company today. By the year 1875 Morrison was selling 16 different kinds of drinking chocolate.

Since the end of the 19th century *Morrison's* has been selling chocolate in 100-gramme bars, the form that we are used to today. This chocolate tasted bitter by today's standards but it was something completely new at the time. Today the most popular kind of chocolate has milk in it and that's why it tastes sweeter.

The first section of the factory we visit is where we make our speciality: cream-filled eggs, which are made of two halves; milk chocolate on the outside and white and yellow cream on the inside. This makes the filling look like a real egg. The cream-filled eggs are our most popular product; we sell about 80 million of them in the United Kingdom every year.
The next section is the customer workshop, where people can use any of our ingredients to make up their own chocolate creations. It's great fun and people have some brilliant ideas. Sometimes these ideas even lead to new Morrison products. But we are not only interested in inventing new products. We are also trying to improve our existing ones, for example by making them healthier. Today our chocolate bars contain less sugar and no artificial flavouring at all. But the taste is just as good as ever. Now let's move on to …

Hinweis: *Die Sätze in der Aufgabe haben beinahe den gleichen Wortlaut wie im Hörtext. Höre genau hin, um das falsche Wort in der Aussage zu finden und durch das richtige aus dem Hörtext zu ersetzen. Falls dir das nicht gleich gelingt, versuche es beim zweiten Hören noch einmal.*

1. drinking
   Hinweis: *Z. 5; falsch: "… ~~milk~~ chocolate …"*
2. 1856
   Hinweis: *Z. 7; falsch: "… in ~~1865~~ …"*
3. bitter
   Hinweis: *Z. 11; falsch: "… tasted ~~sweet~~ …"*
4. cream (-filled)
   Hinweis: *Z. 14 f.; falsch: "… ~~chocolate~~-filled …"*
5. customer
   Hinweis: *Z. 19; falsch: "… ~~tourist~~ workshop …"*
6. healthier
   Hinweis: *Z. 22 f.; falsch: "… making them ~~tastier~~."*
7. less
   Hinweis: *Z. 24; falsch: "… ~~no~~ sugar …"*

Aufgabe 3

Employee: Hello, Birmingham Pizza Service, how can I help you?

Steve: Hi, I'd like to order two pizzas.

Employee: Which ones would you like?

Steve: I'd like two pizza margherita, but with some extra toppings. On the first one I'd like some bacon, onions and dried tomatoes. And for the second pizza: extra cheese and green peppers, please.

Employee: Well, you know that the green peppers are quite spicy.

Steve: Oh, then it's not a good idea I'll have some broccoli instead.

Employee: What about the size? Would you like small, regular or large?

Steve: The first pizza should be a large one, please. And pizza number two ... I think the medium size is big enough.

Employee: Anything else? How about a side salad? Or maybe a dessert? We've got apple pie or chocolate cake ...

Steve: Hm, that sounds good. We'll have two side salads. And for dessert: I don't think the chocolate cake is a good idea ... We'll both have the apple pie.

Employee: All right. Since you've chosen a side dish and a dessert, you get a free drink each. You can choose from mineral water, apple juice or lemonade.

Steve: Then we'll have two mineral waters, please. Er, no, hang on, I think I'd rather have an apple juice.

Employee: So that's one water and one apple juice. Is that all?

Steve: Yes, that's it.

Employee: Then I just need your details. Are you a regular customer?

Steve: I'm afraid not.

Employee: Then would you give me your name and address, please?

Steve: My name is Steve Johnson. I live at 5 Blackness Road.

Employee: And could I have a phone number, please? Just in case.

Steve: Of course, it's 524642 (Five-two-four-six-four-two).

Employee: Thank you. That'll be 22 pounds 80 altogether.

Steve: When can we expect the delivery?

Employee: In the next 30 minutes. It's 7.35 now. If your order hasn't arrived by 8.15 you'll get 5 pounds off your next order.

Steve: I see ... Thanks very much.

Employee: Let me just check your order. We've got two pizzas ...

Hinweis: *Folge dem Dialog und ergänze die fehlenden Angaben im Bestellformular. Die Wörter, die im Formular bereits vorgegeben sind, helfen dir bei der Orientierung im Hörtext und zeigen an, wann du mit dem nächsten fehlenden Wort rechnen kannst.*

1. onions
   Hinweis: *Z. 5*
2. cheese
   Hinweis: *Z. 6*
3. large
   Hinweis: *Z. 10*
4. apple pies
   Hinweis: *Z. 15*
5. (mineral) water
   Hinweis: *Z. 20*
6. 5 / five
   Hinweis: *Z. 25*
7. 22.80 / twenty-two eighty
   Hinweis: *Z. 28*

B Use of English

Allgemeiner Hinweis: *In diesem Prüfungsteil liegt der Schwerpunkt auf Wortschatz und Grammatik.*

Aufgabe 1

Hinweis: *Bei dieser Aufgabe musst du entscheiden, welches der vorgegebenen Wörter in die jeweilige Lücke passt. Achte dabei auf den Textzusammenhang und auch darauf, die Wörter aus der Vorgabe richtig abzuschreiben.*

1. *has become: Hier wird das „present perfect" verwendet, da es sich um einen Zeitraum („over recent years") handelt, der bis heute reicht.*
2. *end: Hier musst du die „simple present"-Form nehmen, da es hier um eine regelmäßige Handlung („every day") geht.*
3. *don't (feel comfortable): Auch hier steht das „simple present", passend zur Zeitform in der restlichen Satzhälfte („offer").*
4. *taken <u>to</u> a central collection point = <u>zu</u> einer zentralen Sammelstelle gebracht*
5. *Hier kann inhaltlich nur „<u>little</u> money" (= <u>wenig</u> Geld) passen.*

People have (0) **never** liked the idea of throwing food away.
Over recent years, wasting food (1) **has become** a "hot topic" again. Every day many tons of food (2) **end** up in rubbish containers. Fortunately, a group of people started to organise the collection of food which otherwise would be thrown away. Private people who (3) **don't** feel comfortable about wasting good food offer their "leftovers" – still unopened.
All this food is taken (4) **to** a central collection point, where some volunteers sort it out. They then give it to people who have (5) **little** money.
Today a growing number of people in need use this system on a regular basis.

Aufgabe 2

Hinweis: *Finde jeweils das Wort, das mit dem vorgegebenen Buchstaben beginnt und im Satzzusammenhang grammatikalisch und inhaltlich einen Sinn ergibt. Du darfst pro Lücke nur ein Wort einsetzen. Beachte auch die Rechtschreibung.*

1. *a new one = eine neue (Kaffeemaschine)*
2. *had the idea = hatte die Idee: „simple past", da das Ereignis bereits vergangen ist*
3. *equipment = Ausrüstung*
4. *place/point = Ort, Platz*
5. *what was going on = was passierte/geschah: „past progressive" (Verlaufsform in der Vergangenheit)*
6. *offer help to anybody/anyone = jeder/jedem Hilfe anbieten*
7. *need = brauchen: „simple present" (Signalwort „sometimes")*
8. *throwing them/things away = sie/Dinge wegwerfen*
9. *weight = Gewicht*
10. *environment = Umwelt*

Do you know what to do (0) **when** your coffee machine stops working?
Do you throw it away and buy a new (1) **one**?
You don't have to!
About twenty years ago some young student (2) **had** the idea of offering to repair other people's broken (3) **equipment**. A local café was a good (4) **place/point** to meet. When other people saw what (5) **was** going on, they joined in.
Now a large number of so-called "repair cafés" exist worldwide. They offer help to (6) **anybody/anyone** who asks for it. Sometimes their broken gadgets just (7) **need** a bit of cleaning, oiling or servicing. By repairing things instead of throwing (8) **them/things** away, we could save 350,000 kilos of rubbish year. This is equal to the (9) **weight** of about 58 fully grown African elephants. It is just a small contribution to protect our (10) **environment** but a step toward changing the world a little bit at a time.

Aufgabe 3

Hinweis: *Bei diesem Aufgabenformat findest du jeweils ein Wort in Klammern, das du so anpassen sollst, dass es grammatikalisch in den Satz passt. Dabei musst du das angegebene Wort z. B. in die Mehrzahl (den Plural) setzen oder die Wortart ändern und z. B. aus einem Substantiv ein Adjektiv machen. Beachte auch, dass du bei Verben die richtige Zeitform wählst.*

1. *a lot more than (Steigerung) = viel mehr als*
2. *have you ever heard of ...? (present perfect): hast du jemals von ... gehört?*
3. *production (Substantiv) = Produktion, Herstellung*
4. *dangerous (Adjektiv) = gefährlich*
5. *polish them regularly (Adverb): sie regelmäßig polieren*

What we usually know about vegetarians is that they avoid meat or other products from (0 animal) **animals**. But a vegetarian lifestyle means a lot (1 much) **more** than that. For example, have you ever (2 hear) **heard** of vegetarian shoes?
Instead of leather, wool, silk etc., synthetic materials have to be used for the (3 produce) **production** of vegetarian shoes. Synthetic materials are better because a lot of the processes for producing "animal leather" are bad for the environment and (4 danger) **dangerous** for the workers' health. Synthetics last longer and you can wash most of them in the washing machine. You cannot do that with your leather shoes, you need to wax and polish them (5 regular) **regularly**.
Unfortunately, these animal-friendly shoes are still quite expensive.

C Reading Comprehension

Allgemeiner Hinweis: *Die folgenden Aufgaben überprüfen, wie genau du den Lesetext verstanden hast. Verschaffe dir beim ersten Lesen einen Überblick über den Inhalt. Im Wörterbuch kannst du Begriffe nachschlagen, die du unbedingt zum Textverständnis brauchst. Gleiches gilt für Wörter, die in den Aufgaben vorkommen. Die Aufgaben werden dich immer wieder auf bestimmte Stellen im Lesetext lenken, die du nochmals genau durchgehen solltest, bevor du die Antwort notierst. Es kann hilfreich sein, wenn du dir bestimmte Textstellen farblich markierst.*

Vokabelhinweise:
Hier findest du eine Liste mit schwierigen Vokabeln aus dem Text. Zur Vorbereitung auf die Prüfung solltest du aber versuchen, möglichst viele Wörter aus dem Zusammenhang zu erschließen, sowie den Umgang mit dem Wörterbuch einzuüben. Aus Zeitgründen kannst du in der schriftlichen Prüfung nur die Wörter nachschlagen, die du unbedingt zum Verständnis benötigst.

Z. 5: plant-based: pflanzlich
Z. 23: mock meat: Fleischersatz
Z. 33: blood pressure: Blutdruck
Z. 41: nutrition facts: Nährwertangaben
Z. 47: dairy products: Milchprodukte
Z. 51: wholemeal products: Vollkornprodukte

Aufgabe 1

Hinweis: *Ordne die vorgegebenen Überschriften (1–8) den Abschnitten im Lesetext (A–G) zu. Zwei Überschriften passen zu keinem Abschnitt.*

B	C	D	E	F	G
7	**6**	**8**	**4**	**5**	**3**

Aufgabe 2

Hinweis: *Bei dieser Aufgabe werden dir fünf Fragen gestellt. Die Antwort auf jede Frage findest du immer in einem bestimmten Abschnitt des Lesetextes (A–G). Notiere im jeweiligen Kästchen den passenden Absatz.*
Vokabelhinweise: amount: Menge, to dine: essen

1. there is a country where the state helps to inform customers about vegetarian foods? **E**
2. more and more consumers want to reduce the amount of meat they eat? **F**
3. some people who go out and dine meat-free do not expect it to be as nice as it is? **A**
4. the decision to avoid eating meat can be a matter of belief? **C**
5. some vegetarian foods look and taste almost the same as popular meat dishes? **D**

Aufgabe 3

Hinweis: *Wie in einem Wörterbuch findest du hier verschiedene Übersetzungen zu einem englischen Wort. Lies den ganzen zugehörigen Satz im Text genau durch und entscheide dann, welche Wortbedeutung im Textzusammenhang inhaltlich und grammatikalisch Sinn ergibt.*

1. sättigend
2. trotzdem
3. Kennzeichnung
4. Ernährung
5. überprüfen

Aufgabe 4

Hinweis: *Hier werden dir zehn Aussagen („statements") vorgelegt, die du mit dem Text vergleichen sollst. Nur vier dieser Aussagen stimmen mit dem Text überein. Diese Aufgabe ist nicht ganz einfach, da die Aussagen anders formuliert sind als im Lesetext und du sowohl die „statements" als auch die Informationen im Text genau verstehen musst. Die richtigen Aussagen findest du an folgenden Stellen im Text:*
statement 4: Z. 30 f.
statement 6: Z. 33
statement 9: Z. 40 ff.
statement 10: Z. 50

True statements: 4, 6, 9, 10

D Text Production

Allgemeiner Hinweis: *Lies dir beide Aufgabenstellungen erst einmal gut durch und entscheide dich dann entweder für die E-Mail oder für die Bildergeschichte. Berücksichtige die Vorgaben, die in der Aufgabenstellung enthalten sind. Achte auf einen klaren Satzbau, abwechslungsreichen Wortschatz sowie die Rechtschreibung. Verwende das Wörterbuch, und prüfe immer wieder, ob dein Text sprachlich richtig und inhaltlich schlüssig und verständlich ist. Du erhältst sowohl für den Inhalt als auch für die sprachliche Gestaltung Punkte. Halte dich an den vorgeschriebenen Umfang, schreibe leserlich und achte auf eine saubere äußere Form. Die folgenden Texte sind Lösungsbeispiele.*

Hinweis: *In der Aufgabe wird zunächst die Schreibsituation erklärt. Zudem ist aufgelistet, welche Inhalte dein Brief enthalten muss. Es ist wichtig, dass du all diese Vorgaben in deinem Text unterbringst. Gerne kannst du deine Fanpost auch noch durch eigene Ideen ergänzen.*
Schreibe in ganzen Sätzen. Wörter, die du für deinen Text brauchst, kannst du im Wörterbuch nachschlagen. Lies den Brief am Ende noch einmal durch und überprüfe, ob dein Text leserlich und verständlich ist und ob du an Datum, Anrede und Schlussformel gedacht hast. Hake in der Angabe alle Vorgaben ab, die du in deinem Brief umgesetzt hast und ergänze fehlende Inhalte. Eine genaue Anleitung zum Schreiben eines Briefs findest du übrigens im Kompetenzbereich „Schreiben" im Trainingsteil des Aufgabenbandes.

30 July 20xx

Dear Zoe,

I'm Emma, a 15-year-old student from Germany. I've been a big fan of yours since I heard your song "Caress" last year. The song is great – I have listened to it so many times and I also sing it myself!
I absolutely love your music and your style. When I'm listening to your songs, I really feel that they come from your heart. Last month, I went to one of your concerts and I was really impressed by your performance!
Now I'd like to ask you if I could have two autographs – one for me and one for my friend Stefanie, who is also a big fan of yours. I enclose an envelope and stamps so that you can send me the autographs without any cost.
Thank you so much!

Love,
Emma *(135 words)*

Hinweis: *In der Aufgabenstellung werden dir die Überschrift und der Beginn der Geschichte vorgegeben. Schreibe sie ab und setze die Geschichte passend fort. Betrachte das Bild genau und lies auch die Stichwörter in den Kästchen, die dir verbindliche Hinweise zum Handlungsverlauf geben.*
Verfasse nun deine Geschichte im „simple past" (Last summer the parcel service rang …). Schreibe in ganzen Sätzen und versuche, diese mit Konjunktionen (Bindewörtern) zu verbinden. Um die Geschichte auszuschmücken, kannst du z. B. die wörtliche Rede und Adjektive verwenden. Überprüfe zum Schluss, ob deine Geschichte dem vorgegebenen Umfang entspricht und auch dann verständlich ist, wenn man das Bild und die Vorgaben nicht kennt. Eine genaue Anleitung zum Schreiben einer Bildergeschichte findest du im Kompetenzbereich „Schreiben" im Trainingsteil des Aufgabenbandes. Der folgende Text ist eine Beispiellösung.

Cat on tour

Last summer the parcel service rang at the Millers' house. While the driver was delivering the parcel to Mr and Mrs Miller, Joe, the Millers' cat, slipped through the open door. It had heard a noise coming from inside the driver's truck and jumped into the vehicle, hoping to catch a mouse. When the driver returned to his truck, he closed the back door with a bang: now Joe was caught inside and there wasn't even a mouse to catch!
The driver started his truck and began to sing to some music on the radio. Suddenly, he heard a couple of loud meows. That was when he noticed the cat in the truck and figured that it belonged to the Millers. While he was driving back to their house, Joe and the driver continued to "sing" together, which both of them enjoyed. In the end, the Millers were very glad to get another delivery that day!

(146 words)

Notenschlüssel

Notenstufen	1	2	3	4	5	6
Punkte	80–68	67,5–55	54,5–41	40,5–27	26,5–13	12,5–0

Qualifizierender Abschluss der Mittelschule Bayern 2022
Lösungen – Englisch

A Hör- und Hörsehverstehen

Allgemeiner Hinweis: *Die Aufgaben folgen dem Aufbau des Hörtextes. Somit können sie der Reihe nach beantwortet werden. In diesem Prüfungsteil darf ein zweisprachiges Wörterbuch (in Printform) verwendet werden. Nutze es in den Textpausen. Wenn der Text abgespielt wird, solltest du dich jedoch nur auf das Hören konzentrieren.*

Task 1

Meredith: I'm so excited to be here in New York. Where shall we go first?

Ben: No idea. There's so much to do here. There are hundreds of sights in New York.

Meredith: All those famous buildings … and what about Central Park? And shopping on Fifth Avenue? And I definitely want to see a show on Broadway. I love going to the theater.

Ben: Is Broadway a famous theater?

Meredith: Actually, Broadway is a long street in Manhattan, just off Times Square, which is famous for its theaters.

Ben: Ah, yes, there was something in my guidebook … Mhm … there are more than 40 theaters on Broadway.

Meredith: Plenty of choice then.

Ben: The guidebook says that you should always book tickets in advance because the shows are often sold out.

Meredith: It's too late for that then.

Ben: But … there's a ticket counter at Times Square that sells last-minute tickets for all Broadway shows.

Meredith: Let's go there first, then. Look, I just found something else on the Internet. It's called the New York Pass.

Ben: What's that?

Meredith: It's a special ticket that gives you free entry to over a hundred tourist attractions.

Ben: That sounds useful. I'd like to see the Empire State Building, the Statue of Liberty and the Museum of Modern Art.

Meredith: Well … They're all included here, even a bus tour and the ferry to Ellis Island.

Ben: How much is it?

Meredith: Well, you can buy the pass for as many days as you want. It's 204 dollars per person for three days.

Ben: That's quite a lot.

Meredith: Yes, but it would be more expensive to pay for each tourist attraction separately. The Empire State Building alone costs 42 dollars each.

Ben: OK, how do we get this New York Pass? Can you buy it in stores?

Meredith: You can, but it's cheaper and more practical to download it onto our phones. The scanner at the entrance reads it and we can simply go in. We don't even have to wait in line.

Ben: Super! So, let's do that. And then let's try the ticket counter on Times Square.

Meredith: Yes, but don't forget my shopping trip …

Hinweis: *Ergänze die fehlenden Details in der Tabelle mithilfe des Hörtextes. Achte auf die Schlüsselbegriffe in der linken Spalte der Tabelle (z. B. „Broadway"). Diese kommen auch im Hörtext vor und signalisieren, dass die benötigten Informationen nun folgen.*

1. (long) street
   Hinweis: *Z. 8*
2. 40/forty
   Hinweis: *Z. 11*
3. last-minute
   Hinweis: *Z. 16 f.*
4. free entry
   Hinweis: *Z. 19 ff.*
5. bus tour
   Hinweis: *Z. 25 f.*
6. three days
   Hinweis: *Z. 28 f.*
7. cheaper
   Hinweis: *Z. 34*

Task 2

Meredith: Good morning, we would like to ask about last-minute tickets for shows tonight or tomorrow night. Are there any left?

Anne: Well, do you want to see a musical or a play?

Meredith: We would prefer a musical.

Anne: There are tickets left for three musicals: Lion King, Wicked and Mrs. Doubtfire.

Meredith: Well, I've already seen Wicked, so it's Mrs Doubtfire or Lion King.

Ben: Aah, I'm not so interested in Mrs Doubtfire.

Meredith: Fine. Let's watch Lion King then. Is it any good?

Anne: It's a very popular show. And, it's showing at Hamilton Theater. That's one of the nicest theaters on Broadway.

Ben: And where exactly is it?

Anne: Most theaters on Broadway are within walking distance from here. But Hamilton Theater is a bit further north, west of Central Park.

Meredith: OK, so it's too far to walk. But how do we get there?

Anne: If you don't want to walk, you can always take the subway. Or a cab.

Ben: OK. And when does the show start tonight?

Anne: I'm sorry, but the only tickets left for Lion King are for tomorrow's show. It's sold out tonight. But there are two shows tomorrow, at 5 and at 8.30 pm.

Meredith: 5 is too early. So it's 8.30.

Ben: Yes, definitely.

Anne: Excellent. Let's see … I've got some seats on the ground floor or upstairs. Where do you want to sit?

Ben: Upstairs seats are probably nicer, aren't they?

Anne: They are, but they are much more expensive. And at Hamilton Theater, the ground floor seats are also very nice.

Meredith: Ground floor then. How much are the tickets there?

Anne: 45 dollars each. I'm afraid we only accept credit cards.

Ben: No problem. Here's my card.

Anne: Thank you. And your tickets … By the way, make sure that you're on time. The doors close ten minutes before the show starts.

Meredith: Thank you very much.

Ben: Thanks, bye.

Meredith: Goodbye.

Anne: Bye.

Ben: That's great. Now, we have time to go to Madison Square Garden tonight.

Hinweis: *Beantworte die Fragen in Stichpunkten. Achte genau auf die verwendeten Fragewörter („where" = „wo", „how" = „wie", „which" = „welche") und unterstreiche in der Aufgabe die Schlüsselwörter (z. B. Hamilton Theater). Sobald du ein Schlüsselwort im Hörtext erkennst, kannst du damit rechnen, dass die gesuchten Informationen unmittelbar folgen werden.*

1. (a bit) (further) north, west of Central Park
   Hinweis: *Z. 14*
2. subway / cab / walk
   Hinweis: *Z. 16*
3. (the show at) 8.30 (pm)
   Hinweis: *Z. 20*
4. ground floor (seats)
   Hinweis: *Z. 27*
5. (by) (credit) card
   Hinweis: *Z. 28 f.*

Task 3

Marc: Welcome to Madison Square Garden, the world's most famous arena. During our 75-minute tour you'll visit the backstage area, learn about the history of the arena and have a go at our interactive stations. There you can, for example, compare the size of your hand to that of a professional basketball player.

Madison Square Garden, or simply 'the Garden', as New Yorkers call it, first opened in 1879 and has been a center for entertainment ever since. It was named after James Madison, the fourth president of the United States. The present building, the fourth construction of the Garden, was opened in 1968. It is home of the Knicks, New York's basketball team, and also of the Rangers, our ice-hockey team. How is that possible, you ask? It's quite simple: The floor of the arena has to be changed for each sport: It is either a wooden basketball court or an ice-rink. Our staff can manage this change within three and a half hours. Fortunately, this is only necessary three or four times a year, when basketball and ice-hockey matches are played on the same day.

The Garden was also the location for one of the greatest boxing events in history: In 1971, 20 000 fans watched Joe Frazier win his fight against Muhammad Ali. This is still known as 'The Fight of the Century'.

Another highlight in the Garden's history was Michael Jordan's first game here. He scored 33 points for his team, the Chicago Bulls, against the Knicks. It was the first of many great performances by Jordan here.

But Madison Square Garden is not only a sports arena. It is also used for rock concerts and comedy shows. Next month, two celebrities will be playing here. If you are interested, there are still a few hundred tickets left for the event.

Hinweis: *Folge dem Hörtext aufmerksam und wähle dann in der Aufgabe das jeweils korrekte Satzende aus. Beachte, dass die Satzanfänge im Hörtext nicht exakt so vorkommen, wie sie in der Aufgabe stehen, sondern in etwas anderer Form. Die Schlüsselwörter in der Aufgabe (z. B. „interactive station") helfen dir, die zugehörige Stelle im Hörtext zu erkennen.*

1. compare your hand with a professional's.
   Hinweis: *Z. 3 f.*
2. entertainment since 1879.
   Hinweis: *Z. 5 f.*
3. former president.
   Hinweis: *Z. 6 f.*
4. change the floor.
   Hinweis: *Z. 10 ff.*
5. 'The Fight of the Century'.
   Hinweis: *Z. 17*
6. Michael Jordan's first game.
   Hinweis: *Z. 18*

B Sprachgebrauch

Allgemeiner Hinweis: *In diesem Prüfungsteil liegt der Schwerpunkt auf Wortschatz und Grammatik. Du darfst ein zweisprachiges Wörterbuch (in Printform) verwenden. Verwende es auch, um deine Rechtschreibung zu überprüfen, da ein falsch geschriebenes Wort zu Punktverlust führt.*

Aufgabe 1

Hinweis: *Lies den Lückentext zunächst einmal ganz durch, um dir einen Überblick zu verschaffen. Der Text darf bei der Bearbeitung nicht verändert werden. Ergänze die Lücke, indem du ein passendes Wort findest, das inhaltlich und sprachlich passt. Das Wörterbuch kann dabei hilfreich sein.*

(1) *Die Lücke bezieht sich auf „tracks" („die Gleise"), also muss das Personalpronomen Plural stehen („they").*

(4) *Beachte den Unterschied in der Bedeutung von „those" („jene") und „these" („diese").*

(6) *Wenn du ein Adjektiv steigerst, das aus drei Silben besteht („beau-ti-ful"), verwende den Superlativ mit „most".*

New York City has (0) **one** of the biggest systems of underground trains in the world. If somebody put all the tracks end to end, (1) **they** would reach from New York to Chicago.

The subway never closes completely, some trains run twenty-four hours, seven days (2) **a** week, all year round.

Entrances with red-ball signs are closed (3) **at/every/all** night, while (4) **those/others/entrances** with green-ball signs are open 24/7.

The subway in New York is the busiest in the US but Tokyo in Japan (5) **has/transports/carries** twice as many passengers a year. As well as being one of the world's oldest and busiest systems, New York City's subway has a number of well-kept secrets. Here are two of them. City Hall subway station is one of the (6) **most/really** beautiful sections of the subway but it is no longer in use. The nicely decorated walls and elegant windows make it (7) **look/appear/seem** like a little church. This is not a surprise because the architects also designed the Cathedral of St. John the Divine. The other secret lies below a famous hotel which has its own special station only for VIPs. Once an American president used it to (8) **hide/disguise** the fact that he needed a wheelchair. Nowadays, the station is still used as an emergency escape when presidents stay in the hotel above.

Aufgabe 2

Hinweis: *Bei dieser Aufgabe musst du die in Klammern angegebenen Wörter jeweils so anpassen, dass die Sätze sinnvoll und sprachlich richtig vervollständigt werden. Dies geschieht, indem du z. B. aus einem Verb ein Nomen machst (z. B. „build" → „building"). Beachte, dass das Wort aus der derselben Wortfamilie stammen muss wie das vorgegebene Wort in Klammern. Es darf also kein völlig anderes Wort sein (z. B. „high" – „tall"). Beachte, dass du bei Verben manchmal einfach nur die Zeitform ändern musst (z. B. bei „to be" → „was"/„were", „has been", „had been"). Verwende bei Bedarf das Wörterbuch, um das gesuchte Wort nachzuschlagen oder die Rechtschreibung zu kontrollieren.*

1. *height = Höhe*
2. *fifth (Avenue) = fünfte (Straße)*
3. *Setze das Verb ins „simple past", weil das Ereignis bereits in der Vergangenheit stattfand und abgeschlossen ist. Verwende die Plural-Form „were", da das Verb sich auf „plans" bezieht.*
4. *successful = erfolgreich*
5. *leading (role) = führende (Rolle)*
6. *signed/had signed („unterschrieb"/„hatte unterschrieben"): Der Satz bezieht sich weiterhin auf die Vergangenheit, daher muss das „simple past" verwendet werden, aber auch das „past perfect" ist möglich.*
7. *came up with: weiterhin „simple past"*
8. *painter = Maler/Malerin; wie auch „sculptors" muss „painters" im Plural stehen*
9. *has become: „present-perfect" mit Signalwörter „over the years" – über die Jahre (bis heute) wurde das Rockefeller Center zu einer Attraktion, die man gesehen haben muss.*
10. *attraction = Attraktion, Sehenswürdigkeit*

The Rockefeller Center – a complex of about 20 (0 build) **buildings** – lies in the center of Manhattan. The Comcast Building – one of the 19 skyscrapers – is the tallest building with a (1 high) **height** of 259 m. The Rockefeller Center is situated near (2 five) **Fifth/fifth/5th** Avenue. Back in 1926 there (3 be) **were** plans to create a new opera house. John Rockefeller – a (4 success) **successful** businessman – liked the architect's concept so much that he took a (5 lead) **leading** role in the project. He himself (6 signature) **signed/had signed** a contract to rent the land for 24 years. After the 1929 financial crash, the opera house owners didn't want to be part of the project anymore. So, Rockefeller had to think of something different and he (7 come) **came** up with the idea of constructing 'a city within a city' – both a commercial and a cultural center. The concept was totally new. He built a group

of skyscrapers as one unit and integrated art works from well-known sculptors and (8 paint) **painters**.
Over the years the Rockefeller Center (9 become) **has become** a must-see sight for visitors. The ice-skating rink in front of the Rockefeller Center is visited by half a million people every year, especially when the impressively decorated Christmas tree is to be seen.
Another (10 attract) **attraction** is the Rainbow Restaurant on the 65th floor. It offers delicious food and a beautiful view over the city.

C Leseverstehen

Allgemeiner Hinweis: *Die folgenden Aufgaben überprüfen, wie genau du den Lesetext verstanden hast. Verschaffe dir beim ersten Lesen einen Überblick über den Inhalt. Die Aufgaben werden dich immer wieder auf bestimmte Stellen im Lesetext lenken, die du nochmal genau durchgehen solltest, bevor du deine Antwort notierst. Es kann hilfreich sein, wenn du dir bestimmte Textstellen farblich markierst.*

Vokabelhinweise:
Hier findest du eine Liste mit schwierigen Vokabeln aus dem Text. Zur Vorbereitung auf die Prüfung solltest du aber versuchen, möglichst viele Wörter aus dem Zusammenhang zu erschließen, sowie den Umgang mit dem Wörterbuch einzuüben. Aus Zeitgründen kannst du in der schriftlichen Prüfung nur die Wörter nachschlagen, die du unbedingt zum Verständnis benötigst.

Z. 1 f.: skyscraper = Wolkenkratzer
Z. 18 f.: disappointed = enttäuscht
Z. 29: ferry = Fähre
Z. 37: observation deck = Aussichtsplattform
Z. 40: subway = U-Bahn
Z. 45: experience = Erfahrung

Aufgabe 1

Hinweis: *Suche jeweils die Stelle im Text, die zu den Satzanfängen passt. Lies nach und kreuze die richtige Antwort an.*

1. in a café.
   Hinweis: *Z. 12 f.*
2. street food.
   Hinweis: *Z. 19 ff.*
3. Empire State Building.
   Hinweis: *Z. 17 f. und Z. 22 f.*

4. experience the atmosphere.
   Hinweis: *Z. 33 ff.*

Aufgabe 2

Hinweis: *Lies die Fragen sorgfältig durch und kläre unbekannte Wörter mithilfe des Wörterbuchs. Suche anschließend die zugehörigen Textstellen. Schreibe in deiner Antwort nicht den kompletten Satz aus dem Text ab, sondern notiere nur die Informationen, die die Frage genau beantworten. Beachte auch die Rechtschreibung.*

1. 4/four hours
   Hinweis: *Z. 7*
2. (because) (it was) close to the coolest places (in Manhattan)
   Hinweis: *Z. 10 f.*
3. (it was) cold / windy
   Hinweis: *Z. 18; unpleasant = unangenehm, ungemütlich*
4. shopping
   Hinweis: *Z. 29 f.*
5. (the) Rockefeller Center
   Hinweis: *Z. 36 ff.; fabulous = fabelhaft, wunderbar; the whole city = die ganze Stadt*

Aufgabe 3

Hinweis: *Du findest in dieser Aufgabe fünf Fragen. Jede Frage wird im Lesetext in einem bestimmten Absatz (A – G) beantwortet. Ordne den richtigen Absatz der Frage zu. Beachte, dass im Text nicht genau die gleichen Wörter wie in der Frage verwendet werden. Beispiel: „public transport“ (in Frage 1), aber „subway“ im Lesetext.*

Which paragraph tells the reader that …

1. using public transport in New York can be exciting and interesting?	**F**
2. the girls had dinner at an elegant place?	**E**
3. the girls are still waiting for their plan for the future to become reality?	**G**

4. they used an old-fashioned way to get around a popular part of Manhattan? **E**

5. they realized for the first time that they were finally in the city of their dreams? **C**

Aufgabe 4

Hinweis: *Wie in einem Wörterbuch findest du hier verschiedene Übersetzungen für ein englisches Wort. Lies den ganzen dazugehörigen Satz im Text genau durch und entscheide, welche Wortbedeutung im Textzusammenhang inhaltlich und grammatikalisch Sinn ergibt.*

1. dennoch
2. allzu
3. ungefähr
4. nennen

D Sprachmittlung

Allgemeiner Hinweis: *Auf Grundlage des Foodblogs sollst du einen zusammenhängenden Text auf Deutsch verfassen. Deine E-Mail sollte auf die beiden Empfänger*innen zugeschnitten sein, etwa 80 Wörter umfassen und in vollständigen Sätzen geschrieben sein. Lies dir die Aufgabe zunächst durch und markiere wichtige Hinweise zur Bearbeitung farbig. Gehe dann den Blog durch. Schlage unbekannte Wörter, die du nicht aus dem Textzusammenhang klären kannst, im Wörterbuch nach. Du wirst bestimmte Textstellen nochmals lesen müssen, bevor du diese sinngemäß ins Deutsche überträgst. Beachte auf jeden Fall folgende Punkte:*

- *Du schreibst eine persönliche E-Mail an deine Bekannten Chris und Kim.*
- *Schlage jeweils ein Essen für Chris und Kim vor (es gibt mehrere passende Speisen zur Auswahl).*
- *Da Kim nichts Süßes mag, empfiehlst du ihr/ihm den Bagel oder den Shushi-Donut; Chris würdest du die süßen „Bubble Waffles" oder die Eiscreme aus Yams empfehlen.*
- *Begründe deine Wahl, indem du jede Speise, die du ausgewählt hast, genauer beschreibst.*

Hi,

im Internet bin ich auf einen tollen Foodblog gestoßen. Ich denke, da wäre auch für euch etwas dabei. Für Chris empfehle ich „Bubble Waffles". Das sind Waffeln, die außen knusprig und innen weich sind. Sie sind wie Eiswaffeln geformt und mit Speiseeis unterschiedlicher Geschmacksrichtungen gefüllt. Außerdem können sie mit allem Möglichem ergänzt werden, zum Beispiel mit Früchten, Keksen oder süßen Soßen. Alternativ gäbe es für Chris als Eisliebhaber eine lila Eiscreme, die aus Yams derselben Farbe hergestellt wird, aber trotzdem süß schmeckt.
Kim würde ich den „Sushi-Donut" empfehlen. Dieser wird aus Reis gemacht und kann durch alles Mögliche aufgepeppt werden, wie zum Beispiel Lachs, Avocado, Gurke oder Mango. Viel Spaß in New York!

Lasst's euch schmecken ☺

Liebe Grüße

E Text- und Medienkompetenzen

Allgemeiner Hinweis: *Zu dieser Aufgabe findest du einen Chatverlauf. Verwende die Informationen daraus, um anschließend das Buchungsformular auf Englisch auszufüllen. Lies sowohl den Chat als auch die Aufgabe gründlich durch, und schlage unbekannte Wörter im Wörterbuch nach. Beachte, dass du im unteren Teil des Formulars in ganzen Sätzen antworten musst – Stichpunkte führen zu Punktverlust.*

Central Hostel			
City	New York		
First name	**Lindsey**	Last name	**Smith**
Number of guests	[2] adults	[ ] children	
Room category	[ ] single room	[✓] double room	[ ] family room
Check-in date	**May 2nd**	Length of stay	**14 days/ fortnight**

Do you have any special requests?
• **We need two single beds, not a double bed.** • **Please give us a bedroom with its own bathroom.** • **We would like to have breakfast in the hostel.** • **One breakfast needs to be vegan.** • **If possible, please provide transfer from the airport to the hostel. We will arrive at night.** • **We would like to store our valuables in a locker.**

F Schreiben

Correspondence: E-Mail

Hinweis: *Schreibe eine E-Mail auf Englisch, in der du dich auf die Stelle als Babysitter*in bei einer amerikanischen Familie bewirbst. Alle Inhaltspunkte, die in der Aufgabe aufgelistet sind, müssen in deiner E-Mail vorkommen. Hake sie während des Schreibens der Reihe nach ab, sobald du darauf eingegangen bist. Gerne kannst du deinen Text auch noch mit eigenen Ideen ausschmücken.*
Denke an eine höfliche Anrede zu Beginn der E-Mail und die passende Schlussformel. Da es sich um eine eher formelle E-Mail handelt, solltest du Langformen (z. B. „I am", „I would like to ...") verwenden. Tipps und Hinweise zum Schreiben einer E-Mail findest du im Kompetenzbereich „Schreiben" im Trainingsteil des Aufgabenbandes.
Der folgende Text ist eine Beispiellösung.

Dear Robertson family,

I found your ad in our daily newspaper and would be interested to work as your babysitter. Next year I will take my final exams, and although my English is quite good I would like to improve it.
I am 15 years old and as a hobby I play the bass guitar in a band. One day I would like to become a professional musician.
I think I am suited for the job because I have a younger sister and brother who I take care of while my parents are at work. They usually have long working hours because they own a restaurant.
I would be interested to learn how many children you have and how old they are. Where do you live and what would my working hours be? How much would I earn per hour/day?

I hope to hear from you soon.

Yours sincerely,
(your name) *(149 words)*

Creative Writing: Picture story

Hinweis: *In der Aufgabenstellung werden dir die Überschrift und der Beginn der Geschichte vorgegeben. Schreibe sie ab und setze die Geschichte passend fort. Betrachte die Bilder genau und versuche zu erkennen, was auf ihnen dargestellt wird. Verfasse nun deine Geschichte im „simple past" ("Last summer Alex and some friends went on a hiking tour ..."). Schreibe in ganzen Sätzen und versuche, diese mit Konjunktionen (Bindewörtern) zu verbinden. Um die Geschichte auszuschmücken, kannst du z. B. die wörtliche Rede und Adjektive verwenden. Überprüfe zum Schluss, ob deine Geschichte dem vorgegebenen Umfang entspricht und auch dann verständlich ist, wenn man die Bilder nicht kennt. Eine genaue Anleitung zum Schreiben einer Bildergeschichte findest du im Kompetenzbereich „Schreiben" im Trainingsteil des Aufgabenbandes. Der folgende Text ist eine Beispiellösung.*

Best lunch ever

Last summer Alex and some friends went on a hiking tour. In the morning Alex was late packing his things. His friends Carla, Mike, Jenny and Jane were impatiently waiting for him at his door, so Alex had to hurry up, forgetting his lunchbox, his banana and water bottle on the table. "I'm coming!" he yelled as he hurried to the door.

It was a long hike uphill until Alex and his friends finally reached a place where they could rest and have a picnic. His friends had brought along blankets which they spread on the ground underneath two old trees. When Alex was unpacking his backpack, he realized that he had left his snacks at home. "Oh silly me!" he exclaimed. "What am I going to eat now?" "Don't worry! Here's a bottle of soda for you," said Carla and right away Mike added "I could share a sandwich with you". Then Jenny passed him an apple and smiled.

"Wow, you're such nice friends. This is the best lunch ever!" Alex said with relief.

(161 words)

Notenschlüssel

Notenstufen	1	2	3	4	5	6
Punkte	92,0–78,0	77,5–63,0	62,5–47	46,5–31	30,5–16	15,5–0

Qualifizierender Abschluss der Mittelschule Bayern 2023
Englisch – Lösungen

Um dir die Lösungen zur Prüfung 2023 schnellstmöglich zur Verfügung stellen zu können, bringen wir sie in digitaler Form heraus.

Sobald die Original-Prüfungsaufgaben 2023 zur Veröffentlichung freigegeben sind, können die dazugehörigen Lösungen als PDF auf der Plattform *MyStark* heruntergeladen werden (Zugangscode vgl. Umschlaginnenseite).

Aktuelle Prüfung

www.stark-verlag.de/mystark